历朝通俗演义（插图版）——五代史演义 I

五代纷争

蔡东藩　著

北方联合出版传媒(集团)股份有限公司

万卷出版公司

© 蔡东藩 2015

图书在版编目（CIP）数据

五代史演义 . 1, 五代纷争 / 蔡东藩著 . — 沈阳：
万卷出版公司, 2015.1（2021.7 重印）
　（历朝通俗演义）
　ISBN 978−7−5470−3105−6

　Ⅰ . ①五… Ⅱ . ①蔡… Ⅲ . ①章回小说—中国—现代
Ⅳ . ① I246.4

中国版本图书馆 CIP 数据核字（2014）第 154362 号

出 品 人：王维良
出版发行：北方联合出版传媒（集团）股份有限公司
　　　　　万卷出版公司
　　　　　（地址：沈阳市和平区十一纬路 25 号　邮编：110003）
印 刷 者：河北盛世彩捷印刷有限公司
经 销 者：全国新华书店
幅面尺寸：168mm×233mm
字　　数：240 千字
印　　张：14.5
出版时间：2015 年 1 月第 1 版
印刷时间：2021 年 7 月第 4 次印刷
责任编辑：胡　利
责任校对：张希茹
封面设计：向阳文化　吕智超
版式设计：范思越
ISBN 978−7−5470−3105−6
定　　价：33.00 元
联系电话：024−23284090
传　　真：024−23284448

常年法律顾问：李　福　版权所有　侵权必究　举报电话：024−23284090
如有印装质量问题，请与印刷厂联系。联系电话：0318−6658666

自　序

　　读史至五季之世，辄为之太息曰："甚矣哉中国之乱，未有逾于五季者也！"天地闭，贤人隐，王者不作而乱贼盈天下，其狡且黠者，挟诈力以欺凌人世，一或得志，即肆意妄行，君不君，臣不臣，父不父，子不子，铤而走险，虽夷虏犹尊亲也；急则生变，虽骨肉犹仇敌也。元首如弈棋，国家若传舍，生民膏血涂草野，骸骼暴原隰，而私斗尚无已时，天欤人欤？何世变之亟，一至于此？盖尝屈指数之，五代共五十有三年，汴、洛之间，君十三，易姓者八。而南北东西之割据一隅，与五代相错者，前后凡十国，而梁、唐时之岐燕，尚不与焉。辽以外裔踞朔方，猾诸夏，史家以其异族也而夷之。辽固一夷也，而如五代之无礼义，无廉耻，亦何在非夷？甚且恐不夷若也。宋薛居正撰《五代史》百五十卷，事实备矣，而书法未彰。欧阳永叔删芜存简，得七十四卷，援笔则笔，削则削之义，逐加断制，体例精严。既足声奸臣逆子之罪，复足树人心世道之防，后人或病其太略，谓不如薛史之渊博，误矣！他若王溥之《五代会要》，陶岳之《五代史补》，尹洙之《五代春秋》，袁枢之《五代纪事本末》，以及路振之《九国志》，刘恕之《十国纪年》，吴任臣之《十国春秋》等书，大都以裒辑遗闻为宗旨，而月旦之评，卒让欧阳。孔圣作《春秋》而乱贼惧，欧阳公其庶几近之乎？鄙人前编唐宋《通俗演义》，已付手民印行，而五代史则踵唐之后，开宋之先，亦不得不更为演述，以餍阅者。叙事则搜证各籍，持义则特仿庐陵，不敢拟古，亦不敢违古，将以借粗俗之芜词，显文忠之遗旨，世有大雅，当勿笑我为效颦也。抑鄙人更有进者，五代之祸烈矣，而雄厥祸胎，实始于唐季之藩镇。病根不除，愈沿愈剧，因有此五代史之结果。今则距五季已阅千年，而军阀乘权，争端迭起，纵横捭阖，各戴一尊，几使全国人民，涂肝醢脑于武夫之腕下，抑何与五季相似欤？况乎纲常凌替，道德沦亡，内治不修，外侮益甚，是又与五季之世有同慨焉者。殷鉴不远，覆辙具存。告往而果能知来，则泯泯棼棼之中国，其或可转祸为福，不致如五季五十余年之扰乱也欤？书既竣，爰慨然而为之序。

中华民国十有二年夏正暮春之月　古越蔡东帆自识于临江书舍

五代世系图

五代十三主共五十三年，按下列年数应得五十七年，唯易代时尝同年改元，故实数止五十三年。

梁　❶太祖朱温 [更名晃，在位六年 907年—912年] —— ❷末帝友贞 [在位十一年 913年—923年]

唐　❶庄宗李存勖 [在位四年 923年—925年]

❷明宗嗣源 [在位八年 926年—933年] —— ❸闵帝从厚 [在位一年 934年]

❹废帝从珂 [在位二年 934年—936年]

晋　❶高祖石敬瑭 [在位七年 936年—942年] —— ❷出帝重贵 [在位四年 943年—946年]

汉　❶高祖刘知远 [更名暠，在位二年 947年—948年] —— ❷隐帝承祐 [在位二年 949年—950年]

周　❶太祖郭威 [在位三年 951年—954年] — ❷世宗荣 [在位六年 954年—959年] — ❸恭帝宗训 [在位一年 960年]

目 录

第一回　　　睹赤蛇老母觉异征　　得艳凤枭雄偿夙愿……………………1

第二回　　　报亲恩欢迎朱母　　探妻病惨别张妃…………………………9

第三回　　　登大宝朱梁篡位　　明正义全昱进规……………………………16

第四回　　　康怀贞筑垒围潞州　　李存勖督兵破夹寨………………………23

第五回　　　策淮南严可求除逆　　战蓟北刘守光杀兄…………………………30

第六回　　　刘知俊降岐挫汴将　　周德威援赵破梁军………………………37

第七回　　　杀谏臣燕王僭号　　却强敌晋将善谋……………………………45

第八回　　　父子聚麀惨遭刭刃　　君臣讨逆谋定锄凶…………………………52

第九回　　　失燕土伪帝作囚奴　　平宣州徐氏专政柄…………………………59

第十回　　　逾黄泽刘郇失计　　袭晋阳王檀无功…………………………67

第十一回　　　阿保机得势号天皇　　胡柳陂轻战丧良将………………………74

第十二回　　　莽朱瑾手刃徐知训　　病徐温计焚吴越军………………………81

第十三回　　　嗣蜀主淫昏失德　　唐监军谏阻称尊………………………88

第十四回　　　助赵将发兵围镇州　　嗣唐统登坛即帝位…………………………94

第十五回　　　王彦章丧师失律　　梁末帝陨首覆宗…………………………102

1

第十六回   灭梁朝因骄思逸   册刘后以妾为妻 …………… 109

第十七回   房帏溺爱牝鸡司晨   酒色亡家牵羊待命 …………… 117

第十八回   得后教椎击郭招讨   遘兵乱劫逼李令公 …………… 124

第十九回   郭从谦突门弑主   李嗣源据国登基 …………… 131

第二十回   立德光番后爱次子   杀任圜权相报私仇 …………… 140

第二十一回   王德妃更衣承宠   唐明宗焚香祝天 …………… 148

第二十二回   攻三镇悍帅生谋   失两川权臣碎首 …………… 155

第二十三回   杀董璋乱兵卖主   宠从荣骄子弄兵 …………… 162

第二十四回   毙秦王夫妻同受刃   号蜀帝父子迭称雄 …………… 170

第二十五回   讨凤翔军帅溃归   入洛阳藩王篡位 …………… 177

第二十六回   卫州癉贼臣缢故主   长春宫逆子弑昏君 …………… 185

第二十七回   嘲公主醉语启戎   援石郎番兵破敌 …………… 192

第二十八回   契丹主册立晋高祖   述律后笑骂赵大王 …………… 200

第二十九回   一炬成灰到头孽报   三帅叛命依次削平 …………… 208

第三十回   杨光远贪利噬人   王延羲乘乱窃国 …………… 215

第一回

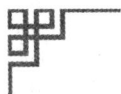

睹赤蛇老母觉异征
得艳凤枭雄偿夙愿

治久必乱，合久必分，这是我中国古人的陈言。其实是太平日久，朝野上下，不知祖宗创业的艰难，守成的辛苦，一味儿骄奢淫佚，纵欲败度，所有先人遗泽，逐渐耗尽。造化小儿，又故意弄人，今年大水，明年大旱，害得饥馑荐臻，盗贼蜂起，平民无可如何。与其饿死冻死，不如跟了强盗，同去掳掠一番，倒反得食粱肉，衣文锦，或且做个伪官，发点大财，好夺几个娇妻美妾，享那后半世的荣华。于是乱势日炽，分据一方，就中有三五枭雄，趁着国家扰乱的时候，号召徒党，张着一帜，不是僭号称帝，就是拥土称王。咳！天下有许多帝，许多王，这岂还能平靖么！*绝大道理，绝大议论。*

小子旷览古史，查考遗事，似这种乱世分裂的情状，实是不止一两次，东周时有列国，后汉时有三国，东晋后有南北朝，晚唐后有五代，统是东反西乱，四分五裂，南北朝、五代，更闹得一塌糊涂，小子方编完《唐史演义》，凡残唐时候的乱象，及四方分割的情形，还未曾交代明白，因此不得不将五代史事，继续演述。五代先后历五十三年，换了八姓十三个皇帝，改了五次国号，叫作梁、唐、晋、汉、周。史家因梁、唐、晋、汉、周五字，前代早已称过，恐前后混乱不明，所以各加一个后字，称为后梁、后唐、后晋、后汉、后周。还有角逐中原，称王称帝，与梁、唐、晋、汉、

1

周五朝，或合或离，不相统属的国度，共计十数，著名史乘，称作十国，就是吴、楚、闽、南唐、前蜀、后蜀、南汉、北汉及吴越、荆南。提纲挈领。

看官听说！这五代十国的时势，简直是君不君，臣不臣，父不父，子不子，篡弑相寻，烝报无已，就使有一二君主，如后唐明宗、后周世宗两人，当时号为贤明英武，但也不过彼善于此，未足致治。故每代传袭，最多不过十余年，最少只有三四年，各国亦大都如此。古人说得好，木朽虫生，墙空蚁入，似此荡荡中原，没有混一的主子，那时外夷从旁窥伺，乐得乘隙而入，喧宾夺主，海内腥膻，土地被削，子女被掳，社稷被灭，君臣被囚。中国正纷纷扰扰，无法可治，再加那鲜卑遗种，朔漠健儿，进来蹂躏一场，看官！你想中国此时，苦不苦呢？危不危呢？言之慨然。

照此看来，欲要内讧不致蔓延，除非是国家统一；欲要外人不来问鼎，亦除非是国家统一！暮鼓晨钟。若彼争此夺，上替下凌，礼教衰微，人伦灭绝，无论什么朝局，什么政体，总是支撑不住，眼见得神州板荡，四夷交侵，好好一个大中国，变作了盗贼世界，夷虏奴隶，岂不是可悲可痛么！伤心人别具怀抱。列位不信，五代史就是殷鉴！待小子从头至尾，演述出来。

且说五代史上第一朝，就是后梁，后梁第一世皇帝，就是大盗朱阿三。原名是一温字，唐廷赐名全忠，及做了皇帝，又改名为晃。他的皇帝位置，是从唐朝篡夺了来，小子前编《唐史演义》，已将他篡夺的情状，约略叙明，只是他出身履历，未曾详述，现下续演五代史，他坐了第一把龙椅，哪得不特别表明？他是宋州砀山午沟里人，父名诚，恰是个经学老先生，在本乡设帐课徒。娶妻王氏，生有三子，长子名全昱，次名存，又次名温。温排行第三，小名便叫作朱阿三。相传朱温生时，所居屋上，有红光上腾霄汉，里人相顾惊骇，同声呼号道："朱家火起了！"当下彼汲水，此挑桶，都奔到朱家救火。哪知庐舍俨然，并没有什么烟焰，只有呱呱的婴孩声，喧达户外。大家越加惊异，询问朱家近邻。但说朱家新生一个孩儿，此外毫无怪异，大家喧嚷道："我等明明见有红光，为何到了此地，反无光焰？莫非此儿生后，将来大要发迹，所以有此异征哩！"说本《旧五代史·梁太祖本纪》。盗贼得为帝王，也应该有此怪象。

一世枭雄，降生僻地，闹得人家惊扰，已见得气象不凡。三五岁时候，恰也没甚奇慧，但只喜欢弄棒使棍，惯与邻儿吵闹。次兄存与温相似，也是个淘气人物，父母屡次训责，终不肯改。只有长兄全昱，生性忠厚，待人有礼，颇有乃父家风。朱诚尝语族里道："我生平熟读五经，赖此糊口。所生三儿，唯全昱尚有些相似，存与温统是不肖，不知我家将如何结局哩！"

既而三子逐渐长大。食口增多，朱五经所入修金，不敷家用，免不得抑郁成疾，竟致谢世。身后四壁萧条，连丧费都无从凑集，还亏亲族邻里，各有赙赠，才得草草藁葬。但是一母三子，坐食孤帏，叫他如何存活，不得已投往萧县，佣食富人刘崇家，母为佣媪，三子为佣工。全昱却是勤谨，不过膂力未充，存与温颇有气力，但一个是病在粗疏，一个是病在狡惰。

刘崇尝责温道："朱阿三，汝平时好说大话，无事不能，其实是一无所能呢。试想汝佣我家，何田是汝耕作，何园是汝灌溉？"温接口道："市井鄙夫，徒知耕稼，晓得怎么男儿壮志，我岂长作种田佣么？"刘崇听他出言挺撞，禁不住怒气直冲，就便取了一杖，向温击去。温不慌不忙，双手把杖夺住，折作两段。崇益怒，入内去觅大杖。适为崇母所见，惊问何因。崇谓须打死朱阿三，崇母忙阻住道："打不得，打不得，你不要轻视阿三。他将来是了不得哩。"

看官！你道崇母何故看重朱温？原来温至刘家，还不过十四五岁，夜间熟寐时，忽发响声，崇母惊起探视，见朱温睡榻上面，有赤蛇蟠住，鳞甲森森，光芒闪闪，吓得崇母毛发直竖，一声大呼，惊醒朱温，那赤蛇竟杳然不见了。事见《旧五代史》，并非捏造。嗣是崇母知温为异人，格外优待，居常与他栉发，当作儿孙一般，且尝诫家人道："朱阿三不是凡儿，汝等休得侮弄！"家人亦似信非信，或且笑崇母为老悖。崇尚知孝亲，因老母禁令责温，倒也罢手。温复得安居刘家，但温始终无赖，至年已及冠，还是初性不改，时常闯祸。

一日，把崇家饭锅，窃负而去。崇忙去追回，又欲严加杖责，崇母复出来遮护，方才得免。崇母因戒朱温道："汝年已长成，不该这般撒顽，如或不愿耕作，试问汝将何为？"温答道："平生所喜，只是骑射。不若畀我弓箭，到崇山峻岭旁，猎些野味，与主人充庖，却是不致辱命。"崇母道："这也使得，但不要去射死平民！"这是最要紧的嘱咐。温拱手道："当谨遵慈教！"崇母乃去寻取旧时弓箭，给了朱温。并浼温母亦再三叮咛，切勿惹祸。

温总算听命，每日往逐野兽，趫捷绝伦，就使善走如鹿，也能徒步追取，手到擒来。刘家庖厨，逐日充牣，崇颇喜他有能。温兄存也觉技痒，愿随弟同去打猎，也向崇讨了一张弓，几枝箭，与温同去逐鹿。朝出暮归，无一空手时候，两人不以为劳，反觉得逍遥自在。

一日骋逐至宋州郊外，艳阳天气，明媚春光，正是赏心豁目的佳景。温正遥望景色，忽见有兵役数百人，拥着香车二乘，向前行去，他不觉触动痴情，亟往追赶。存亦随与俱行，曲折间绕入山麓，从绿树阴浓中，露出红墙一角，再转几弯，始得见一大禅林。那两乘香车，已经停住，由婢媪扶出二人。一个是半老妇人，举止大方，却有宦家气象；一个是青年闺秀，年龄不过十七八岁，生得仪容秀雅，骨肉停匀，眉宇间更露出一种英气，不等小家儿女，扭扭捏捏，腼腼腆腆。**为张夫人占一身份。**温料是母女入寺拈香，待他们联步进殿，也放胆随了进去。至母女拜过如来，参过罗汉，由主客僧导入客堂，温三脚两步，走至该女面前，仔细端详，确是绝世美人，迥殊凡艳。勉强按定了神，让她过去。该女随母步入客室，稍为休息，便即唤兵役伺候，稳步出寺，连袂上车，似飞地始行了。温随至寺外，复入寺问明主客僧，才知所见母女，年大的是宋州刺史张蕤妻，年轻的便是张蕤女儿。温惊诧道："张蕤么？他原是砀山富室，与我等正是同乡，他现在尚做宋州刺史吗？"主客僧答道："闻他也将要卸任了。"温乃偕兄存出寺。

路中语存道："二哥！你可闻阿父在日，谈过汉光武故事么？"存问何事，温答道："汉光武未做皇帝时，尝自叹道：为官当作执金吾！娶妻当得阴丽华！后来果如所愿。今日所见张氏女，恐当日的阴丽华，也不过似此罢了。你道我等配做汉光武否？"**写出朱温好色。**存笑道："癞虾蟆想吃天鹅肉，真是自不量力！"温奋然道："时势造英雄，想刘秀当日，有何官爵，有何财产？后来平地升天，做了皇帝，娶得阴丽华为皇后。今日安知非仆？"存复笑语道："你可谓痴极了！想你我寄人庑下，能图得终身饱暖，已算幸事，还想什么娇妻美妾！就是照你的妄想，也须要有些依靠，岂平白地能成大事么？"温直说道："不是投军，就是为盗。目今唐室已乱，兵戈四起，前闻王仙芝发难濮州，近闻黄巢复起应曹州，似你我这般勇力，若去随他为盗，抢些子女玉帛，很是容易，何必再在此厮混，埋没英雄！"**志趣颇大，可惜不是正道。**

这一席话，把朱存也哄动起来，便道："说得有理，我与你便跟黄巢去罢。"温又道："且回去辞别母亲，并及主人，明日便可动身。"两人计议已定，遂返至刘崇家，先去禀明老母，但说要出外谋生。朱母还放心不下，意欲劝阻。两人齐声道："儿等年已弱冠，不去谋点生业，难道要老死此间么？母亲尽管放心！"全昱闻二弟有志远出，也来问明行径。两人道："目下尚难预定，兄要去同去，否则在此陪着母亲，也是好的。"全昱是个安分守己的人物，便答道："我在此侍奉母亲，二弟尽管前去，得有生路，招我未迟。"两人应声称是。温感刘母好意，即入内陈明，刘母却也嘱咐数语，不消絮述。唯刘崇因两人在家，没甚关系，也听他自由。

两人过了一宿，越日早起，饱餐一顿，便去拜别母亲，再向刘母及崇告辞。由刘母赠给干粮制钱等，作为路费。又辞了全昱，欢跃而去。时正唐僖宗乾符四年。**点醒年月，最是要笔。**黄巢正据住曹州，横行山东，剽掠州县。郓州、沂州一带，也渐被巢众占夺。所有各处亡命子弟，统向投奔，巢无不收纳。朱温弟兄两人，趋往贼寨，贼目见他身材壮大，武艺刚强，当然录用。两人既入贼党，便与官军为敌，仗着全身勇力，奋往直前，官军无不披靡，遂得拔充队长。朱存乘势掠夺妇女，作为妻房。独温记念张女，几有"除却巫山，不是行云"的意思，因此尚独往独来，做个贼党中的光棍。

过了年余，在贼中立功尤多，居然得在黄巢左右，充做亲军头目。他遂怂恿黄巢，往攻宋州，巢便遣他领众数千，进围宋州城。**醉翁之意不在酒。**哪知宋州刺史张蕤，早已去任，后任守吏，恰是有些能耐，坚守不下，温已失所望，复闻援兵大至，遂率众趋归。

既而黄巢僭称冲天大将军，驱众南下，温留守山东，存随巢南行。巢众转战浙闽，趋入广南，沿途骚扰，鸡犬皆空。偏南方疫疠甚盛，贼众什死三四，更兼官军四集，险些儿陷入死路。巢乃变计北归，从桂州渡江，沿湘而下，免不得与官军相遇，大小数十战，互有杀伤，存战死。**命该如此。**巢由湘南出长江，渡淮而西，再召集山东留贼，并力西攻，拔东都，**即洛阳，唐号为东都。**入潼关，竟陷长安。**即唐朝京都。**唐僖宗奔往兴元，巢竟僭号称大齐皇帝，改元金统，命朱温屯兵东渭桥，防御官军。嗣复令温为东南面行营先锋，攻下南阳，再返长安，由巢亲至灞上，迎劳温军。

未几又遣温西拒邠、岐、鄜、夏各路官军，到处扬威。巢又欲东出略地，令温为同州防御使，使自攻取。温由丹州移军，攻入左冯翊，遂陷同州。这时候的唐室江山，已半归黄巢掌握，中原一带，统已糜烂不堪，所有民间村落，多成为瓦砾场。老

朱　温

弱填沟壑，丁壮散四方，最可怜的是青年妇女，被贼掠取，无非做了行乐的玩物，任意糟蹋，不顾生命。

朱温从贼有年，历次得伪齐皇帝拔擢，东驰西突，平时掠得美人儿，也不知几千几百。他素性好色，哪里肯做了猫儿，尽管吃素？唯情人眼里爱定西施，就使拣了几个娇娃，叫他侍寝，心中总嫌未足，还道是味同嚼蜡，无甚可取，今日受用，明日舍去，总不曾正名定分，号为妻室。老天有意做人美，偏把他的心上人，也驱至同州，为他部下所掠取，献至座前，趋伏案下。温定神一瞧，正是寤寐不忘的好女郎，虽然乱头粗服，尚是倾国倾城，便不禁失声道："你是前宋州刺史的女公子么？"张女低声称是。温连声道："请起！请起！女公子是我同乡，猝遭兵祸，想是受惊不小了！"

张女方含羞称谢，起立一旁。温复问她父母亲族，女答道："父已去世，母亦失散，难女跟了一班乡民，流离至此，还幸得见将军，顾全乡谊，才得苟全。"温拊掌道："自从宋州郊外，得睹芳姿，倾心已久，近年东奔西走，时常探问府居，竟无着落。我已私下立誓，娶妇不得如卿，情愿终身鳏居，所以到了今朝，正室尚是虚位。天缘辐辏，重得卿卿。这真所谓三生有幸呢！"天意好作成强盗，却也不知何理？

张女闻言，禁不住两颊生红，俯首无言。温即召出婢仆，拥张女往居别室，选择好日子，正式成婚。到了吉期，温穿着伪齐官服，出做新郎，张氏女珠围翠绕，装束如天仙一般，与温并立红毡，行过了交拜礼，然后洞房花烛，曲尽绸缪。《欧史·张后传》，谓后为温少时所聘，案张女为富家子，温一孤贫儿，何从得耦？唯《薛史》谓温闻女美，曾有阴丽华之叹，后在同州得后于兵间，较为合理，今从之。小子有诗叹道：

> 居然强盗识风流，淑女也知赋好逑。
> 试看同州交拜日，和声竟尔配雎鸠。

朱温既得张女为妇，朝欢暮乐，正是快活极了。忽由黄巢传到伪诏，命他进攻河中，他才不得已督兵出发。欲知胜负如何，容小子下回表明。

本编踵《唐史演义》之后，虽尚为残唐时事，但唐室如何致亡，黄巢如何作乱，俱已见过《唐史》，无庸重述。唯朱温是本编第一代人物，所有出身履历，为《唐史演义》中所未及详者，应该就此补叙。温本一无赖，故后虽幸得帝位，究不令终。温素来好色，故始虽幸得如愿，仍致荒亡。观此回逐段叙来，已把朱温一生品行，全盘托出。盖能成大事者，即不为小节所拘，而窃釜等事，终非豪杰所屑为。汉光武固有阴氏之感，然光武之不愧中兴，大端并不在此处；且岂如温之得陇望蜀，犹是纵淫无忌乎？赤蛇之征，《旧五代史》载之，而《新五代史》略之，欧阳公之不肯右温，有以夫！

第二回

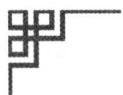

报亲恩欢迎朱母
探妻病惨别张妃

　　却说唐僖宗西走兴元，转入蜀中，号召各镇将士，令他并力讨贼，克复长安，河中节度使王重荣，本已投顺黄巢，因巢屡遣使调发，不胜烦扰，乃决计反正，驱杀巢使，纠合四方镇帅，锐图兴复。黄巢闻知消息，即命朱温出击河中。温正新婚燕尔，不愿出师，但既为伪命所迫，没奈何备了粮草，带了人马，向河中进发。**已是败象。**途次与河中兵相遇，一场交战，被他杀得一败涂地，丧失粮仗四十余船，还亏自己逃走得快，侥幸保全性命。

　　重荣进兵渭北，与温相持。温自知力不能敌，急遣使至长安，报请济师，偏偏黄巢不允。温又接连表请，先后十上，起初是不答一词，后来且严词驳责，说他手拥强兵，不肯效力。温未免愤闷，及探明底细，才知为伪齐中尉孟楷，暗中谗间，因致如此。

　　可巧幕客谢瞳，入帐献议道："黄家起自草莽，乘唐衰乱，伺隙入关，并非有功德及人，足王天下，看来是易兴易亡，断不足与成大事。今唐天子在蜀，诸镇兵闻命勤王，云集景从，协谋恢复，可见唐德虽衰，人心还是未去呢。且将军在外力战，庸奴在内牵制，试问将来能成功否？章邯背秦归楚，不失为智，愿将军三思！"

　　温心下正恨黄巢，听了这番言语，不禁点首。复致书张氏，说明将背巢归唐，张氏也覆书赞成，遂诱入伪齐监军严实，把他一刀杀死，携首号令军前，即日归唐。一面贻书王重荣，乞他表奏僖宗，情愿悔过投诚。时僖宗正遣首相王铎，出为诸道行营都统，闻得朱温投降，喜出望外，也代为保奏。僖宗览两处奏章，非常欣慰，且语左右道："这是上天赐朕哩！"*他来夺你国祚，你道是可喜么？*遂下诏授温为左金吾卫大将军，充河中行营招讨副使，赐名全忠。自是温与官军联络，一同攻巢。*《唐史演义》上改称全忠，本编仍名为温，诛其首恶也。*

僖宗自乾符六年后，复两次改元，第一次改号广明，一年即废；第二次改号中和，总算沿用了四年。朱温降唐，是在中和二年的秋季。越年三月，又拜温为汴州刺史，兼宣武军*治汴州*节度使，仍依前充河中行营招讨副使，俟收复京阙，即行赴镇。

是年四月，河东*治晋阳*节度使李克用等，攻克长安，逐走黄巢，巢出奔蓝田。温乃挈领爱妻张氏，移节至宣武军，留治汴州。*可见长安收复，并非温功。*即遣兵役百人，带着车马，至萧县刘崇家，迎母王氏，并及崇母。

崇家素居乡僻，虽经地方变乱，还幸地非冲要，不遭焚掠，所以全家无恙。唯自朱温弟兄去后，一别五载，杳无信息。*五年无家禀，温亦未免忘亲。*全昱却已娶妻生子，始终不离崇家。朱母时常惦念两儿，四处托人探问，或说是往做强盗，或说是已死岭南，究竟没有的确音信。及汴使到了门前，车声辘辘，马声萧萧，吓得村中人民，都弃家遁走，还道大祸临头，不是大盗进村劫掠，就是乱兵过路骚扰，连刘崇阖家老小，也觉惊惶万分。嗣经汴使入门，谓奉汴帅差遣，来迎朱太夫人及刘太夫人。朱母心虚胆怯，误听使言，疑是两儿为盗，被官拿住，复来搜捕家属，急得魂魄飞扬，奔向灶下躲住，杀鸡似的乱抖。还是刘崇略有胆识，出去问明汴使，才知朱温已为国立功，官拜宣武军节度使，特来迎接太夫人。

当下入报朱母，四处找寻，方得觅着，即将来使所言，一一陈述，朱母尚是未信，且颤且语道："朱……朱三，落拓无行，不知他何处作贼，送掉性命！哪里能自致富贵？汴州镇帅，恐非我儿，想是来使弄错哩。"崇母在旁，却从容说道："我原说朱三不是常人，目今做了汴帅，有何不确！朱母朱母！我如今要称你太夫人了！一人有福，得挈千人，我刘氏一门，全仗太夫人照庇哩！"说至此，便向朱母敛衽称贺。朱母慌忙答礼，且道："怕不要折杀老奴！"崇母握朱母手，定要她走出厅堂，自去问明，朱母方硬了头皮，随崇母出来。崇母笑语汴使道："朱太夫人出来了！"汴使向朱母下拜，并询及崇母，知是刘太夫人，也一并行礼。且将朱温前此从贼，后此归正，如何建功，如何拜爵等情，一一详述无遗。朱母方才肯信，喜极而泣。_{确有此态，一经描写，便觉入神。}

汴使复呈上盛服两套，请两母更衣上车，即日起程。朱母道："尚有长儿全昱，及刘氏一家，难道绝不提及吗？"汴使道："节帅俟两夫人到汴，自然更有后命。"朱母乃与刘母入内，易了服饰，复出门登车而去。萧县离汴城不远，止有一二日路程，即可到汴。距汴十里，朱温已排着全副仪仗，亲来迎接两母，既见两母到来，便下马施礼，问过了安，随即让两车先行，自己上马后随，道旁人民，都啧啧叹羡，称为盛事。及到了城中，趋入军辕，温复下马，扶二母登堂，盛筵接风。刘母坐左，朱母坐右，温唤出妻室张氏，拜过两母，方与张氏并坐下首，陪两母欢饮。

酒过数巡，朱母问及朱存。温答道："母亲既得生温，还要问他做甚？"朱母道："彼此同是骨肉，奈何忘怀！"温又道："二兄已早死岭南，闻有二儿遗下，现因道途未靖，尚未收回，母亲也不必记念了！"_{是好心肠。}朱母转喜为悲，因见温带有酒意，却也未敢斥责，但另易一说道："汝兄全昱，尚在刘家，现虽娶妇生子，不过勉力支撑，仍旧一贫如洗。汝既发达，应该顾念兄长。况且刘家主人，也养汝好几年，刘太夫人如何待汝，汝亦当还记着。今日该如何报德呢？"温狞笑道："这也何劳母亲嘱咐，自然安乐与共了。"朱母方才无言。及饮毕撤肴，军辕中早已腾出静室，奉二母居住，且更派人送往刘家，馈刘崇金千两，赠全昱金亦千两。

既而黄巢窜死泰山，唐僖宗自蜀还都，改元光启，大封功臣，温得晋授检校司徒、同平章事，封沛郡侯。温母得赠封晋国太夫人。全昱亦得封官。就是刘崇母子，亦因温代请恩赐，俱沐荣封。温奉觞母前，上寿称庆，且语母道："朱五经一生辛苦，不得一第，今有子为节度使，晋登相位，洊膺侯爵，总算是显亲扬名，不辱先人了！"言毕，呵呵大笑。_{已露骄盈。}

母见他意气扬扬，却有些忍耐不住，便随口答应道："汝能至此，好算为先人吐气；但汝的行谊，恐未必能及先人呢。"温惊问何故，母凄然道："他事不必论，阿二与汝同行，均随黄巢为盗，他独战死蛮岭，尸骨尚未还乡，二孤飘零异地，穷苦失依，汝幸得富贵，独未念及，试问汝心可安否？照此看来，汝尚不能无愧了！"温乃涕泣谢罪,遣使往南方取回兄榇,并挈二子至汴,取名友宁、友伦。全昱已早至汴州,见过母弟,自受封列官后,携家眷归午沟里,大起甲第,光耀门楣。他亦生有三子,长名友谅,次名友能,又次名友诲,后文自有表见。

光启二年,温且晋爵为王,自是权势日张,兀成强镇。俗语说得好,江山可改,本性难移。他生成是副盗贼心肠,专喜损人利己,遇着急难的时候,就使要他下拜,也是乐从;到了难星已过,依然趾高气扬,有我无人,甚且以怨报德,往往将救命恩公,一古脑儿迫入死地,好教他独自为王,这是朱温第一桩的黑心。**特别表明。**小子前编《唐史演义》,已曾详叙,此处只好约略表明。先是巢党尚让,率贼进逼汴城,河东军帅李克用,好意救他,逐去尚让,他邀克用入上源驿,佯为犒宴,夜间偏潜遣军士,围攻驿馆,幸亏克用命不该绝,得逾垣遁去,只杀了河东兵士数百人。**是唐僖宗中和四年间事。**后来尚让归降,又出了一个秦宗权,也是逆巢余党,据住蔡州,屡次与温争锋。温多败少胜,复向兖郓求救。兖郓为天平军驻节地,节度使朱瑄,与弟瑾先后赴援。温得借他兵势,破走秦宗权。他又故态复萌,诬称朱瑄兄弟,诱汴亡卒,发兵袭击二朱,把他管辖的曹、濮二州,硬夺了来。**是唐僖宗光启三年间事。**一面进攻蔡州,擒住秦宗权,槛送京师,得进封东平郡王。

唐僖宗崩,弟昭宗嗣,他又阴赂唐相张濬,嗾他出征河东,濬为李克用所败,害得公私两丧,流贬远州。**是昭宗大顺元年间事。**他却乘间取利,故向魏博假道,要发兵助讨河东。魏博军帅罗弘信,与河东素无仇隙,当然不允,他即倾兵击魏,连战连胜。弘信敌他不过,没奈何奉赂乞和。他既得了厚赂,并不向河东进兵,又去攻略兖郓。前军为朱瑾所败,无从得志,索性迁怨徐州,由东而南。徐州节度使时溥,资望本出温上,偏权位不能如温,未免啧有烦言。会秦宗权弟宗衡,骚扰淮扬,唐廷命温兼淮南节度使,令他出剿宗衡。温遂借道徐州,溥竟不许,因为温援作话柄,移军攻徐州,连拔濠、泗二州。溥累战不利,死守彭城,温再四进攻,卒为所拔,溥举族自焚。**是昭宗景福二年间事。**

温兵势益张,便进图兖郓。可怜朱瑄兄弟,连年被兵,弄得师劳力竭,设法支持,不得已乞师河东。李克用恨温刁滑,倒也发兵东援,偏罗弘信与温和好,在中途截住克用,不令东行。兖郓属城,陆续被温夺去,朱瑄成擒,为温所杀。瑾脱身走淮南,妻子陷入温手。温见瑾妻姿色可人,迫令侍寝,奸宿数宵,挈归汴梁。经爱妻张夫人婉言讽谏，方出瑾妻为尼。是昭宗乾宁四年间事。张夫人讽谏语见《唐史演义》中，故不重述。

先是温母在汴，尝戒温妄加淫戮。温虽未肯全听母教，尚有三分谨慎。至是温母已早归午沟里，得病身亡，温失了慈训，自然任性横行，还亏妻室张氏，贤明谨饬，动遵礼法，无论内外政事，辄加干涉。温本宠爱异常，更因张氏所料，语多奇中，每为温所未及，所以温越加敬畏，凡一举一动，多向闺门受教。有时温已督兵出行，途次接着汴使，说是奉张夫人命，召还大王，温即勒马回军。就是平时侍妾，也不过三五人，未敢贪得无厌。古人谓以柔克刚，如温妻张氏，真是得此秘诀。不知老天何故生这慧女，为强盗的贤内助呢？褒贬悉宜。

温既据有兖郓等地，兼任宣武见前、宣义治滑州、天平见前三镇节度使，复会同魏博军，攻李克用，拔洺、邢、磁三州。唐廷威令，已不能出国门一步，哪里还敢过问？温要什么，便依他什么。昭宗光化三年，中官刘季述，竟将昭宗幽禁，另立太子裕为皇帝。宰相崔胤，召温勤王。温正进取河中，未肯遽赴，好好一场复辟大功，归了神策指挥使孙德昭。季述诛，太子废，昭宗仍旧登基，改元天复。温不得与闻，后来亦未免自悔，但河中已幸夺取，因讽吏民上表唐廷，请己为帅，昭宗亦不敢不从。

偏偏唐宫里面，又出了一个韩全海，代刘季述做了中尉，比季述还要狡黠，潜通凤翔节度使岐王李茂贞，劫了帝驾，竟赴凤翔。那时唐相崔胤，复召温西迎天子，温出兵至凤翔城东，耀武扬威，一住数日。茂贞胁昭宗下诏，饬温还镇，他本无心迎驾，不过假托名目，为欺人计；既接昭宗诏命，便引还河中。又遣将进攻河东，取慈、隰、汾三州，直抵晋阳。围攻了好几天，被河东军杀败，方命退师，慈、隰、汾三州，仍然弃去。可巧崔胤奔诣河中，坚劝温迎还昭宗，温乃再督兵五万，进围凤翔。茂贞连战失利，乃诛死韩全海，放出唐昭宗，与温议和。温奉驾还京，改元天祐，大杀宦官，特旨赐温号为回天再造竭忠守正大功臣，加爵梁王，兼任各道兵马副元帅。

当时唐室大权，尽归温手，温遂思篡夺唐祚，把宫廷内外的禁卫军，一概撤换，自派子侄及心腹将士，代握宫禁兵权。待部署已定，即当强迫昭宗，令他禅位，偏得了汴梁消息，张夫人抱病甚剧，势将不起，乃陛辞昭宗，回汴探妻。

既返军辕，见爱妻僵卧榻中，已是瘦骨如柴，奄奄待毙。英雄气短，儿女情长，到此也不免洒了几点悲泪。张夫人闻有泣声，顿觉惊寤转来，勉挣病目，向外瞧着，见温立在榻前，自弹老泪，便强振娇喉，凄声问道："大王已回来了么？"温答声称是。张夫人道："妾病垂危，不日将长别大王了。"温越觉悲咽，握住妻手，恻然答道："自从同州得配夫人，到今已二十多年，不但内政仗卿主持，就是外事亦赖卿参议。今已大功告成，转眼间将登大宝，满望与卿同享尊荣，再做几十年太平帝后，哪知卿病至此，如何是好！"张夫人亦流泪道："人生总有一死，死亦何恨！况妾身得列王妃，已越望外，还想什么意外富贵？就是为大王计，也算备受唐室厚恩。唐室可辅，还须帮护数年，不可骤然废夺。试想从古到今，有几个太平天子？可见皇帝是不容易做呢！"巾帼妇人，难得有此见识。温随口应道："时势逼人，不得不尔。"张夫人叹道："大王既有大志，料妾亦无能挽回，但上台容易，下台为难，大王总宜三思后行。果使天与人归，得登九五，妾尚有一言，作为遗谏，可好么？"温答道："夫人尽管说来，无不乐从。"张夫人半晌才道："大王英武过人，他事都可无虑；唯'戒杀远色'四字，乞大王随时注意！妾死也瞑目了。"药石名言，若朱温肯遵闺诫，可免剖腹之苦。说至此，不觉气向上涌，痰喘交作，延挨了一昼夜，竟尔逝世。温失声大恸。汴军亦多垂泪，原来温性残暴，每一拂性，杀人如草芥，部下将士，无人敢谏，独张夫人出为救解，但用几句婉言，能使铁石心肠，熔为柔软，所以军士赖她存活者，不可胜计，生荣死哀，也是应有的善报。言下寓劝世意。

温有婢妾二人，一姓陈，一姓李，张夫人亦和颜相待，未尝苛害。就是温所掠归的朱瑾妻，已出为尼，亦时由张夫人赒给衣食，不使少匮。史家称她以柔婉之德，制豺虎之心，可为五代中第一贤妇。这原是真品评呢！张氏受唐封为魏国夫人，生子友贞，为温第四子。后来温篡唐室，即位改元，追封张氏为贤妃，寻复追册为元贞皇后。小子有诗咏道：

> 巾帼聪明胜丈夫，遗箴端的是良谟。
> 妇言不用终罹祸，淫恶难逃身首诛！

张氏既殁，丧葬告终，野心勃勃的朱阿三，遂日谋夺唐祚，要想帝制自为了。欲知后事，试阅下回。

本回叙朱温事，以母妻二人为关键。《唐史演义》中皆未详叙，故是回特别表明。温之迎母至汴，非真孝思也，为自示豪侈计耳。观其母之询及朱存，而温不以为念，天下有孝子而不知悌弟乎！唯既经母训，尚知涕泣谢罪，取还兄榇，召抚二孤，是大盗犹有天良，彼世之不孝不友者，视温且有愧色矣。张氏为温贤妻，临殁之言，史中虽未曾尽载，但亦不得谓全出虚诬，苏长公所谓想当然者，此类是也。汴有张氏，晋有刘氏，皆为开国内助，贤妇之关系国家，固如此其重且大者。书中述朱温拓地一段，用简笔略过，免至繁复，阅者欲览详文，固自有《唐史演义》在也。

第三回

登大宝朱梁篡位
明正义全昱进规

却说朱温急欲篡唐，逐渐布置，首先与温反对的镇帅，乃是平卢军<small>治青州</small>节度使王师范。<small>《纲目》于师范攻兖州，曾以讨贼美名归之。故本书亦郑重揭出。</small>师范颇好学，尝以忠义自期。岐王李茂贞，自凤翔贻师范书，谓温围逼天子，包藏祸心，师范不禁愤起，即发兵讨温，遣行军司马刘郓攻取兖州，自督兵攻齐州。温遣兄子友宁领兵救齐，击退师范，更派别将葛从周围兖州。友宁乘胜拔博昌、临淄各城，直抵青州城下，师范得淮南援兵，大破汴军，友宁马蹶被杀。<small>送死一个侄儿。</small>

温闻败报，亲率强兵二十万，昼夜兼行，至青州城东，与师范大战一日，师范败走。乃留部将杨师厚攻青州，自引军还汴，师厚复连败师范，擒住他胞弟师克。师范恐爱弟受戮，没奈何举城请降。刘郓亦将兖州城献还从周。温徙师范家族至汴梁，本拟举师范为河阳节度使，寻因友宁妻泣请复仇，乃将师范杀死，并及族属二百余人。<small>残暴不仁。</small>独署刘郓为元帅府都押牙，权知鹿州留后。

会闻李茂贞与养子继徽，举兵逼京畿。遂复出屯河中，请昭宗迁都洛阳。唐相崔胤，始知温有异图，拟召募六军十二卫，密为防御，且与京兆尹郑元规等，缮治兵甲，日夜不息。温正思诘问，适值兄子友伦，在京中留典禁军，因击球坠马，竟致毙命。<small>又断送一个侄儿。</small>他遂借此为由，谓友伦暴死，实由崔胤、郑元规等暗中加害，表请昭宗案诛罪犯，毋使专权乱政等语。昭宗览表大惊，即将崔胤等免职。温尚恨恨不平，且遣兄子友谅，带兵入都，令为护驾都指挥使。一面胁昭宗迁洛，一面捕住崔胤、郑元规等，尽行杀毙。

昭宗已同傀儡，只好随了友谅，挈领何皇后等出都。行至陕州，温自河中入觐，由昭宗延入寝室，面赐酒器及衣物。何后泣语道："此后大家夫妇，委身全忠了。"昭宗命温兼判左右神策军，及六军诸卫事。温且将昭宗左右，如小黄门等十余人，及打球供奉内园小儿等二百余名，也诱入行幄，一并斩首，把众尸埋瘗幕下，另选二百余人，入侍昭宗。于是昭宗名为共主，简直如犯人一般，悉受汴人管束。**便好开刀。**

温佯为恭顺，先赴洛整治宫阙，然后迎驾至洛，自己返入汴城。昭宗已入牢笼，自知命在旦暮，尚分颁绢诏，告难四方。晋王李克用，岐王李茂贞，蜀王王建，吴王杨行密，彼此移檄，声罪讨温。温索性一不做，二不休，竟令养子友恭，及部将氏叔琮、蒋玄晖等，弑了昭宗，改立昭宗第九子辉王祚为帝。他却假惺惺地驰至洛阳，匍伏昭宗枢前，放声大哭，**恐是有声无泪。**并且诿罪友恭、叔琮，牵出斩首。友恭临刑大呼道："卖我塞天下谤，人可欺，鬼神可欺么？"**你也该死。**温辞别还镇，辉王祚年只十三，后世号为昭宣帝。他虽身登帝座，晓得什么国事？连年号都不敢更张。何皇后受尊为皇太后，移居积善宫，本来是个女流，没甚能力，此时更如坐针毡，自料母子难保，唯以泪洗面罢了。温又令蒋玄晖诱杀唐室诸王，凡昭宗长子德王裕以下，共死九人。更奏贬唐室故相裴枢、独孤损、崔远、陆扆、王溥等官，俟他出寓白马驿，发兵围捕，一古脑儿结果性命，投尸河中。尚有唐相柳璨，一味媚温，屡替温谋禅代事。温自思逆谋已遂，因遣使传示诸镇，表明代唐意思。晋、岐、蜀、吴当然不从，山南东道治襄州节度使赵匡凝，与弟荆南留后赵匡明，也不肯听令。温立派大将杨师厚，率大兵攻襄州，逐去匡凝，再进拔江陵，逐去匡明，荆襄俱为温有。柳璨等反谓温有南征大功，请旨进温为相国，总制百揆，兼任二十一道节度使。温篡唐心急，还要什么荣封？当下密嘱蒋玄晖，令与柳璨计议，指日迫唐帝传禅。偏玄晖与璨，谋事迂远，谓必须封过大国，加过九锡，然后禅位，方合魏、晋以来的古制。乃再晋封温为魏王，加九锡，入朝不趋，赞拜不名，兼充天下兵马元帅。温勃然怒道："这等虚名，我有何用？但教把帝位交付与我，便好了事。"遂拒还诏命，不愿受赐。宣徽副使王殷、赵殷衡平时与璨等有隙，乘间至温处进谗，谓璨等欲延唐祚，所以种种留难，静候外援。温因此益愤，欲杀柳璨、蒋玄晖。璨闻信大惧，亟奏请传禅，且往汴自解，偏受了一碗闭门羹。还至东都，正值宫人传何太后旨，乞璨代为保护传禅后子母生全，璨含糊答应。蒋玄晖、张廷范处，亦经太后谕意，覆语如璨略同。王殷、赵殷衡又得了间隙，密报汴梁，诬称璨与玄晖、廷范，入积善宫夜宴，对太后焚香为誓，兴复唐祚。温素性暴戾，管什么虚虚实实，竟令殷等收捕玄晖，殷等且说玄晖私通太后，索性把何太后一并弑死。玄晖枭首，焚骨扬灰。又执璨至上东门，赏他一刀，璨自呼道："负国贼柳璨，该死！该死！"死有余辜。廷范亦被拿下，车裂以殉。助逆者其听之。温即欲赴洛，把帝位篡夺了来，偏魏博军帅罗绍威，有密书到汴，请温发兵代除悍将，温乃自往魏州，屠戮魏州牙军八千家。又因幽州军帅刘仁恭，屡为魏患，便顺道渡河，围攻沧州。仁恭向河东乞援，李克用遣将周德威、李嗣昭等，出兵潞州，作为声援。潞州节度使丁会即昭义节度使，本已归顺汴梁，至是为河东兵所攻，力不能支，且嫉温弑逆不道，竟举城降河东军。温攻沧州不下，又闻潞州失守，乃引兵还魏，由魏返梁。自经这番奔波，唐祚才得苟延了一年。唐昭宣帝天祐四年三月，东都遣御史大夫薛贻矩，到了汴城，传述禅位诏旨。温盛称符瑞，自言有庆云盖护府署，继又谓家庙中生五色芝，第一室神主上，有五色衣，显是代唐的预兆。贻矩北面拜舞，实行称臣，及返至东都，请昭宣帝即日禅位。昭宣帝无可奈何，只得遣宰相张文蔚、杨涉，及薛贻矩、苏循、张策、赵光逢等一班大臣，奉玉册传国宝，及诸司仪仗法驾，驰往汴梁。温命馆待上源驿，即下令改名为晃，取日光普照的意义。四月甲子日，张文蔚等自驿馆入城，登大梁殿廷，殿名金祥也是温临时定名。温戴着通天冕，穿着衮龙袍，大摇大摆，从殿后簇拥出来，汴将早鹄立两旁，拱手伺候。张文蔚、苏循奉册以进，由文蔚朗声读册道：

咨尔天下兵马元帅相国总百揆梁王：朕每观上古之书，以尧舜为始者，盖以禅让之典，垂于无穷，故封泰山，禅梁父，略可道者七十二君；则知天下至公，非一姓独有。自古明王圣帝，焦思劳神，惴若纳隍，坐以待旦，莫不居之则就畏，去之则逸安。且轩辕非不明，放勋非不圣，尚欲游于姑射，休彼大廷，矧乎历数寻终，期运久谢，属于孤藐，统御万方者哉？况自懿祖之后，嬖幸乱朝，祸起有阶，政渐无象，天纲幅裂，海水横流，四纪于兹，群生无庇，泪乎丧乱，谁其底绥？洎于小子，粤以冲年，继兹衰绪，岂兹冲昧，能守洪基？唯王明圣在躬，体于上哲，奋扬神武，戡定区夏，大功二十，光著册书。北越阴山，南逾粤海，东至碣石，西暨流沙，怀生之伦，罔不悦附，矧予寡昧，危而获存。今则上察天文，下观人愿，是土德终极之际，乃金行兆应之辰。十载之间，彗星三见，布新除旧，厥有明征，讴歌所归，属在睿德。今遣持节银紫光禄大夫同中书门下平章事张文蔚等，奉皇帝宝绶，敬逊于位。於戏！天之历数在尔躬，允执厥中，天禄永终，王其祗显大礼，享兹万国，以肃膺天命！

文蔚读毕，将册文交温，再由张策、杨涉、薛贻矩、赵光逢，依次递呈御宝，均由温接受。温遂俨然升座，文蔚等降至殿下，率百官舞蹈称贺。自问有愧心否？

礼毕退班，温休息半日。午后在内殿设宴，遍赐群臣。这殿叫作玄德殿，隐以虞舜自比，引用"玄德升闻"的成语。文蔚等俱蒙赐宴，侍坐两旁。温举觞与语道："朕辅政未久，区区功德，未能遍及人民，今日得居尊位，实皆由诸公推戴，朕未免且感且惭！请诸公畅饮数杯！"何其客气！文蔚等听着此言，离席叩谢，但一时无词可答，也只有噤声不语。独苏循、薛贻矩及刑部尚书张祎，极力献谀，盛称"陛下功德巍巍，正宜应天顺人，臣等毫无功力，唯深感陛下鸿恩，誓图后效"云云。天良丧尽。温掀髯大笑，开怀痛饮，直至鼍鼓冬冬，方才撤席，大家谢恩而归。

越日大赦改元，国号大梁，废昭宣帝为济阴王。特下一诏令道：

王者受命于天，光宅四海，祗事上帝，宠绥万民。革故鼎新，谅历数而先定；创业垂统，知图箓以无差。神器所归，祥符合应，是以三正互用，五运相生。前朝道消，中原政散，瞻乌莫定，失鹿难追。朕经纬风雷，沐浴霜露，四征七伐，垂三十年，纠合齐盟，翼戴唐室。随山刊木，罔惮胼胝；投袂挥戈，不遑寝处。洎上穹之所赞，知唐运之不兴；莫谐辅汉之文，徒罄事殷之礼。忽比夏禹，忽拟周文，适足令人齿冷！唐主知英华易竭，算祀有终，释龟鼎以如遗，推剑绂而相授。朕惧德勿嗣，执谦允恭，避景命于南河，眷清风于颍水。吾谁欺，欺天乎？而乃列岳群后，盈廷庶官，东西南北之人，斑白缁黄之众，谓朕功盖上下，泽被幽深，宜顺天以应时，俾化家而为国。恐只有寡廉鲜耻等人，如是云云。拒彼亿兆，至于再三。史策无闻。且曰七政已齐，万几难旷，勉遵令典，爰正鸿名。告天地神祇，建宗庙社稷。顾唯凉德，曷副乐推，祟若履冰，怀如驭朽。金行启祚，玉历建元。方宏经始之规，宜布维新之令。可改唐天祐四年为开平元年，国号大梁。书载虞宾，斯为令范，《诗》称周客，盖有明文。是用先封，以礼后嗣，宜以曹州济阴之邑奉唐主，封为济阴王。凡百轨仪，并遵故实。姬庭多士，比是殷臣。楚国群材，终为晋用。历观前载，自有通规。但遵故事之文，勿替在公之效。应是唐朝中外文武旧臣，现任前资官爵，一切仍旧。凡百有位，无易厥章，陈力济时，尽瘁事朕。此诏。

嗣是升汴州为开封府，定名东都。旧有唐东都洛阳，改称西都，废京兆府，易名大安府，长安县为大安县。置佑国军节度使，即令前镇国军治华州节度使韩建充任。授张文蔚、杨涉为门下侍郎，薛贻矩为中书侍郎，并同平章事。改枢密院为崇政院，命太府卿敬翔为院使。敬翔系梁主温第一功臣，凡一切篡唐谋画，无不与商。所以梁主受禅，仍使他特掌机要。此后军国大事，必经崇政院裁定，然后宣白宰相。宰相非时奏请，皆由崇政院代陈。又特设建昌院，管领国家钱谷，即令养子朱友文知院事。友文本姓康，名勤，为梁主温所特爱，视同己出，改赐姓名，排入亲子行中。温有七子，长名友裕，次为友珪、友璋、友贞、友雍、友徽、友孜，友孜一作友敬。连友文共称八儿。友裕时已逝世，追封郴王，友珪为郢王，友璋为福王，友贞为均王，友雍为贺王，友徽为建王，友文亦受封博王；友孜尚幼，故未得王爵。追尊朱氏四代庙号，高祖黯为肃祖皇帝，妣范氏为宣僖皇后，曾祖茂琳为敬祖皇帝，妣杨氏为光孝皇后，祖信为宪祖皇帝，妣刘氏为昭懿皇后；父诚为烈祖皇帝，母王氏为文惠皇后。封长兄全昱为广王，追封次兄存为朗王。全昱子友谅为衡王，友能为惠王，友诲为邵王。存子友宁、友伦已死，亦得追封：友宁为安王，友伦为密王。

温特开家宴，召集诸王宗戚，酣饮宫中。喝到酩酊大醉，尚是余兴未消，顿时取出五色骰子，与族属戏起赌来，一掷千金，呼喝甚豪，几把那皇帝架子，丢抛净尽，依然是个砀山无赖，满口呶呶，醉骂不休。倒是本色。

全昱平时，本无心富贵，尝居砀山故里，携杖逍遥。唐廷曾授他为岭南西道治桂州节度使，他却不愿赴任，仍旧辞职家居。此次闻温受禅，不得已来至大梁，就是得封王爵，也不过随遇而安，没甚喜欢。难能可贵。及见温使酒狂赌，很觉看不过去，便斜视温面道："朱阿三，汝本砀山小民，从黄巢为盗，目无法纪。一旦反正归唐，遭逢盛遇，天子用汝为四镇节度使，位极人臣，穷享富贵，也可谓不负汝志。汝奈何起了歹心，竟灭唐家三百年社稷！似此忘恩背义，恐鬼神未必佑汝，我恐朱氏一族，将被汝覆灭了！还赌出什么来！"快人快语。说至此，顺手取过骰盆，将骰子散掷地上。

看官！你想朱温到了此时，叫他如何忍受？不由得奋袂起座，要与全昱拼命。族属慌忙劝解，令全昱退出宫外，温尚恨恨不已，乱呼乱骂，几乎把朱氏祖宗十七八代，也一并揶揄在内。写尽狂奴。经大众劝他返寝，才算免事。全昱竟飘然自去，仍回砀山故里中，芒鞋竹杖，安享清福去了。及温次日起床，细思兄言，恰也有理，便搁过一边，不再提及。全昱竟得享天年，直至贞明二年，贞明为梁主友贞年号，见后文寿终故里。

这且休表。且说唐祚已移，正朔复改，梁廷传诏四方，不准再用前唐年号。各镇多畏梁主势力，不敢抗命，独有四镇未服，仍奉唐正朔，且移檄讨梁，兴复唐室。看官道是哪四镇？就是上文所说的晋、岐、吴、蜀。小子更略述来历如下：

晋　即河东，为沙陀人李克用所据。原姓朱邪，父名赤心，以功任云州刺史，赐姓名李国昌。克用为云中守捉使，擅杀大同防御使段文楚，据住云州，败奔鞑靼。后因黄巢僭乱，入征有功，拜河东节度使，加封晋王。唐亡后不服梁命，仍称天祐四年。

岐　即凤翔，为深州人李茂贞所据。茂贞本姓宋，名文通，讨黄巢有功，改赐姓名，官凤翔节度使，累封至岐王。唐亡后亦不服梁命，仍称天祐四年。

吴　即淮南，为庐州人杨行密所据。行密少为盗，转投军伍，乘乱据庐州，平黄巢余党，得拜淮南节度使，晋封吴王。唐昭宣帝季年，行密殁，子渥嗣职，因见晋、岐不受梁命，亦仍奉唐正朔，称天祐四年。

蜀　即西川，为许州人王建所据。建以盐枭从忠武军治许州，入关逐黄巢，得补禁军八都头之一。嗣入蜀并有两川，洊封至蜀王。唐亡后不受梁命，并因天祐为朱氏所改，不应遵名，但称为天复七年。

那时四镇变作四国，与梁分峙中原。晋最强，次为吴、蜀、岐。四国移檄讨梁，梁亦传檄讨四国，这真叫作中原逐鹿了。小子有诗叹道：

> 人心世道已沦亡，元恶公然作帝王。
>
> 差幸纲常存一线，尚留四镇抗强梁。

欲知四国后事，且看下回续表。

朱温于唐，无甚功绩，第因乘乱崛起，得肆其狡猾凶暴之手段，据唐祚而有之。从前王莽、曹操、司马懿、刘裕诸奸雄，其险恶犹不若温也。当时之献媚贡谀者，不一而足，温自以为一手掩尽天下耳目，庸讵知骨肉宗亲中，独有侥侥如全昱，仗义宣言，足以丧其魂而褫其魄耶！观全昱寥寥数语，使阅者浮一大白。而温敢弑昭宗，弑何太后，弑昭宣帝，独不能戕害一兄。盖义正词严，令彼无从躲闪，即令彼无从下手。而全昱复飘然归里，自适其所，卒得寿终，是亦一武攸绪之流亚欤？安得以为温兄而少之哉？

第四回

康怀贞筑垒围潞州
李存勖督兵破夹寨

却说晋王李克用，岐王李茂贞，吴王杨渥，蜀王王建，有志抗梁，移檄四方，兴复唐室。当时四方各镇，号称最大的，为吴越、湖南、荆南、福建、岭南五区。这五区见了檄文，并没有什么响应，转令晋、岐、吴、蜀四国，亦急切未敢发难。究竟这五镇军帅，是何等人物，也不得不表明如下。为后文十国伏案。

吴越　系临安人钱镠据守地。镠曾贩盐为盗，改投石镜镇将董昌麾下，以功补都知兵马使。后与昌分据杭越，昌居越州，僭号称帝，镠由杭州发兵斩昌，传首唐廷，唐封镠为越王，继又改封吴王。

湖南　系许州人马殷据守地。殷初为秦宗权党孙儒裨将，儒败死，殷与同党刘建锋走洪州。建锋据湖南，为下所杀，众推殷为帅。殷表闻唐廷，唐乃授殷为淮南节度使。

荆南　系陕州人高季昌据守地。季昌少为汴州富人李让家童。朱温镇汴，让以入赘见温，温令为义子，易姓名为朱友让。季昌亦因让进见，温与语颇以为能，命让畜为义儿，遂亦冒姓朱氏。后随温攻凤翔有功，得拜宋州刺史，仍复高姓。及温击走赵匡凝兄弟见前回，遂保奏季昌为荆南留后，唐廷从之。

福建 系光州人王审知据守地。审知兄潮为县史，因乱从军，略定闽邑，由福建观察使陈岩举荐，得任泉州刺史。岩卒，潮进代岩职，审知亦得官副使。及潮殁，审知继任，寻且升任节度使，加封琅琊王。

岭南 系闽人刘隐据守地。隐祖安仁经商南海，留家居此。父谦为封州刺史，兼贺江镇遏使。谦殁，隐得袭职。岭南节度使徐彦若，表荐隐为节度副使，委以军事。彦若卒，军中推隐为留后，隐表闻唐廷，且纳贿朱温，遂得实授节度使。

看官，你想这五镇中，高季昌为梁主温所拔擢，当然为温效力，刘隐也得温好处，怎肯背梁？吴越、湖南、福建与温素无恶感，乐得袖手旁观。况自温受禅后，格外笼络，加封钱镠为吴越王，马殷为楚王，王审知为闽王，高季昌实授节度使，兼同平章事职衔，刘隐加检校太尉兼侍中，旋且晋封为南平王。这五镇自然岁修朝贡，稽首称臣，哪里还记得唐朝厚恩，愿附入晋、岐、吴、蜀四国，协图兴复呢？富贵误人。

此外尚有河北著名数大镇，唐季尝称雄割据，不奉朝命，至唐室衰亡，各镇非削即弱。成德军治镇州节度使王镕，为唐累世藩臣，年龄未高，资望最著，向来与河东联合。自朱温得势，会同魏博军攻河东，取得邢、洺、磁三州，遂作书招镕，令他绝晋归梁。镕尚犹豫未决，温率军进薄镇州城下，焚去南关，镕乃乞和，愿以子昭祚为质。温带昭祚还汴，妻以爱女，与镕结为儿女亲家，至开平元年，且封镕为赵王。时成德军已倾心归梁了。一镇属梁。

魏博军节度使罗绍威，素与梁和，长子廷规，娶温女为妇，结为婚姻。温尝替他屠灭悍卒，隐除内患。见前回。虽费了无数供亿，绍威尝有铸成大错的悔语；但德多怨少，总不肯无故背梁。温即帝位，且进贡魏州良木，为建造宫殿的材料，温赐他宝带名马，作为酬仪，彼此欢洽，不问可知。又一镇属梁。

卢龙军治幽州节度使刘仁恭，据有幽、沧各州，与魏博不协。曾经温替魏往攻，因仁恭得河东声援，未能得利。见前回。这一镇是与晋通好，与梁为仇。哪知仁恭骄侈性成，既得击退梁兵，越觉穷奢极欲，恣情淫佚。幽州有大安山，四面悬绝，他偏在山上筑起宫室，备极华丽，采选良家妇女，令她居住，以供游幸。自恐精力不继，镇日里召集方士，共炼丹药，冀得长生，凡百姓所得制钱，勒令缴出，窖藏山中，民间买卖交易，但令用墐土代钱，各处怨声载道，他尚自称得计。平时第一爱妾，为罗氏女，生得杏脸桃腮，千娇百媚，偏为次子守光，暗中艳羡，勾搭上手，竟代父荐寝，与罗氏作云雨欢。事为仁恭所闻，立将守光笞责百下，逐出幽州。*子肯代你效劳，何故黜逐？*可巧梁将李思安，奉梁主命，领兵来攻幽州，仁恭尚在大安山，淫乐自如。守光从外引兵到来，击走梁军，随即遣部将李小喜、元行钦等，袭入大安山，把仁恭拘来，幽住别室，自称卢龙节度使。凡父亲罗氏以下，但见得姿色可人，一概取回城中，轮流伴宿，日夕烝淫。*舍老得少，想彼时伴宿妇女，应亦赞同。*乃兄守文，为义昌军*治沧州*节度使，闻父被囚，召集将吏，且泣且语道："不意我家生此枭獍，我生不如死，誓与诸君往讨此贼！"将吏应诺，守文遂督众至芦台，与守光部兵对仗。战了半日，互有杀伤，两下鸣金收军。越日，守文再进战蓝田，反为守光所败，乃返兵至镇，遣使向契丹乞援。守光恐守文复至，又虑梁兵乘隙来攻，因差人至梁，赍表乞降。梁主温即颁发诏命，授守光为卢龙节度使。*想是性情相同，故不暇指斥。*于是幽沧一方面，也为朱梁的属镇了。*又一镇属梁。*此三镇叙笔与前五镇不同，盖前五镇为后文十国伏案，与此三镇互有重轻，故详略互异。

外此如义武军*治定州*节度使王处直，夏州节度使李思谏，朔方节度使韩逊，匡国军*治同州*节度使冯行袭等，均已臣事朱梁，不生异心。*此四镇为唐室旧臣，非由朱梁特授，故亦略表。*所以晋、岐、吴、蜀各檄文，传达远近，终归无效。

蜀王王建，因贻晋王李克用书，请各帝一方。克用覆书答云："此生誓不失节！"*克用生平，功不掩过，唯此一语特见忠忱。*王建得书，又延宕数月，毕竟皇帝心热，竟僭号称尊。国号大蜀，改元武成，用王宗佶、韦庄为宰相，唐道袭为内枢密使，立子宗懿为皇太子。嗣复自上尊号，称英武睿圣皇帝。岐王李茂贞，也想照这般行为，究因地狭兵虚，未敢称帝，但开府置官，所有宫殿号令，略拟帝制罢了。

梁主温最忌晋王，篡位后即遣大将康怀贞，率兵数万，往攻潞州。晋将李嗣昭拒守，怀贞日夕猛攻，竟不能克。乃四面筑垒，成蚰蜒堑，*蚰蜒虫名；取以名堑有坚耐意。*分兵屯守，为久围计。嗣昭向晋告急。晋王李克用，即派周德威为行营都指挥使，率同李嗣本、史建瑭、安元信、李嗣源、安金全等，往援潞州。行至高河，遇着梁将秦武，前来拦阻，即麾兵杀去。秦武败走，康怀贞也向梁廷添兵。梁主温恨他无能，另授亳州刺史李思安为潞州行营都统，降怀贞为行营都虞候。思安领河北兵西行，至潞州城下，更筑重城，内防城中冲突，外拒城中援军，取名叫作夹寨。且调山东人民，馈运军粮，俨然有垒高粮足，虎视眈眈的形势。晋将德威，不与力争，但日遣轻骑抄袭，彼出即归，彼归复出，为牵制梁军的计画。思安恐粮车被劫，再从东南出口，筑起甬道，与夹寨相接，免得疏漏。怎奈周德威与部下诸将，更番进攻，排墙填堑，时来骚扰，害得梁军日不得安，夜不得眠，只好坚壁不出，与晋军积久相持。李克用却命李存璋等分攻晋州、洺州，使梁军往来援应，东西奔命。梁主温也发河中陕州将士，驰赴行营，厚添兵力，两下里旗鼓相当，誓决雌雄，自梁开平元年秋季开战，直至二年正月，尚未解决。**此为梁晋第一次大战争。**

　　李克用因军务倥偬，半年不解，免不得忧劳交集，竟致疽发背中。卧床数日，疽患尤剧，无药可疗，自知病将不起，乃命弟振武军治故单于东都护府。节度使克宁、监军张承业，及大将李存璋、吴珙，掌书记吴质等，立长子存勖为嗣。存勖为克用次妻曹氏所出，小名亚子，幼娴骑射，胆力过人，克用早目为奇儿。年十一，随克用立功，献捷唐廷。唐昭宗见他异表，特赏他鸂鶒卮、翡翠盘，且抚背道：“儿有奇姿，他日富贵，毋忘我家！”因此克用益加钟爱，特令袭封。并语克宁等道：“此儿志气远大，必能成我遗志，愿汝等善为教导，我死无恨了！”又召存勖至卧榻前，叮咛嘱咐道：“嗣昭守潞，方困重围，恨我不能亲身往援，恐与他要长别了。我死后，丧葬事了，汝速与德威等竭力救他，勿令陷没为要！”语至此，又令取过平时佩带的箭袋，拔出三矢，分交存勖，交付一支，谆嘱数语。第一矢是教他灭梁，第二矢是教他扫燕，第三矢是教他逐契丹。梁晋世仇，克用不能灭梁，原是一生大恨。燕指刘守光，守光叛晋降梁，也是克用所恨的。契丹酋长耶律阿保机，**阿保机一译作按巴坚，**曾与克用约为兄弟，及梁主受禅，阿保机与梁通好，自食前言，所以克用也引为恨事。存勖涕泣受命。**事见欧阳氏《五代史·伶官列传》。**克用复语克宁道：“此后以亚子累汝，汝勿负我！”说到“我”字，已是忍不住痛苦，一声狂呼，竟尔毕命。享年五十三岁。

　　存勖号哭擗踊，非常哀恸。克宁等料理丧事，忙乱了好几天。唯克用在日，养子甚多，衣服礼秩，与存勖相等，共有六七人。存勖嗣位，彼等心怀不服，捏造谣言，意图作乱。克宁久握兵权，又为军士所倾向，因此也涉嫌疑。监军张承业，本是唐朝宦官，当朱温扈驾入京，与崔胤大杀宦官时，曾令各镇悉诛监军。李克用与承业友善，但杀罪犯一人，充作承业，承业仍监军如故，感克用恩，格外效力，至是代为衔忧。且见存勖久居丧庐，未曾视事，乃排闼入语存勖道："大孝在不坠基业，非寻常哭泣可了。目今汴寇压境，利我凶哀，我又内势未靖，谣言百出，一或摇动，祸变立至，请嗣王墨缞听政，勉持危局，方为尽孝。"存勖才出庐莅事，闻军中私议纷纷，也觉惊心。便邀克宁入室，凄然与语道："儿年尚幼，未通庶政，恐不足上承遗命，弹压各军。叔父勋德俱高，众情推服，且请制置军府，俟儿能成立，再听叔父处分。"克宁慨语道："汝系亡兄家嗣，且有遗命，何人得生异议？"本意却是不错。遂扶存勖出堂，召集军中将士，推戴存勖为晋王，兼河东节度使。克宁首先拜贺。将士等亦不敢不从，相率下拜。唯克用养子李存颢等，托疾不至。

至克宁退归私第，存颢独乘夜入谒，用言挑拨道："兄终弟及，也是古今旧事，奈何以叔拜侄呢？"克宁正色道："这是体统所关，怎得顾全私谊？"语未毕，忽屏后有人窃笑道："叔可拜侄，将来侄要杀叔，也只好束手受刃了！"克宁闻声返顾，见有一人出来，原来是妻室孟氏。便道："你如何也来胡说！"孟氏道："天与不取，必且受殃！你道存勖是好人么？"存颢得了一个大帮手，复用着一番甜言蜜语，竭力撺掇。说得克宁也觉心动。坏了！坏了！便叹息道："名位已定，叫我如何区处？"存颢道："这有何难？但教杀死张承业、李存璋，便好成功。"克宁道："你且去与密友妥商，再作计较。"

存颢大喜，出与同党计议，决奉克宁为节度使，并执晋王存勖，及存勖母曹氏归梁，愿为梁藩。大约是丧心病狂了。都虞候李存质，也是克用养子，时亦在座与议，唯尝与克宁有嫌，议论时不免龃龉。存颢诉知克宁，竟诬称存质罪状，把他杀毙。克宁遂求为云中节度使，且割蔚、应、朔三州为属郡。存勖已是动疑，但表面上尚含糊答应。

既而幸臣史敬镕，入见太夫人曹氏，将克宁及存颢等阴谋，详细告闻。曹氏大骇，亟语存勖，存勖召张承业、李存璋入内，涕泣与语道："吾叔欲害我母子，太无叔侄情；但骨肉不应自相鱼肉，我当退避贤路，少抒内祸。"这是欲擒故纵之言，看官莫被瞒过。承业勃然道："臣受命先王，言犹在耳，存颢等欲举晋降贼，王从何路求生？若非大义灭亲，恐国亡无日了！"存勖乃与存璋等定谋，伏兵府署，诱克宁、存颢等入宴。才行就座，伏兵遽起，即将克宁、存颢等拿下。存勖流涕责克宁道："儿前曾让位叔父，叔父不取；今儿已定位，奈何复为此谋，竟欲将我母子执送仇雠，忍心至此，是何道理？"克宁惭伏不能对。存璋等齐呼速诛，存勖乃取出祖父神主，摆起香案，才将克宁枭首，存颢等一并伏诛，令克宁妻孟氏自尽。长舌妇有何善果！一场内乱，化作冰销。

正拟出救潞州，忽闻唐废帝暴死济阴，料知为朱温所害，遂缟素举哀，声讨朱梁。随笔了过唐昭宣帝。部众以周德威外握重兵，恐他谋变，且素与嗣昭不睦，未肯出力相援，因怂恿晋王存勖，调回德威。适梁主温自至泽州，黜退李思安，换用刘知俊，另派范君实、刘重霸为先锋，牛存节为抚遏使，驻兵长子。一面派使至潞州，谕令李嗣昭归降。嗣昭焚书斩使，厉兵死守，梁军又复猛扑。流矢中嗣昭足，嗣昭潜自拔去，毫不动容，仍然督兵力拒，因此城中虽已匮乏，兀自支撑得住。

梁主温闻潞州难下，拟即退师，诸将争献议道："李克用已死，周德威且归，潞州孤城无援，指日可下，请陛下暂留旬月，定可破灭潞城。"梁主温勉留数日，恐岐人乘虚来攻，截他后路，乃决自泽州还师，留刘知俊围攻潞州。

周德威由潞还晋，留兵城外，徒步入城，至李克用柩前，伏哭尽哀，然后退见嗣王，谨执臣礼。存勖大喜，遂与商及军情，且述先王遗命，令援潞州。德威且感且泣，固请再往。存勖乃召诸将会议，首先开言道："潞州为河东藩蔽，若无潞州，便是无河东了。从前朱温所患，只一先王，今闻我少年嗣位，必以为未习戎事，不能出师，我若简练兵甲，倍道兼行，出他不意，掩他无备，以愤卒击惰兵，何忧不胜？解围定霸，便在此一举了！"颇有英雄气象。张承业在旁应声道："王言甚是，请即起师。"诸将亦同声赞成。

存勖乃大阅士卒，命丁会为都招讨使，偕周德威等先行，自率军继进。到了三垂岗下，距潞州只十余里，天色已暮，存勖命军士少休，偃旗息鼓，衔枚伏着。待至黎明，适值大雾漫天，咫尺不辨，驱军急进，直抵夹寨。梁军毫不设备，刘知俊尚高卧未起，陡闻晋兵杀到，好似迅雷不及掩耳，慌忙披衣跣履，整甲上马，召集将士等，出寨抵御。哪知西北隅已杀入李嗣源，东北隅已杀入周德威，两路敌军，手中统执着火具，连烧连杀，吓得梁军东逃西窜，七歪八倒，知俊料不能支，领了败兵数百，拨马先逃。梁招讨使符道昭，情急狂奔，用鞭向马尾乱挥，马反惊倒，把道昭掀落地上。凑巧周德威追到，手起刀落，剁成两段。梁军大溃，将士丧亡逾万，委弃资粮兵械，几如山积。败报到了汴梁，梁主温惊叹道："生子当如李亚子，克用虽死犹生！若似我诸儿，简直与豚犬一般呢！"似你得有美媳，也足慰你老怀。小子有诗咏道：

> 晋阳一鼓奋雄师，夹寨摧残定霸基。
> 生子当如李亚子，虎儿毕竟扫豚儿。

夹寨已破，周德威至潞州城下，呼李嗣昭开门，偏嗣昭弯弓搭箭，竟欲射死德威。究竟为着何事，容小子下回说明。

唐亡以后，虽有四国反抗朱梁，实则皆纯盗虚声，非真有心兴唐。唯晋王李克用，犹为彼善于此尔，余镇皆利禄熏心，受梁笼络，更不足道。唯唐梁之交，土宇分崩，群雄割据，几如乱猬一般，经作者一一叙清，才觉头头是道，得使阅者爽目。看似容易却艰辛，辛勿轻口滑过，至四国五镇，及关系《五代史》等藩属，俱已交代明白，方折到梁晋交战事。夹寨一役，为梁晋兴亡嚆矢，故叙事从详。至若克用父子，一终一继，亦不肯少略，俱为后文处处伏案。阅者悉心浏览，自知作者苦心，非寻常小说比也。

第五回

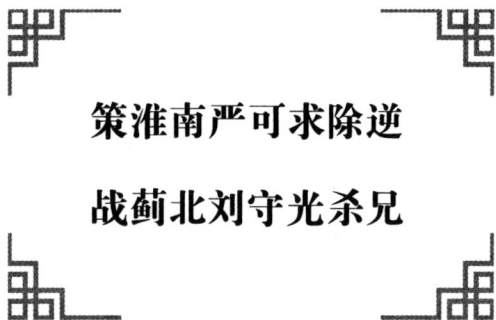

策淮南严可求除逆
战蓟北刘守光杀兄

却说周德威至潞州城下，呼李嗣昭开门，且遥语道："先王已薨，今嗣王亲自来援，破贼夹寨，贼兵都遁去了。快开门迎接嗣王！"嗣昭闻言，竟抽矢欲射德威。左右连忙劝阻，嗣昭道："我恐他为贼所得，由贼使他来诳我呢！"左右道："他既说嗣王自来，何不求见嗣王，再作区处？"嗣昭乃答德威道："嗣王既已到此，可否一见？"德威才退告存勖。存勖亲至城下，仰呼嗣昭。嗣昭见存勖素服，不禁大恸起来，军士亦相率泣下。乃下城开门，迎存勖入城。存勖好言慰劳，并述克用遗言，与德威同来援潞。嗣昭因与德威相见，彼此释嫌，欢好如初。

德威请进攻泽州，存勖令与李存璋等偕行。适梁抚遏使牛存节，率兵接应夹寨，至天井关遇见溃兵，才知夹寨被破，且闻晋军有进攻泽州消息，便号令军前道："泽州地据要害，万不可失，虽无诏命，亦当趋救为是！"大众都有惧色，存节又道："见危不救，怎得为义？畏敌先避，怎得为勇？诸君奈何自馁呢！"你从了弑君逆贼，难道可称义勇么？遂举起马鞭，麾众前进，到了泽州城下，城中人已有变志，经存节入城拒守，众心乃定，周德威等率众到来，围攻至十余日，存节多方抵御，无懈可击。刘知俊又收集溃兵，来援存节，德威乃焚去攻具，退保高平。

晋王存勖，亦引兵归晋阳，休兵行赏。命德威为振武军节度使，更兄事张承业，升堂拜母，赐遗甚厚。一面饬州县举贤才，黜贪残，宽租税，抚孤穷，伸冤滥，禁奸盗，境内大治。复训练士卒，严定军律，信赏必罚，蔚成强国。潞州经李嗣昭抚治，劝课农桑，宽租缓刑，不到数年，军城完复，依旧变作巨镇。自是与朱梁争衡，成为劲敌了。**为后唐灭梁张本。**

梁主温既鸩死唐帝，复因苏循等为唐室旧臣，勒令致仕，共斥去十五人。**贡谀何益。**张文蔚死，杨涉亦免官，改用吏部侍郎于兢，礼部侍郎张策，同平章事。且因韩建尽忠梁室，亦加他同平章事职衔。越年复迁都洛阳，改称大梁为东都。命养子博王友文留守。会岐、蜀、晋三国，联兵攻梁雍州，为梁将刘知俊所拒，不能得志。三国兵陆续引还，再拟联结淮南，共图大举，偏淮南陡起内乱，也闯出弑逆大事来了。

淮南节度使杨渥，年少袭位，性好游饮，又善击球。居父丧时，尝燃烛十围，与左右击球为乐，一烛费钱数万。或单骑出外，竟日忘归，连帐前亲卒，都不知他的去向。左牙指挥使张颢，右牙指挥使徐温，统是行密旧臣，面受遗命，辅渥袭爵。渥尝袭取洪州，掳归镇南节度使钟匡时，**镇南军治洪州，**兼有江西地，嗣是骄侈益甚，日夜荒淫，颢与温入内泣谏，渥怒斥道："汝两人谓我不才，何不杀我，好教汝等快心？"**自己讨杀，真是奇闻。**颢、温失色而出。渥恐两人为变，召入心腹将陈璠、范遇，令掌东院马军，为自卫计。哪知颢、温已窥透渥意，乘渥视事，亲率牙兵数百人，直入庭中。渥不觉惊骇道："汝等果欲杀我么？"**你既怕死，何必讨杀？**颢、温齐声道："这却未敢，但大王左右，多年挟权乱政，必须诛死数人，方可定国。"渥尚未及言，颢、温见陈璠、范遇侍侧，立麾军士上前，把璠、遇二人曳下，双刀并举，两首落地，颢、温始降阶认罪，还说是兵谏遗风，非敢无礼。渥亦无可奈何，只好强为含忍，豁免罪名。从此淮南军政，悉归颢、温两人掌握。渥日夜谋去两人，但苦没法。两人亦心不自安，共谋弑渥，分据淮南土地，向梁称臣。**计亦太左。**颢尤迫不及待，竟遣同党纪祥等，黍夜入渥帐中，拔刃刺渥。渥尚未就寝，惊问何事，纪祥直言不讳，渥且惊且语道："汝等能反杀颢、温，我当尽授刺史。"大众颇愿应允，独纪祥不从，把手中刀砍渥。渥无从闪避，饮刃倒地，尚有余气未尽，又被纪祥用绳缢颈，立刻扼死。当即出帐报颢，颢率兵驰入，从夹道及庭中堂下，令兵站着，露刃以待，然后召入将吏，厉声问道："嗣王暴薨，军府当归何人主持？"大众都不敢对，颢接连问了三次，仍无音响，不由得暴躁起来。忽有幕僚严可求，缓步上前，低声与语道："军府至大，四境多虞，非公将何人主持？但今日尚嫌太速。"颢问为何故？可求道："先王旧属，尚有刘威、陶雅、李简、李遇等人，现均在外，公欲自立，彼等肯为公下否？不若暂立幼主，宽假时日，待他一致归公，然后可成此事。"颢听了这番言语，倒也未免心慌，十分怒气，消了九分，反做了默默无言的木偶。可求料他气沮，便麾同列趋出，共至节度使大堂，鹄立以俟，大众也莫名其妙。但见可求趋入旁室，不到半刻，仍复出来，扬声呼道："太夫人有教令，请诸君静听！"说着，即从袖中取出一纸，长跪宣读，诸将亦依次下跪，但听可求朗读道：

> 先王创业艰难，中道薨逝。嗣王又不幸早世，次子隆演，依次当立，诸将多先王旧臣，应无负杨氏，善辅导之，予有厚望焉！

读毕乃起，大众亦齐起立道："既有太夫人教令，应该遵从，快迎新王嗣位便了。"张颢此时也已出来，闻可求所读教令，词旨明切，恰也不敢异议。乃由他主张，迎入隆演，奉为淮南留后。看官，你道果真是太夫人教令么？行密正室史氏，本来是没甚练达，不过渥为所出，并系行密元妃，例当奉为太夫人。可求乘乱行权，特从旁室中草草书就，诈称为史氏教令，诸将都被瞒过，连张颢亦疑他是真，未敢作梗。杨氏一脉，赖以不亡。<u>可求诚杨氏功臣。</u>

颢专权如故，默思徐温本是同谋，此次迎立隆演，温却置诸不问，转令自己孤掌难鸣。此中显有可疑情迹，计唯调他出去，免得一患。乃入白隆演，请出温为浙西观察使。可求闻知消息，即潜往说温道："颢令公出就外藩，必把弑君罪状，加入公身，祸且立至了！"温大惊问计，可求道："颢刚愎寡智，可以计诱，公能见听，自当为公设法。"温起谢可求。可求即转说颢道："公与徐温同受顾命，令调温外出，他人都说公夺温卫兵，意图加害，此事真否？"颢惊道："我无此意。"可求道："人言原是可畏，倘温亦从此疑公，号召外兵，入清君侧。公将何法对待呢？"<u>三寸舌确是善掉。</u>颢少断多疑，闻可求言，果将原议取消，乃劝隆演任温如旧。隆演也是个庸柔人物，——依从。

既而行军副使李承嗣，知可求有附温意，暗中告颢。颢夜遣刺客入可求室，阴刺可求。亏得可求眼明手快，用物格刀，讯明来意，刺客谓由颢所遣，可求神色不变，即对刺客道："要死就死，但须我禀辞府主，方可受刃。"刺客允诺，执刀旁立，可求操笔为书，语语激烈，刺客颇识文字，不禁心折，便道："公系长者，我不忍杀公，但须由公略出财帛，以便覆命。"可求任他自取，刺客掠得数物，便去覆颢，但说可求已闻风遁去，但俟异日，颢亦只得静待。

可求恐颢再行加害，忙向温告变，力请先发制人，且谓左监门卫将军钟泰章，可与共事，温遂使亲将翟虔，邀泰章入室，与谋杀颢。泰章一力担承，归与壮士三十人，商定秘谋，刺臂流血，沥酒共饮。翌晨起来，装束停当，直入左牙都堂，正值颢升座视事，被泰章掷刀中脑，顿时倒毙。壮士一齐下手，杀死颢左右数十人。温率右牙兵亲来接应，左牙兵惮不敢动，当由温宣言道："张颢实行弑逆，按律当诛，今已诛死首恶，尚有余党未尽，无论左右牙兵，但能捕除逆党，一概行赏！"左牙兵得此号令，踊跃而出，捕得纪祥等到来，由温命推出市曹，处以极刑。

一面入白史太夫人，史氏惶恐失色，向温泣语道："我儿年幼，不胜重任，今祸变至此，情愿自率家口，返归庐州原籍，请公放我一条生路，也是一种大德呢。"可见地实是无能。温逡巡拜谢道："颢为大逆，不可不诛。温岂敢负先王厚恩？愿太夫人勿再疑温，尽可放心！"史氏方才收泪，温乃趋退。当时淮南人士，总道徐温是杨氏忠臣，从前弑渥实未与闻，哪知温与颢实是同谋，不过颢为傀儡，转被温所利用，强中更有强中手，就是这事的注脚哩。总断数语坐实温罪。

温既杀颢，遂得兼任左右牙都指挥使，军府事概令取决。隆演不过备位充数，毫无主意。严可求升任扬州司马，佐温治理军旅，修明纪律。支计官骆知祥，由温委任财赋，纲举目张，丝毫不紊。淮南人号为"严骆"，很是悦服。温原籍海州，少随杨行密为盗，行密贵显，倚为心腹，至是得握重权，尝语严可求道："大事已定，我与公等当力行善政，使人解衣安寝，方为尽职。否则与张颢一般，如何安民！"可求当然赞成，举颢所行弊政，尽行革除，立法度，禁强暴，通冤滞，省刑罚，军民大安。不没善政，是善善从长之意。

温乃出镇广陵，大治水师，用养子知诰为楼船副使，防遏昇州。知诰系徐州人，原姓李名昇，幼年丧父，流落濠、泗间，行密攻濠州，昇为所掠，年仅八岁，却生得头角峥嵘，状貌魁梧，行密取为养子，偏不为杨渥所容，乃转令拜温为义父，温命名知诰。及长，喜书善射，沉毅有谋，温尝语家人道："此儿为人中俊杰，将来必远过我儿。"自是益加宠爱，知诰亦事温唯谨。所以温修治战舰，特任知诰为副使，知诰果然称职，经营舟师，整而且严。**为南唐开国伏笔，故叙徐知诰较详。**

过了三月，抚州刺史危全讽，联合抚、信、袁、吉各州将吏，进攻洪州。节度使刘威，遣使至广陵告急，自与僚佐登城宴饮，佯示从容。全讽疑威有备，不敢轻进，但屯兵象牙潭，派人至湖南乞师。楚王马殷遣指挥使苑玫围高安，遥作声援。会广陵派将周本，率七千人援洪州，倍道疾趋，径抵象牙潭。全讽临溪营栅，绵亘数十里。本隔溪布阵，令羸卒挑战，诱全讽兵追来。全讽轻进寡谋，想打他一个下马威，便倾寨出追，不管好歹，麾众渡溪，甫至半渡，那周本却带领锐卒，前来截击。全讽始知中计，慌忙对仗，奈部众已无行列，东奔西散，只剩得亲卒数百人，保住全讽，又被周本兵围住，杀毙无数，好容易冲开一条血路，奔回溪岸，才得登陆，兜头碰着冤家，一声大呼，竟将全讽吓落马下，活活地被他捉去。**真不济事。**看官道是何人擒住全讽？原来就是周本，他见部兵围住全讽，便觑隙过溪，截他归路，可巧全讽奔回，掩他不备，遂得顺手擒来。复乘胜攻克袁州，获住刺史彭彦章。吉州刺史彭玕，率众奔湖南。信州刺史危仔倡，单骑奔吴越。湖南将苑玫，闻全讽被擒，撤去高安围军，正思引还，偏被淮南大将米志诚杀到，吃了一个败仗，抱头窜归。江西复平，淮南无恙，小子正好续述河北军情。

义昌节度使刘守文，因弟守光囚父不道，发兵声讨，偏偏连战不胜，不得已用着重贿，向契丹借兵，**见前回。**契丹酋长阿保机，发兵万人，并吐谷浑部众数千，来援守文。守文尽发沧、德两州战士，得二万余人，与契丹吐谷浑两军会合，有众四万，出屯蓟州。守光闻守文又至，也将幽州兵士，全数发出，亲自督领，与乃兄相见鸡苏，争个你死我活。阵方布定，契丹、吐谷浑两路铁骑，分头突入，锐气百倍。守光部下，见他来势甚猛，料知抵敌不住，便即倒退。守光也无法禁止，只好随势退下。守文见外兵得胜，也骤马出阵，且驰且呼道："勿伤我弟！"**迂腐之至。**语尚未绝，忽听得飕的一声，知是有暗箭射来，急忙勒马一跃，那箭正不偏不倚，射中马首，马熬痛不住，当然掀翻，守文亦随马倒地。仓猝中不知谁人，把他掖起，夹入肘下，疾趋而去，又仔细辨认，才晓得是守光部将元行钦。此时暗暗叫苦，也已无及了。

守光见行钦擒住守文，胆气复豪，又麾兵杀回。沧、德军已失主帅，还有何心恋战？雯时大溃。契丹、吐谷浑两路人马，也被牵动，索性各走自己的路，一哄儿都去了。守光命部将押回守文，禁居别室，围以丛棘，更督兵攻沧州。

沧州节度判官吕兖、孙鹤，推立守文子延祚为帅，登陴守御。守光连日猛攻，终不能下，乃堵住粮道，截住樵采，围得他水泄不通。相持到了百日，城中食尽，斗米值钱三万，尚无从得购，人民但食堇泥，驴马互啖鬃尾。吕兖拣得羸弱男女，饲以曲面，乃烹割充食，叫作宰杀务，究竟人肉有限，不足饷军，满城枯骨累累，惨无人烟。孙鹤不得已输款守光，拥延祚出降。守光入城，命将沧州将士家属，悉数掳回幽州，连延祚亦带了回去，留子继威镇义昌军。派大将张万进、周知裕为辅，鸣鞭奏凯，得意班师。全无人心。且遣使告捷梁廷，并代父乞请致仕。梁主温准如所请，命仁恭为太师，养老幽州。封守光为燕王，兼卢龙、义昌两军节度使。义昌留守刘继威，后为张万进所杀，守光亦不能制。唯遣人刺死守文，佯为涕泣，归罪刺客，把他杀死偿命。又大杀沧州将士，族灭吕兖家，仅留孙鹤不杀。兖子琦年十五，被牵出市中，将要处斩。吕氏门客赵玉，急至法场大呼道："这是我弟赵琦，误投吕家，幸勿误诛。"监刑官乃命停刑。玉挈琦逃生，琦足痛不能行，由玉负他奔窜，变易姓名，沿途乞食，得转辗至代州。琦痛家门殄灭，刻苦勤学，始得自立。晋王存勖闻琦名，命署代州判官，并旌玉义，赐他金帛。小子有诗叹道：

> 幽父杀兄刘守光，朔方黑黯任倡狂。
> 尚余一个忠诚仆，窃负遗孤义独彰。

梁主温既得服燕，遂欲乘势并岐，遣大将刘知俊出兵，取得丹、延、鄜、坊四州，不意知俊竟起了变志，叛梁降岐。欲知他叛梁情由，容待下回声明。

淮南之乱，首恶为张颢，徐温其从犯也。颢既弑渥，而仍不得逞其志，是由严可求达权之效，迨与温定谋，结钟泰章，手刃逆颢，虽未免存右袒之心，使温得避弑君之罪，然微温不能除颢。颢岂长肯为隆演下乎？然则杨氏之犹得保存，固可求之力居多，本编归功可求，良有以也。刘守光幽父不道，守文乞师外族，幸得少胜，此时苟得捕获守光，虽诛之不为过，乃对众号呼，愿勿伤弟，以丈夫之义愤，忽变而为妇人之仁柔，一何可笑！卒之身为所繋，死逆弟手，天下之愚昧寡识者，无过守文，而守光之行同枭獍，丧尽天良，且自是益著矣。作者叙守光事，略略点染，而恶已尽露，是固有关世道之文，不得以断烂朝报目之。

第六回

刘知俊降岐挫汴将
周德威援赵破梁军

却说梁将刘知俊，曾受梁主温命令，为西路行营都招讨使，防御岐晋。梁佑国军，节度使王重师，与知俊友善，尝偕知俊会师幕谷，大破岐兵。梁廷闻捷，更令知俊乘胜进军，连拔丹、延、鄜、坊四州。梁主温即令牛存节为保大军节度使，镇守鄜坊，高万兴为保塞军节度使，镇守丹延，<small>唐曾置保大军于延州，统辖四州，后折为二镇。</small>再命知俊进取邠州。邠州为岐王茂贞养子继徽所据，继徽原姓杨，名崇本，拥兵不多，尚有势力。知俊恐不能拔，托言缺粮，不肯遽进。

梁主温疑有异志，召使还朝。知俊正拟赴洛，忽闻王重师被逮，身诛族灭，另用刘捍为留后，不由得吃一大惊。原来重师镇长安数年，贡奉不时，统军刘捍，欲夺重师位置，密向梁主处进谗，但说重师暗通邠、岐，梁主遂召还重师，严刑惩罪，即以刘捍继任。看官，试想此时的刘知俊，能不动了兔死狐悲，鸟尽弓藏的念头么？接连又得弟知浣密书，教他切勿入朝，入朝必死，他越加恐惧，观望不前。知浣曾任梁廷指挥使，复在梁主前面请，愿自迎乃兄还朝。梁主温不知是假，当即允准，他竟挈领弟侄，同至知俊行营。知俊喜家属生全，遂据了同州，降附岐王茂贞，并阴赂长安诸将，令他执住刘捍，械送凤翔，自率部兵占住潼关。

梁主温再遣近臣招谕知俊，知俊不从，乃削知俊官爵，特派山南东道节度使杨师厚，率同马步军都指挥使刘郇，往讨知俊。郇至关东，得获知俊伏兵，令为前导，乘夜叩关，关吏未曾辨明，立即开门，郇兵一拥而入，害得知俊措手不及，只得弃关西走，挈族奔岐。

岐王茂贞，正杀死刘捍，发兵援应知俊，不料知俊仓猝前来，不得已好言抚慰，特授中书令。命他往取灵州，俟得地后，即授封镇帅。知俊请得岐兵数千人，克日就道，径至灵州城下，把城池围困起来。梁朔方节度使韩逊，飞使告急，梁王温立遣镇国军唐镇国军治华州，梁迁置陕州，改华州为感化军节度使康怀贞，感化军唐称徐州为感化军，梁改置节度使寇彦卿，会师往援，兼攻邠宁。

怀贞等星夜前进，连下宁、衍二州，直入泾州境内。知俊解围还援，怀贞等亦退兵三水，偏知俊已绕出前面，据险邀击，把怀贞麾下的兵士，冲作数段，怀贞仓皇失措，不知所为，亏得左龙骧军使王彦章，持着两大杆铁枪，当先开路，左挑右拨，搠死岐兵数百人，岐兵吓退两旁，剩出一条走路，放过梁军。怀贞方得走脱。偏将李德遇、许从实、王审权等，统皆失散，不知下落。狼狈奔至升平，蓦有大山当道，两面峭壁，只一狭径可通人马，怀贞正在担忧，猛闻一声胡哨，那岐兵从谷中出来，堵住山口，为首一员大将，正是刘知俊，大呼怀贞快来受死。知俊亦颇能军，后被岐用，全是好猜所致。怀贞吓得手足冰冷，顾着王彦章道："这，这将奈何？"彦章道："节帅只随我前进。怕他什么？"遂舞动两枪，杀入山口，一杆枪足重百斤，经他两手运动，好似篾片一般。知俊上前拦阻，怎经得彦章神力，战到三五个回合，已杀得汗流浃背，招架不住，慌忙勒马退还。彦章且战且前，怀贞紧紧随后，费了若干气力，才得杀透山谷，麾鞭遁去，手下许多军士，多被岐兵截住，不是杀死，就是受擒，一个都没有生还。独寇彦卿与怀贞分途进兵，闻怀贞败还，急急收军回来，还算不吃大亏。

知俊向岐王献捷，岐王授知俊为彰义节度，镇治泾州。梁主温因怀贞丧师，懊怅了好几日，复接了外镇许多军报，无心批驳，只好敷衍了事。一是夏州节度使李思谏病殁，子彝昌嗣职，为部将高宗益所杀，宗益又经将吏诛死，另推彝昌族叔仁福为帅，表闻梁廷，梁主即刻批准，授仁福为夏州节度使。后来即成为西夏国。一是魏博节度使罗绍威病亡，绍威长子廷规，即梁主女夫，亦早去世，次子周翰在镇，表请袭位，梁主亦批准发行。一是楚王马殷，求给赐号为天策上将军，梁主不觉自忖道：

王彦章

"我既封他为王，还要这上将军名号，却是何用？"我亦不解。意欲批斥不准，转思笼络要紧，不如依他所请，免令反侧，乃亦许给名号，令为上将。楚王殷得报大喜，遂借天策上将军名目，开府置官，令弟赟存为左右相，居然也独霸一方了。三处皆用简笔叙过，不涉浪墨。

忽由成德军节度使赵王王镕，报称祖母寿终，乃遣使臣赍赐赙仪，兼令吊问。及使臣回来，谓晋使亦曾与吊，转令梁主温大起疑心，便欲并吞河北，省得晋爪牙。乃遣供奉官杜廷隐、丁延徽为赵监军，且命他发魏博兵数千，分屯深、冀二州，托词助赵守御，暗中实嘱使袭赵。

赵将石公立方戍深州，急遣白王镕，愿拒绝梁使。镕不肯从，反召公立还镇州。公立出门，指城下涕道："朱氏灭唐社稷，三尺童子，犹知他居心叵测，我王反恃为姻好，令他屯兵，这叫作开门揖盗，眼见得全城为虏了！"至公立已去，梁使杜廷隐等，率魏博兵入城，深州人民，相率惊骇，奔匿城外，廷隐即将城门关住，尽杀赵戍卒，复照样袭取冀州。

石公立返谒王镕，极言梁人无信，镕尚半信半疑。至深、冀失守消息，报入镇州，才令公立再攻深、冀，杜廷隐等已浚濠拒守，严兵以待，哪里还能攻入！看官听着，这成德军的管辖地，只有镇、赵、深、冀四州；此时失去一半，教王镕如何不慌？当下四出求援，先遣说客至定州，用了甘言厚币，卖通义武节度使王处直，与约拒梁。再派使至燕、晋告急。

燕王刘守光不报，唯晋王李存勖，接见赵使，却毫不迟疑，允令出援。晋将多谏阻道："王镕臣事朱温，已有数年，岁输重赂，并结婚姻，此次向我求救，必有诈谋，愿大王勿允彼言！"存勖摇首道："汝等但知其一，不知其二。试想王氏在唐，尚且叛服无常，怎肯长为朱氏臣属？今朱氏出兵掩袭，王镕救死不暇，还顾及什么姻好？我若不救，正堕朱氏计中。应急速发兵，会同赵军，共破朱氏，免得他踏平河朔，侵及河东哩！"英断过人。语未毕，定州亦派使到来，谓愿联合镇州，推晋王为盟主，合兵攻梁。存勖允诺，即将两使遣归，命周德威率兵万人，往屯赵州，助镕防守。

梁主温闻晋军援赵，也命王景仁、韩勍、李思安诸将，领兵十万，进逼镇州，直至柏乡。王镕大惧，复遣使向晋乞师。存勖乃亲自出马，留蕃汉副总管李存番等守晋阳，自率大军东下。王处直亦派兵五千，前来从行。存勖至赵州，与周德威合军，进营野河，与柏乡只隔五里。梁兵坚壁不出，存勖命德威率兵挑战，仍没有一人出来接仗。德威令游骑进薄梁营，痛骂梁军，且发矢射入营帐。恼了梁军副使韩勍，开营逆战，出兵三万，怒马奔来，德威即麾军退回。勍哪里肯舍，分三万人为三队，追击晋军。晋军见梁军盔甲鲜明，光耀夺目，不禁心摇气馁，各有惧容。德威瞧着，便下令道：“敌军皆汴州屠贩徒，衣铠虽是鲜明，统是没用，十人不足当汝一人，汝等尽可无虑。且汝等能擒他一卒，便得小富，这是奇货可居，不应坐失哩。”军士得令，方有起色，统回头想与搏斗。德威就分兵两路，攻击梁军两头，左驰右突，出入数四，俘获得百余人。乃且战且行，回至野河，存勖出兵接应，梁兵乃退。

德威既驰入大营，上帐献议道：“贼势甚锐，宜按兵持重，待他疲敝，方可进攻。”存勖道：“我率孤军远来，救人急难，利在速战，奈何按兵持重呢！”德威道：“镇、定兵只能守城，不能野战，我兵虽能驰骋，但唯旷野间方可冲突，今压贼寨门，无从展技，并且彼众我寡，势不相敌，倘被彼知我虚实，我必危了！”*是谓知彼知己。*存勖愀然不答，退卧帐中。德威出语张承业道：“大王骤胜而骄，不自量力，专务速战，今去贼咫尺，只有一水相隔。彼若造桥迫我，我众恐立尽了，不如退屯高邑，依城自固，一面诱贼离营，彼出我归，彼归我出，再派轻骑掠彼粮饷，不出月余，定可破敌。”*仍是从前攻夹寨之计。*承业点首，入帐语存勖道：“这岂大王安枕时么？周德威老将知兵，言不可忽，愿大王注意！”存勖跃然起床道：“我正思德威言，颇有至理。”即出帐召入德威，令拔营徐退，回屯高邑。

嗣获得梁营侦卒，果然王景仁饬兵编筏，拟多造浮桥，以便进兵。存勖始称德威先见，奖劳有加，时已为梁开平四年冬季，两军休兵不战。

过了残冬，越年正月，晋军屡出游骑，截敌刍牧，凡刈刍饲马诸梁兵，多为所掳，梁兵遂闭门不出，周德威令游骑环噪梁营。梁兵疑有埋伏，愈不敢动，唯锉屋第坐席，喂饲战马，马多饿毙。德威见梁兵连日不战，定欲诱他出来，乃与史建瑭、李嗣源两将，带着精骑三千，自往诱敌，驰至梁寨门前，令骑士辱骂梁将，并及梁主，寨门仍寂然无声。再饬骑士下马，席地坐着，信口痛詈，直把那汴梁君臣的丑史，一古脑儿宣扬出来。约骂到一两个时辰，才把寨门骂开，梁兵似潮涌出，当先为梁将李思安，挺枪跃马，引兵前来。周德威忙令骑士上马，与他接战，约略数合，便即引退,一面走,一面追,至野河旁,已有浮桥筑着,晋将李存璋带着镇、定兵士,护守浮桥,让过德威等人,方上前拦住梁兵。梁兵横亘数里,竞前夺桥,镇、定兵左右抵御,多被梁兵杀退,势将不支,晋王存勖方登高观战,顾语都指挥使李建及道:"贼若过桥,不可复制了。"建及奋然跃出,号召长枪兵二百名,奔助存璋,一当十,十当百,努力向前,竞将梁兵杀退。梁兵稍稍休息,复来夺桥,存璋、建及等,仍然死斗,不许越雷池一步,自巳牌杀到未牌,尚是胜负未分。这是梁晋第二次恶战。

存勖语德威道:"两军已合,势不相下,我军兴亡,在此一举。我愿为公等先驱,公等继进,定要杀败了他,方泄我恨!"说至此,援辔欲行。德威叩马力谏道:"梁兵甚众,只可计取,不能力胜。彼去营数里,虽带着干粮,也无暇取食,俟战至日暮,饥渴两迫,兵刃外交,士卒劳倦,必有退志,我方出精骑掩击,必得大胜,此时还须静待哩!"存勖乃止。两军尚喊杀连天,奋斗不已。

既而夕阳西下,暮色横天,梁兵尚未得食,当然疲乏,渐渐地倒退下去,周德威登高大呼道:"梁兵遁走了!"说着,即麾动锐骑,鼓噪而进,梁兵已无斗志,纷纷逃生。王景仁、韩勍、李思安等,也拍马飞奔,远飏而去。李存璋率兵追击,且令军士齐呼道:"梁人也是吾民,但教解甲投戈,悉令免死!"梁兵闻言,统把甲兵弃去,委地如山。赵军怀着深、冀旧恨,不愿掠取,但操刀追敌,杀一个,好一个,汴梁精兵,斩馘几尽,自野河至柏乡,尸骸枕籍,败旗断戟,沿途皆是。晋军追至柏乡,梁营内已无一人,所弃辎重粮械,不可胜计。凡斩首二万级,获马三千匹,铠甲兵仗七万件,擒梁将陈思权以下二百八十五人。

晋王存勖,收军屯赵州,拟休息一宵,进攻深、冀。哪知梁使杜廷隐等,即弃城遁去,所有二州丁壮,都掳去充做奴婢,老弱坑死。及赵州军入城检视,城中只剩得坏垣碎瓦,一片荒凉了。梁人凶毒一至于此。嗣是镇、定两镇,均与梁绝,改用唐天祐年号。

晋王李存勖,因魏博军助梁为虐,决计会同镇、定两军,移节攻魏。先颁发一篇檄文,说得堂堂正正,慷慨淋漓。文云:

王室遇屯,七庙被陵夷之酷,昊天不吊,万民罹涂炭之灾。必有英主奋庸,忠臣仗顺,斩长鲸而清四海,靖妖祲以泰三灵。予位忝维城,任当分阃,念兹颠覆,讵可宴安！故仗桓文辅合之规，问羿浞凶狂之罪。逆温砀山庸隶，巢孽余凶。当僖宗奔播之初，我太祖指克用扫平之际，束身泥首，请命牙门，包藏奸诈之心，唯示妇人之态。我太祖抚怜穷鸟，曲为开怀，特发表章，请帅梁汴，才出崔蒲之泽，便居茅社之尊，殊不感恩，遽行猜忌，我国家祚隆周汉，迹盛伊唐，二十圣之镃基，三百年之文物，外则五侯九伯，内则百辟千官，或代袭簪缨，或门传忠孝，皆遭陷害，永抱沉冤。且镇、定两藩，国家巨镇，冀安民而保族，咸屈节以称藩。逆温唯伏阴谋，专行不义，欲全吞噬，先据属州。赵州特发使车，来求援助。予情唯荡寇，义切亲仁，躬率赋舆，赴兹盟约。贼将王景仁，将兵十万，屯据柏乡，遂驱三镇之师，授以七擒之略。鹡鸰才列，枭獍大奔，易如走阪之丸，势若燎原之火。僵尸仆地，流血成川，组甲雕戈，皆投草莽。谋夫猛将，尽作俘囚。群凶既快于天诛，大憝须垂于鬼箓。今则选搜兵甲，简练车徒，乘胜长驱，翦除元恶。凡尔魏博、邢、洺之众，感恩怀义之人，乃祖乃孙，为盛唐赤子，岂徇虎狼之党，遂忘覆载之恩？盖以封豕、长蛇，凭陵荐食，无方逃难，遂被胁从。空尝胆以衔冤，竟无门而雪愤。既闻告捷，想所慰怀。今义旅徂征，止于招抚。昔耿纯焚庐而向顺，萧何举族以从军，皆审料兴亡，能图富贵，殊勋茂业，翼子贻孙，转祸见机，决在今日。若能诣辕门而效顺，开城堡以迎降，长官则改补官资，百姓则优加赏赐，所经讹误，更不推穷。三镇诸军，已申严令，不得焚烧庐舍，剽掠马牛，但仰所在生灵，各安耕织。予恭行天罚，罪止元凶，已外归明，一切不问。凡尔士众，咸谅予怀，檄到如律令。末数语，隐然以皇帝自命。

檄文既发，遂令周德威、史建瑭趋魏州，张承业、李存璋趋邢州，自率李嗣源等继进。魏博军师罗周翰，急向梁廷乞援，一面出兵五千，堵住石灰窑口。周德威率骑兵掩击，迫入观音门，周翰闭壁自固。晋王存勖，亦率军到了魏州，会闻梁主温亲出援魏，屯兵白马坡，遣杨师厚领兵数万，先驱至邢州，存勖拟速拔魏城，再拒梁兵。

忽由镇州王镕，递到一书，连忙启视，乃是刘守光给与王镕，由王镕转递军前。匆匆一览，禁不住冷笑起来。正是：

狡猾难逃英主鉴，聪明反被别人欺。

欲知书中所说大略，待看下回表明。

四国抗梁，岐为最弱。所据共二十州，势不足与梁敌。梁将刘知俊率军西进，即夺去丹、延、鄜、坊四州，大局盖岌岌矣。乃天厌朱氏，偏令温猜忌知俊，迫其走险，叛梁降岐。康怀贞为知俊所挫，而梁军始不敢入岐境，是岐之得以保全，知俊之力也。晋王存勖，出军援赵，幸赖周德威之善谋，方得战胜柏乡，歼除大敌。故本回特推美德威，以明其功之所由成。至录入晋王檄文，特为朱氏声明罪恶，而深许晋王之加讨，盖亦一欧阳公之遗意也。

第七回

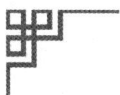

杀谏臣燕王僭号
却强敌晋将善谋

却说燕王刘守光，前次不肯救赵，意欲令两虎相斗，自己做个卞庄子。偏晋军大破梁兵，声势其盛，他亦未免自悔，又想出乘虚袭晋的计策，竟治兵戒严，且贻书镇、定，大略说是两镇联晋，破梁南下，燕有精兵三十万，也愿为诸公前驱，但四镇连兵，必有盟主，敢问当属何人？*既欲乘虚袭晋，偏又致书二镇，求为盟主，是明明使晋预防。彼以为智，我笑其愚。*王镕得书，因转递存勖。存勖冷笑数声，召语诸将道："赵人尝向燕告急，守光不能发兵相助，今闻我战胜，反自诩兵威，欲来离间三镇，岂不可笑！"诸将齐声道："云、代二州，与燕接境，他若扰我城戍，动摇人情，也是一心腹大患，不若先取守光，然后可专意南讨了。"存勖点头称善，乃下令班师，还至赵州。赵王镕迎谒晋王，大犒将士，且遣养子德明，随从晋军。德明原姓张，名文礼，狡猾过人，后来王镕且为所害，*事见下文。*存勖留周德威等助守赵州，自率大军返晋阳。

梁将杨师厚到了邢州，奉梁主温命令，教他留兵屯守。且遣户部尚书李振，为魏博节度副使，率兵入魏州。但托言周翰年少，未能拒寇，所以添兵防戍，其实是暗图魏博，阳窥成德。

王镕闻报大惊，又致书晋王存勖，相约会议。两王至承天军，握手叙谈，很是亲昵。存勖因镕为父执，称镕为叔。镕以梁寇为忧，面庞上似强作欢笑，不甚开怀。存勖慨然道："朱温恶贯将满，必遭天诛。虽有师厚等助他为恶，将来总要败亡。倘或前来侵犯，仆愿率众援应，请叔父勿忧。"镕始改忧为喜，自捧酒卮，为晋王寿。晋王一饮而尽，也斟酒回敬，镕亦饮毕，又令幼子昭诲，谒见存勖。昭诲年仅四五龄，随父莅会。存勖见他婉娈可爱，许妻以女，割襟为盟。彼此欢饮至暮，方各散归。晋赵交好，从此益固。

镕返至镇州，正值燕使到来，求尊守光为尚父。镕大起踌躇，只好留入馆中，飞使往报晋王。存勖怒道："是子也配称尚父么？我正要兴兵问罪，他还敢夜郎自大么？"遂拟下令出师。诸将入谏道："守光罪大恶极，诚应加讨，但目今我军新归，疮痍未复，不若佯为推尊，令他稔恶速亡，容易下手，大王以为何如？"**这便是骄兵计。**存勖沉吟半晌，才微笑道："这也使得。"便复报王镕，姑尊他为尚父。镕即遣归燕使，允他所请。义武节度使王处直，也依样画着葫芦，与晋、赵二镇，共推守光为尚父，兼尚书令。

守光大喜，复上表梁廷，谓晋、赵等一致推戴，唯臣受陛下厚恩，未敢遽受，今请陛下授臣为河北都统，臣愿为陛下扫灭镇、定、河东。**两面讨好，恰也心苦。**梁主温也笑他狂愚，权令任河北采访使，遣使册命。

守光命有司草定仪注，将加尚父尊号。有司取唐册太尉礼仪，呈入守光，守光瞧阅一周，便问道："这仪注中，奈何无郊天改元的礼节？"有司答道："尚父乃是人臣，未得行郊天改元礼。"守光大怒，将仪注单掷向地上，且瞋目道："方今天下四分五裂，大称帝，小称王，我拥地三千里，带甲三十万，直做河北天子，何人敢来阻我！尚父微名，我简直不要了！你等快去草定帝制，择日做大燕皇帝！"有司唯唯而退。

守光遂自服赭袍，妄作威福，部下稍稍怫意，即捕置狱中，甚且囚入铁笼，外用炭火炽热，令他煨毙，或用铁刷刷面，使无完肤。孙鹤看不过去，时常进谏，且劝守光不应为帝，略谓："河东伺西，契丹伺北，国中公私交困，如何称帝？"守光不听，将佐亦窃窃私议。守光竟命庭中陈列斧锧，悬令示众道："敢谏者斩！"梁使王瞳、史彦章到燕，竟将他们拘禁起来。各道使臣，到一个，囚一个，定期八月上旬，即燕帝位。孙鹤复进谏道："沧州一役，臣自分当死，幸蒙大王矜全，得至今日，臣怎敢爱死忘恩！为大王计，目下究不宜称帝！"*与禽兽谈仁义，徒自取死，不得为忠。*
守光怒道："汝敢违我号令么？"便令军吏揪鹤伏锧，剐肉以食，鹤大呼道："百日
以外，必有急兵！"守光益怒，命用泥土塞住鹤口，寸磔以徇。

越数日即皇帝位，国号大燕，改元应天。从狱中释出梁使，胁令称臣，即用王瞳
为左相，卢龙判官齐涉为右相，史彦章为御史大夫，这消息传到晋阳，晋王存勖大笑
道："不出今年，我即当向他问鼎了。"张承业请遣使致贺，令他骄盈不备。存勖乃
遣太原少尹李承勋赴燕，用列国聘问礼。守光命以臣礼见，承勋道："我受命唐朝，
为太原少尹，燕王岂能臣我？"守光大怒，械系数日，释他出狱，悍然问道："你
今愿臣我否？"承勋道："燕王能臣服我主，我方愿称臣，否则要杀就杀，何必多
问！"守光怒上加怒，竟命将承勋推出斩首。晋王闻承勋被杀，乃大阅军马，筹备伐
燕，外面恰托言南征。

梁主温正改开平五年为乾化元年，大赦天下，封赏功臣，又闻清海军*即岭南节度*
使刘隐病卒，也辍朝三日。*假惺惺。*令隐子岩袭爵，既而连日生病，无心治事，就是
刘守光拘住梁使，自称皇帝，也只好听他胡行，不暇过问。

到了七八月间，秋阳甚烈，他闻河南尹张宗奭家，园沼甚多，遂带领侍从，竟往
宗奭私第。宗奭原名全义，家世濮州，曾从黄巢为盗，充任伪齐吏部尚书。巢败死，
全义与同党李罕之，分据河阳。罕之贪暴，尝向全义需索，全义积不能平，潜袭罕
之。罕之奔晋，乞得晋师，围攻全义。全义大困，忙向汴梁求救。朱温遣将往援，击
退罕之，晋军亦引去。全义得受封河南尹，感温厚恩，始终尽力，且素性勤俭，教民
耕稼，自己亦得积资巨万。特在私第中筑造会节园，枕山引水，备极雅致，却是一个
家内小桃源。朱温篡位，授职如故，全义曲意媚温，乞请改名，温赐名宗奭，屡给优
赏。及温到他家避暑，自然格外巴结，殷勤侍奉，凡家中所有妻妾妇女，概令叩见。

温一住数日，病竟好了一大半，食欲大开，色欲复炽，默想全义家眷，多半姿色
可人，乐得仗着皇帝威风，召她几个进来，陪伴寂寥。第一次召入全义爱妾两人，迫
她们同寝，第二次复改召全义女儿，第三次是轮到全义子妇，*简直是猪狗不如。*妇女们
惮他淫威，不敢抗命，只好横陈玉体，由他玷污。甚至全义继妻储氏，已是个半老徐
娘，也被他搂住求欢，演了一出高唐梦。*张氏妻女何无廉耻。*

全义子继祚，羞愤交并，取了一把快刀，就夜间奔入园中，往杀朱温，*还是他有*

些志气。偏被全义看见，硬行扯回，且密语道："我前在河阳，为李罕之所围，啖木屑为食，身旁只有一马，拟宰割饲军，正是命在须臾，朝不保暮，亏得梁军到来，救我全家性命，此恩此德，如何忘怀！汝休得妄动，否则我先杀汝！"不是报恩，直是怕死。继祚乃止。

越宿，已有人传报朱温。温召集从臣，传见全义，全义恐继祚事发，吓得乱抖。妻储氏从旁笑道："如此胆怯，做什么男儿汉？我随同入见，包管无事！"遂与全义同入，见温面带怒容，也竖起柳眉，厉声问道："宗奭一种田叟，守河南三十年，开荒掘土，敛财聚赋，助陛下创业，今年齿衰朽，尚何能为？闻陛下信人谗言，疑及宗奭，究为何意？"恃有随身法宝，故敢如此唐突。温被她一驳，说不出什么道理，又恐储氏变脸，将日前暧昧情事，和盘托出，反致越传越丑，没奈何假作笑容，劝慰储氏道："我无恶意，幸勿多言！"好一个钳口方法。全义与储氏，乃谢恩趋出，朱温也未免心虚，即令侍从扈跸还都。

忽闻晋、赵将联军南来，又想出些风头，亲至兴安鞠场，传集将吏，躬自教阅，待逐队成军，乃下令亲征。出次卫州，正在就食，又有人来报道："晋军已出井陉了。"当下匆匆食毕，即拔寨北趋，兼程至相州，始接侦骑实报，晋军尚未南来，乃停兵不进。已而移军洹水，又得边吏奏报，晋、赵兵已经出境，累得梁主温坐食不安，急引军往魏县。军中时有谣传，一日早起，不知从何处得着风声，哗言沙陀骑兵，杂沓前来，顿时全营大乱，你逃我散。梁主命严刑禁遏，尚不能止。嗣探得数十里间，并无敌骑，军心才定。

梁主温疾已经年，只因夹寨、柏乡，两次失利，不得不力疾北行，勉图报复。谁知又着了晋王声东击西的诡计，徒落得奔波跋涉，冒犯风霜，还是幸免，否则军志浮嚣，宁能不败？他不禁躁忿异常，所有功臣宿将，略犯过误，不是诛戮，就是斥逐，因此众心益惧，日夕悃悃。待了一月有余，仍不见一个敌兵，乃南还怀州。怀州刺史段明远，出城迎谒，很是恭谨。梁主入城，供馈甚盛。明远有一妹子，豆蔻年华，芙蓉脸面，蓦被梁主温瞧着，问明明远，硬索侍寝。明远无可奈何，便令妹子盛饰入谒，亲承雨露。少妇嫁老夫，恐非段妹所愿。春风一度，深惬皇心，即面封段妹为美人，挈归洛阳。怎奈年周花甲，禁不住途中辛苦，并因色欲过度，精力愈衰，还洛后旧病复发，服过了无数参茸，才得起床。可巧前使史彦章回来，替刘守光代乞援师。

梁主温怒道："汝已臣事守光，尚敢来见朕么？"彦章伏奏道："臣怎敢负恩事燕？只因晋、赵各镇，推尊守光，嗾他背叛陛下，出来当冲，他却以渔人自居，稳收厚利。臣与王瞳暂时居燕，力劝守光勿负陛下，守光因复与各镇绝交，为陛下往攻易、定。定州王处直，向晋、赵乞得援兵，夹攻幽州，幽州危急万分，若陛下坐视不救，恐河朔终非梁有了！"这一番花言巧语，又把梁主温的怒气平了下去。彦章又特随来的燕使，召入见温，呈上守光表文，中多悔过乞怜等语，惹动梁主雄心，许出援师，遂又督兵亲出。

到了白马顿，从官多不愿随行，勉强趱程，有三人剩落后面，一是左散骑常侍孙骘，一是右谏议大夫张衍，一是兵部郎中张俦，都至隔宿才到。梁主温恨他们后至，一并处斩，行至怀州，段明远供张极盛，比前次还要华胈。**此次变作国舅，应该比前巴结。**梁主大喜，厚加赏赐，且改令明远名凝，及进次魏州，决议攻赵以纾燕难，乃命杨师厚为都招讨使，李周彝为副使，率三万人围枣强县，贺德伦为招讨接应使，袁象先为副使，也率三万人围蓨县。

两路兵马，同时发出，梁主温安居行幄，专候捷音。突有哨卒踉跄奔入，大声奏报道："晋兵来了！"梁主温仓皇失措，忙出帐骑了御马，只带亲兵数百名，奔往杨师厚军前。看官！你道晋军有否到来？原来并不是晋军，乃是赵将符习，引数百骑逻侦消息，梁兵误作晋军，竟弃幄远飏，眼见得军心不固，便是败象哩。

杨师厚到了枣强，督兵急攻。枣强城小而坚，赵人用精兵守住，很是坚忍，任他如何攻扑，死战不退。一攻数日，城墙屡坏屡修，内外死伤，约以万计，既而城中矢石将竭，共议出降，有一卒奋然道："贼自柏乡战败，恨我赵人切骨，今若往降，徒自取死，我愿独入虎口，杀他一二员大将，或得使他解围，也未可知。"遂乘夜缒城而下，径至梁营诈降。李周彝召他入帐，问及城中情形，赵卒答道："城中粮械尚多，足有半月可持，但军使既收录微材，乞赐一剑，效死先登，愿取守城将首。"周彝恰还小心，不肯给剑，止令荷担从军，赵卒觑得间隙，竟举担击周彝首，周彝呼痛踣地。左右急救周彝，立将赵卒砍死。**赵卒颇有忠胆，可惜史册中不留姓名。**梁主温闻报大怒，限令三日取城。师厚亲冒矢石，昼夜猛攻，越二日，得陷。入城中，不问老幼，一概骈戮，可怜这枣强城中，变作了一座血污城。**极写梁主暴虐。**

那贺德伦等进攻蓨县，蓨县为赵州属地，相距不远。赵州本由晋将周德威驻扎，后来调镇振武军，注见前。仅留李存审、史建瑭、李嗣肱等戍守，既得蓚县急报，当由存审主议，与建瑭、嗣肱熟商道："我王方有事幽蓟，无暇到此，南方军事，委任我等数人，今蓚县告急，我等怎能坐视？况贼得蓚县，必西侵深、冀，为患益深。我当与公等别出奇谋，使贼自遁。"建瑭、嗣肱齐声道："果有奇计，愿听指挥！"存审乃引兵趋下博桥，令建瑭、嗣肱分道巡逻，遇有梁卒刍牧，立刻擒来。自分麾下为五队，统令衔枚疾走，沿途遇着梁兵，无论为侦探，为樵采，一概捕住，带回下博桥。建瑭、嗣肱，也有一二百人捉回，存审命一一杀死，只留活数人，断去一臂，纵使还报道："汝等为我转达朱公，晋王大军已到，叫他前来受死！"断臂兵奔回梁营，当然依言禀报。适值梁主温引杨师厚兵，自就贺德伦营，助攻蓚县，听着断臂兵报语，恰也惊心，即与德伦分驻营寨，相隔里许。德伦也很是戒备，派兵四巡，慎防不测。不意到了日暮，营门外忽然火起，烟雾冲霄，接连是噪声大作，箭镞齐来。德伦忙命亲卒把守营门，严禁各军妄动。外面却乱了一两个时辰，待至天色昏黑，方闻散去。当由德伦检查军士，又失了一二百名，或说是变起本军，究竟不知真伪。偏是梁主营前，又有断臂兵突入，大呼晋军大至，贺军使营，已陷没了。梁主温惊愕异常，立命毁去营寨，乘夜遁走。天昏不辨南北，竟至失道，委曲行二三百里，始抵贝州。如此胆小，何必夸语亲征？

　　德伦闻梁主遁还，也即退军。再遣侦骑探明虚实，返入梁营，报称晋军实未大出，不过令先锋游骑，先来示威。德伦听着，虽带着三分惭色，尚得谓梁主先遁，聊自解嘲。只梁主闻知，叫他如何忍受？且忧且恚，病又增剧，不得已养疾贝州，令各军陆续退归。

　　当时晋军计却大敌，欢声雷动，统称存审善谋。小子把存审计画，上文第叙明一半，还有一半详情，应该补叙。存审闻梁主自至，与德伦分营驻扎，已知梁主堕入计中。再将前时俘斩的梁卒，从尸身上剥下衣服，令游骑穿着，伪充梁兵，三三五五，混至德伦营前。德伦虽有巡兵四察，还道是本营士卒，不加查问。那伪充梁兵的晋军，遂就梁营前放火射箭，喊杀连天，乘间捕得几十个梁兵，依着存审密计，把他截臂纵去，令他往吓梁主。梁主被他一吓，果然远遁，连德伦也立足不住，拔营退去。经此一段说明，方知前文笔法之妙。仅仅几百个晋军，吓退了七八万梁兵，这都是李存审的妙计。小子有诗咏存审道：

疆场决胜在多谋，用力何如用智优？

任尔貔貅七八万，尚输良将幄中筹。

梁主温一病兼旬，好容易得有起色，复自贝州至魏州。博王友文，自东都过觐，请驾还都，梁主温乃启程南归。欲知后事，且阅下回。

刘守光一駃竖耳，如尚父皇帝之尊卑，尚不能辨，顾欲侈然称帝，凌压各镇，何不自量力若此！况前幽父，继杀兄，后且淫刑求逞，妄戮谏臣，天下有如此狂駃，而能不危且亡者，未之闻也。若梁主温之老奸巨猾，较守光固胜一筹；但暴虐不亚守光，淫恶比守光为尤甚。夹寨破，柏乡败，乃欲亲出报怨，两次督师，未遇敌而先怯，是正天夺之魄，阴促老奸之寿算耳。此而不悟，愈老愈虐，愈虐愈淫，几何而不受刲刃之惨也？善恶到头终有报，只争来早与来迟，斯言虽俚，亶其然乎！

第八回

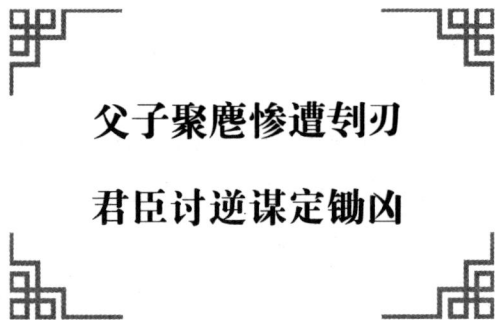

父子聚麀惨遭刲刃
君臣讨逆谋定锄凶

　　却说梁主温还至洛阳，病体少愈，适博王友文，新创食殿，献入内宴钱三千贯，银器一千五百两，乃即就食殿开宴，召宰相及文武从官等侍宴。酒酣兴发，遽欲泛舟九曲池，池不甚深，舟又甚大，本来是没甚危险，不料荡入池心，陡遇一阵怪风，竟将御舟吹覆。梁主温堕入池中，幸亏侍从竭力捞救，方免溺死。别乘小舟抵岸，累得拖泥带水，惊悸不堪。**不若此时溺死，尚免一刀之惨。**

　　时方初夏，天气温和，急忙换了龙袍，还入大内，嗣是心疾愈甚，夜间屡不能眠，常令妃嫔宫女，通宵陪着，尚觉惊魂不定，寤寐徬徨。那燕王刘守光屡陈败报，一再乞援，梁主病不能兴，召语近臣道：“我经营天下三十年，不意太原余孽，猖獗至此。我观他志不在小，必为我患。天又欲夺我余年，我若一死，诸儿均不足与敌，恐我且死无葬地了！”语至此，哽咽数声，竟至晕去。近臣急忙呼救，才得复苏。**只怕晋王，谁知祸不在晋，反在萧墙之内。**嗣是奄卧床褥，常不视朝，内政且病不能理，外事更无暇过问了。

　　是年岐、蜀失和，屡有战争。蜀主王建，曾将爱女普慈公主，许嫁岐王从子李继崇，岐王因戚谊相关，屡遣人至蜀求货币，蜀主无不照给。寻又求巴、剑二州，蜀主王建怒道：“我待遇茂贞，也算情义兼尽，奈何求货不足，又来求地。我若割地畀彼，便是弃民。宁可多给货物，不能割地。"乃复发丝茶布帛七万，交来使带还。赔贴妆奁，确是不少。奈彼尚贪心未厌何？茂贞因求地不与，屡向继崇说及，有不平意。继崇本嗜酒使气，伉俪间常有违言，至是益致反目。普慈公主潜遣宦官宋光嗣，用绢书禀报蜀主，求归成都。蜀主王建，遂召公主归宁，留住不遣，且用宋光嗣为阁门南院使。

岐王大怒，即与蜀绝好，遣兵攻蜀兴元，为蜀将唐道袭击退。岐王复使彰义节度使刘知俊，及从子李继崇，发大兵攻蜀。蜀命王宗侃为北路行营都统，出兵搦战，被知俊等杀败，奔安远军。安远军为兴元城西县号，障蔽兴元。知俊等进兵围攻，经蜀主倾国来援，大破岐兵，知俊等狼狈走还，后来知俊为岐将所谗，兵权被夺，举族寓秦州。越三年，秦州为蜀所夺，知俊因妻孥被掳，又背岐投蜀去了。后文慢表。

且说梁主温连年抱病，时发时止，年龄已逾花甲，只一片好色心肠，到老不衰，自从张妃谢世，篡唐登基，始终不立皇后。昭仪陈氏，昭容李氏，起初统以美色得幸，渐渐地色衰爱弛，废置冷宫。陈氏愿度为尼，出居宋州佛寺，李氏抑郁而终。此外后宫妃嫔，随时选入，并不是没有丽容，怎奈梁主喜新厌故，今日爱这个，明日爱那个，多多益善，博采兼收，甚至儿媳有色，亦征令入侍，与她苟合，居然做个扒灰老。博王友文，颇有材艺，虽是梁主温假子，却很是怜爱，比亲儿还要优待，梁主迁洛，留安文守汴梁，历年不迁。唯友文妻王氏，生得一貌似花，为假翁所涎羡，便借着侍疾为名，召她至洛，留陪枕席。王氏并不推辞，反曲意奉承，备极缱绻，但只有一种交换条件，迫令假翁承认，看官道是何事？乃是梁室江山，将来须传位友文。*还记得乃夫么？*

梁主温既爱友文，复爱王氏，自然应允。偏暗中有一反对的雌儿，与王氏势不两立，竟存一个你死我活的意见。这人为谁？乃是友珪妻室张氏。张氏姿色，恰也妖艳，但略逊王氏一筹，王氏未曾入侍，她已得乃翁专宠，及王氏应召进来，乃翁爱情，一大半移至王氏身上，渐把张氏冷淡下去，张氏含酸吃醋，很是不平，因此买通宫女，专伺王氏隐情。

一日合当有事，梁主温屏去左右，专召王氏入室，与她密语道："我病已深，恐终不起，明日汝往东都，召友文来，我当嘱咐后事，免得延误。"*为了肉欲起见，遂拟把帝位传与假子，扒灰老也不值得。*王氏大喜，即出整行装，越日登程。这个消息，竟有人瞧透机关，报与张氏，张氏即转告友珪，且语且泣道："官家将传国宝付与王氏，怀往东都，俟彼夫妇得志，我等统要就死了！"友珪闻言，也惊得目瞪口呆，嗣见爱妻哭泣不休，不由得泪下两行。

正在没法摆布，突有一人插口道："欲要求生，须早用计，难道相对涕泣，便好没事么？"友珪愕然惊顾，乃是仆夫冯廷谔，便把他呆视片刻，方扯他到了别室，谈了许多密语。忽由崇政院遣来诏使已入大厅，他方闻信出来接受诏旨，才知被出为莱州刺史。他愈加惊愕，勉强按定了神，送还诏使，复入语廷谔，廷谔道："近来左迁官吏，多半被诛，事已万急，不行大事，死在目前了！"

友珪乃易服微行，潜至左龙虎军营，与统军韩勍密商，勍见功臣宿将，往往诛死，心中正不自安，便奋然道："郴王 **指友裕** 早薨，大王依次当立，奈何反欲传与养子？主上老悖淫昏，有此妄想，大王诚宜早图为是！"**又是一个薪上添火。**遂派牙兵五百人，随从友珪，杂入控鹤士中，**唐已有控鹤监，系是值宿禁中。**混入禁门，分头埋伏，待至夜静更深，方斩关突入，竟至梁主温寝室，哗噪起来。侍从诸人，四处逃避，单剩了一个老头儿，揭帐启视，披衣急起，怒视友珪道："我原疑此逆贼，悔不早日杀却！逆贼逆贼！汝忍心害父，天地岂肯容汝么？"友珪亦瞋目道："老贼当碎尸万段！"**臣忍杀君，子亦何妨弒父？惜友珪凶莽，未能反唇相讥！**冯廷谔即拔剑上前，直迫朱温，温绕柱而走，剑中柱三次，都被温闪过，奈温是有病在身，更兼老惫，三次绕柱，眼目昏花，一阵头晕，倒翻床上，廷谔抢步急进，刺入温腹，一声狂叫，呜呼哀哉！年六十一岁。

友珪见他肠胃皆出，血流满床，即命将裀褥裹尸，瘗诸床下。秘不发丧，立派供奉官丁昭溥，赍着伪诏，驰往东都，令东都马步军都指挥使均王友贞，速诛友文。友贞不知是假，即诱入友文，把他杀死。友文妻王氏，未曾登途，已被友珪派人捕戮，一面宣布伪诏道：

朕艰难创业，逾三十年，托于人上，忽焉六载，中外协力，期于小康。岂意友文阴蓄异图，将行大逆，昨二日夜间，甲士突入大内，赖郢王友珪忠孝，领兵剿戮，保全朕躬。然疾因震惊，弥致危殆。友珪克平凶逆，厥功靡伦，宜令权主军国重事，再听后命。

越二日，丁昭溥自东都驰还，报称友文已诛，喜得友珪心花怒开，弹冠登极，再下一道矫诏，托称乃父遗制，传位次子，乃将遗骸草草棺殓，准备发丧，自己即位枢前，特授韩勍为侍卫诸军使，值宿宫中。勍劝友珪多出金帛，遍赐诸军，取悦士心，诸军得了厚赉，也乐得取养妻孥，束手旁观。唯内廷被他笼络，外镇却不受羁縻。

匡国军闻知内乱，都向节度使告变，时值韩建调任镇帅，置诸不理，竟为军士所害。此匡国军为陈许军号，与唐时之同州有别。杨师厚留戍邢、魏，也乘隙驰入魏州，驱出罗周翰，据位视事。友珪惧师厚势盛，只好将周翰徙镇宣义，特任师厚为天雄军节度使。天雄军就是魏博，唐时旧有此号，屡废屡行，梁尝称魏博为天雄军，小子因前文未详，故特别表明。护国军治河中节度使朱友谦，少时为石壕间大盗，原名只一简字，后来归附朱温，因与温同姓，愿附子列，改名友谦，温篡位后命镇河中，加封冀王。他闻洛阳告哀，已知有异，泣对群下道："先帝勤苦数十年，得此基业，前日变起宫掖，传闻甚恶，我备位藩镇，未能入扫逆氛，岂不是一大恨事！"道言未绝，又有洛使到来，加他为侍中中书令，并征他入朝，友谦语来使道："先帝晏驾，现在何人嗣立？我正要来前问罪，还待征召么？"

来使返报友珪，友珪即遣韩勍等往击河中。友谦举河中降晋，向晋乞援。晋王李存勖统兵赴急，大破梁军，勍等走还。看官听着！这朱友珪的生母，本是亳州一个营娼，从前朱温镇守宣武，略地宋亳，与该娼野合生男，取名友珪，排行第二，弟兄多瞧他不起。况又加刃乃父，敢行大逆，岂诬罪友文，平空诬陷，就可瞒尽耳目，长享富贵么？至理名言。

糊糊涂涂地过了半年，已是梁乾化三年元旦，友珪居然朝享太庙，返受群臣朝贺。越日祀圜丘，大赦天下，改元凤历。均王友贞，已代友文职任，做了东都留守，至是复加官检校司徒，令驸马都尉赵岩，赍敕至东都，友贞与岩私宴，密语岩道："君与我系郎舅至亲，不妨直告，先帝升遐，外间啧有烦言，君在内廷供职，见闻较确，究竟事变如何？"岩流涕道："大王不言，也当直陈。首恶实嗣君一人，内臣无力讨罪，全仗外镇为力了。"友贞道："我早有此意，但患不得臂助，奈何？"岩答道："今日拥强兵，握大权，莫如魏州杨令公，近又加任都招讨使，但能得他一言，晓谕内外军士，事可立办了。"友贞道："此计甚妙。"

待至宴毕，即遣心腹将马慎，驰至魏州，入见杨师厚，并传语道："郢王弑逆，天下共知，众望共属大梁，公若乘机起义，帮立大功，这正所谓千载一时呢！"师厚尚在迟疑，慎又述均王言，谓事成以后，当更给犒军钱五十万缗。师厚乃召集将佐，向众质问道："方郢王弑逆时，我不能入都讨罪，今君臣名分已定，无故改图，果可行得否？"众尚未答，有一将应声道："郢王亲弑君父，便是乱贼。均王兴兵复仇，便是忠义。奉义讨贼，怎得认为君臣？若一旦均王破贼，敢问公将如何自处哩？"这人不知谁氏，也惜姓名不传。师厚惊起道："我几误事，幸得良言提醒，我当为讨贼先驱哩！"遂与马慎说明，令归白均王，伫候好音，自派将校王舜贤，潜诣洛阳，与龙虎统军袁象先定谋，复遣都虞候朱汉宾屯兵滑州，作为外应。舜贤至洛，可巧赵岩亦自汴梁回来，至象先处会商，岩为梁主温婿，象先为梁主温甥，当然有报仇意，妥商大计，密报梁魏。

先是怀州龙骧军系梁主温从前随军三千，推指挥刘重霸为首，声言讨逆，据住怀州，友珪命将剿治，经年未平，汴梁戍卒，亦有龙骧军参入，友珪也召令入都。均王友贞也遣人激众道："天子因龙骧军尝叛怀州，所以疑及尔等，一概召还，尔等一至洛下，恐将悉数坑死。均王处已有密诏，因不忍尔等骈诛，特先布闻。"戍卒闻言，统至均王府前，环跪呼吁，乞指生路。友贞已预书伪诏，令他遍阅，随即流涕与语道："先帝与尔等经营社稷，共历三十余年，千征万战，始有今日。今先帝尚落人奸计，尔等从何处逃生呢？"说至此，引士卒入府厅，令仰视壁间悬像。大众望将过去，乃是梁主温遗容，都跪伏厅前，且拜且泣。友贞亦唏嘘道："郢王贼害君父，违天逆地，复欲屠灭亲军，残忍已极，尔等能自趋洛阳，擒取逆竖，告谢先帝，尚可转祸为福呢！"大众齐声应诺，唯乞给兵械，以便趋洛。友贞即令左右颁发兵器，令士卒起来，每人各给一械，大众无不踊跃，争呼友贞为万岁，各持械而去。此计想由赵岩等指授。

友贞遣使飞报赵岩等人，赵岩、袁象先夜开城门，放诸军入都，一面贿通禁卒千人，共入宫城。友珪仓猝闻变，慌忙挈妻张氏，及冯廷谔共趋北垣楼下，拟越城逃生。偏后面追兵大至，喧呼杀贼。自知不能脱走，乃令廷谔先杀妻，后杀自己。廷谔亦自刭。都中各军，乘势大掠，百官逃散。中书侍郎同平章事杜晓，侍讲学士李珽，均为乱兵所杀，门下侍郎同平章事于兢，宣政院使李振代敬翔被伤。骚扰了一日余，至暮乃定。

袁象先取得传国宝，派赵岩持诣汴梁，迎接均王友贞。友贞道："大梁系国家创业地，何必定往洛阳。公等如果同心推戴，就在东都受册，俟乱贼尽除，往谒洛阳陵庙便了。"岩返告百官，百官都无异辞。乃由均王友贞，即位东都，削去凤历年号，仍称乾化三年，追尊父温为太祖神武元圣孝皇帝，母张氏为元贞皇太后，给还友文官爵，废友珪为庶人，颁诏四方道：

我国家赏功罚罪，必协朝章，报德伸冤，敢欺天道？苟显违于法制，虽暂滞于岁时，终振大纲，须归至理。重念太祖皇帝尝开霸府，有事四方，迨建皇朝，载迁都邑，每以主留重务，居守需才，慎择亲贤，方膺寄任。故博王友文，才兼文武，识达古今，俾分忧于在浚之郊，亦共理于兴王之地，一心无易，二纪于兹，尝施惠于士民，实有劳于家国。去岁郢王友珪，尝怀逆节，已露凶锋，将不利于君亲，欲窃窥夫神器，此际值先皇寝疾，大渐日臻，博王乃密上封章，请严宫禁。因以莱州刺史授于郢王，友珪才睹宣纶，俄行大逆，岂有自纵兵于内殿，翻诬罪于东都？伪造诏书，枉加刑戮，且夺博王封爵，又改姓名，冤耻两深，欺罔何极！伏赖上穹垂祐，宗社降灵，俾中外以叶谋，致遐迩之共怒。寻平内难，获诛元凶，既雪耻于同天，且免讥于共国，朕方期遁世，敢窃临人？遽迫推崇，爰膺缵嗣。冤愤既伸于幽显，霈泽宜及于下泉。博王宜复官爵，仍令有司择日归葬。友珪凶恶滔天，神人共弃，生前敢为大逆，死后且有余辜，例应废为庶人，以昭炯戒。特此布教，俾远近闻知。

此诏下后，又改名为锽，进天雄军节度使杨师厚为检校太师，兼中书令，加封邺王。西京左龙虎统军袁象先为检校太保同平章事，加封开国公。这两人最为出力，所以封爵最优。余如赵岩以下，各升官晋爵有差。又遣使招抚朱友谦。友谦仍复归藩，称梁年号。唯对晋仍然未绝，算是一个骑墙派人物。梁廷至此，才得苟安。越二年始改元贞明，梁主友贞，又改名为瑱。小子有诗叹道：

多行不义必遭殃，稽古无如鉴后梁。
乃父淫凶子更恶，屠肠截胆有谁伤？

梁室粗定，晋已灭燕，欲知燕亡情形，且至下回再叙。

淫恶如朱温，宜有刭刃之祸，但为其子友珪所弑，岂彼苍故演奇剧，特假手友珪，以示恶报之巧乎！温为臣弑君，友珪为子弑父，有是父乃有是子，果报固不爽也。唯友珪弑逆不道，尚得窃位半年，杨师厚兼雄镇，擅劲兵，未闻首先倡义，乃迫于均王之一激，部将之一言，始幡然变计，盖当时礼教衰微，几视篡弑为常事。非有大声疾呼者，唤醒其旁，几何不胥天下为禽兽也！然淫恶者终遭子祸，凶逆者卒受身诛。苍苍者天，岂真长此晦盲乎？老氏谓天地不仁，夫岂其然！

第九回

失燕土伪帝作囚奴
平宣州徐氏专政柄

却说刘守光僭称帝号，遂欲并吞邻镇，拟攻易定。参军冯道，系景城人，**长乐老出身，应该略详**。面谏守光，劝阻行军。守光不从，反将道拘系狱中。道素性和平，能得人欢，所以燕人闻他下狱，都代为救解，幸得释出。道料守光必亡，举家潜遁，奔入晋阳。晋王李存勖，令掌书记，且问及燕事，得知虚实。

正拟发兵攻燕，可巧王处直派使乞援，遂遣振武节度使周德威，领兵三万，往救定州。德威东出飞狐，与赵将王德明，**义武即定州，见前**将程严，会师易水，同攻岐沟关。一鼓即下，进围涿州。刺史刘知温，令偏将刘守奇拒守。守奇有门客刘去非，大呼城下道："河东兵为父讨贼，干汝甚事，乃出力固守呢？"守兵被他一呼，各无斗志，多半逃去。知温料不能守，开门迎降。守奇奔梁，得任博州刺史。晋将周德威，即率众抵幽州城下，另派神将李存晖等往攻瓦桥关。守关将吏，及莫州刺史李严皆降。守光连接败报，惊惶得了不得，卑辞厚币，向梁求援。梁主温督兵攻赵，为晋将李存审所却。**本段是回溯文字**。幽州失一大援，益觉孤危，只好誓死坚守。

晋将周德威，因幽州城大且固，兵不敷用，再向晋阳济师。晋王李存勖，便调李存审援应，带领吐谷浑、契苾两部番兵，往会德威。德威已得增兵，即四面筑垒，为围攻计，守光益惧。

燕将单廷珪，素号骁勇，独请出战。守光乃拨精兵万人，令他开城逆击。廷珪披甲上马，扬鞭出城，一声狂呼，万人随进，左冲右突，恰是有些利害。晋军拦阻不住，退至龙头冈。冈峦高出云表，势颇险峻，周德威倚冈立寨，据险自固，猛见单廷珪跃马前来，势甚凶猛，即令部将排定阵势，自己登冈指挥，准备对敌。廷珪遥见德威，便顾左右道："今日必擒周阳五以献！"大言何益？阳五系德威小字。说毕，持着一枝长枪，当先突阵，枪锋所至，无人不靡。晋军三进三却，由廷珪冲过阵后，一人一骑，不管什么死活，竟上冈去捉德威。德威究是老将，没甚慌忙，但佯作胆怯状，回马急走，跑上峰峦。廷珪也跃马追上，觑着德威背后，一枪刺去，正道是洞穿胸腹，哪知德威早已防着，闪过一旁，让开枪头，右手恰掣出铁樜，向廷珪马头猛击。马忍痛不住，滚了下去，冈峦本是不平，这一滚约有数丈。任你廷珪如何骁悍，也是约束不住，人仰马翻，统跌得皮开血裂，凑巧下面尚有晋军，顺手揪住廷珪，把他捆绑起来。燕兵见主将被擒，慌忙退走。被晋军驱杀一阵，斩首三千级，余众逃入城中，全城夺气。

德威斩了廷珪，又分兵攻下顺州、檀州，复拔芦台军，再克居庸关。刘守光惶急异常，屡使人赴梁告急，正值梁廷内乱，不暇应命。他只得自去设法，命大将元行钦募兵山北，骑将高行珪出守武州，作为外援。晋王李存勖，即遣李嗣源往攻武州，行珪出战失利，遂降嗣源，嗣源乃退。元行钦闻武州失守，亟引兵攻行珪。行珪令弟行周往质晋军，求他援助。嗣源再进兵击行钦，八战八胜，行钦力屈乃降。嗣源爱他材勇，养为己子，令为代州刺史。

行周留事嗣源，常与嗣源养子从珂，分领牙兵，转战有功。从珂母魏氏，先为王氏妇，生子名阿三，嗣源随克用出师河北，掠得魏氏，见她秀色可餐，便纳为妾媵。阿三即拜嗣源为义父，取名从珂。及年已成立，以勇健闻。晋王存勖，尝呼他小字道："阿三与我同年，勇敢亦与我相类，恰是个不凡子。"后来叛唐篡国，就是此人，事见下文。不第叙过从珂，并带过高行周。

且说周德威围攻幽州，已是逾年。从前因幽州四近，尚有燕兵散布，须要远近兼顾，内外合筹，一时不便进逼，唯连营竖栅，与燕相持。嗣闻四面掎角，均已毁灭，乃进军南门，专力攻城。守光昼夜不安，自知兵力不支，不得已致书乞怜，愿为城下盟。德威笑语来使道："大燕皇帝，尚未郊天，何故雌伏如此！我受命讨罪，

周德威智擒单廷珪

不知他事，继盟修好，更非乐闻，请为我转语燕帝，休想乞和，快来一战。"挪揄得妙。遂叱退来使，不答一字。守光闻报，越加窘迫，又遣将周遵业，赍绢千匹，银千两，锦百段，献入晋营，哀求德威道："富贵成败，人生常理，录功叙过，也是霸主盛业。我王守光，不欲为朱温下，所以背梁称尊。哪知得罪大国，劳师经年，现已自知罪戾，还祈少恕！"德威道："能战即来，不能战即降，何必多言！"遵业尚欲开口，见德威起身入内，只好怏怏退还，报知守光。守光搔首挖耳，无法可施。踌躇了许多时候，突闻城外喊声大震，又来攻城，不得已硬着头皮，登陴巡守。遥见周德威跨着骏马，手执令旗，指挥战士，遂凄声遥呼道："周将军！汝系三晋贤士，奈何迫人危急，不开一网呢？"淫威扫地。德威答道："公已为俎上肉，但教责己，不必责人！"守光语塞，流涕而下。

既而平营、莫瀛诸州，均已降晋，他却情急智生，暗觑晋军少懈，自引兵夜出城中，潜抵顺州城下，假充晋军，呼开城门。守卒被他所绐，又当黑夜无光，竟开城放入。城门甫启，守光麾兵大进，乱杀乱砍，伤毙许多守卒，占住城池，复乘胜转趋檀州，那时周德威已经闻知，急引兵至檀州邀击。适与守光相遇，一场混战，大破守光，守光带领残卒百余骑，逃回幽州。晋王存勖，遣张承业犒慰行营，并与德威商议军情。事为守光侦悉，又致书承业，举城乞降。承业知他狡猾，拒回来使。急得守光真正没法，再派人往契丹，吁请援兵。契丹酋长阿保机，也闻他平日无信，不肯出援。无信之害如此。守光急上加急，除出降外无别法，乃屡遣使向德威乞降，德威始终不许，守光复登城语德威道："我已力屈计穷，只求将军少宽一线，俟晋王亲至，我便开门迎谒，泥首听命！"皇帝也不愿做了。

德威乃托张承业返报晋王。晋王命承业居守，权知军府事，自诣幽州，单骑抵城下，呼守光与语道："朱温篡逆，我本欲会合河朔五镇兵马，兴复唐祚，公不肯与我同心，乃效尤逆温，居然僭号称帝，且欲并吞镇、定，是以大众愤发，至有今日。成败亦丈夫常事，必须自择所向，敢问公将何从？"守光流涕道："我今已为釜中鱼，瓮中鳖了，唯王所命！"晋王也觉动怜，即折断弓矢，向他设誓道："但出来相见，保无他虞。"守光闻言，又道他是仁柔易欺，便含糊答应道："再俟他日！"是谓无信。

晋王且笑且愤，返入德威营中，决定明日督军猛攻，誓入此城。是夕有燕将李小喜，缒城来降，报称城中力竭。看官道这小喜是何等人物？他原是守光嬖臣，教守光切勿降晋，守光被他哄动，遇着危急时候，不得不作书乞降，其实是借此缓兵，并非实心投诚，不料小喜却先走一着，竟已奔投晋营。欺人者反为人欺，可为后鉴。晋王存勖，即命五更造饭，饬各军饱餐一顿，俟至黎明，一声鼓角，全营涌出。晋王亲披甲胄，督令进攻，这边竖梯，那边攀堞，四面八方，同时动手。燕兵已经力尽，哪里还能支持？就使有心拒守，也是防不胜防，霎时间阖城鼎沸，纷纷乱窜。晋兵一齐登城，拔去燕帜，改张晋帜，趁势下城往捉守光。守光已挈妻李氏、祝氏，子继珣、继方、继祚等，逃出城外，南走沧州，只有乃父仁恭，还幽住别室，被晋军马到擒来。此外有家族三百口，逃奔不及，一齐作了俘囚。

晋王存勖入幽州城，禁杀安民，授德威卢龙节度使，兼官侍中，改命李嗣本为振武节度使，更遣别将追捕守光。可怜守光抱头南奔，途次又复失道，向荒径中走了数日，身旁未带干粮，只是枵腹逃难。到了燕乐界内，见有村落数处，乃遣妻祝氏乞食田家，可称作讨饭皇后。田家见她衣服华丽，并没有乞人形相，遂向他盘问，祝氏直言不讳。大抵想用皇后威势去吓平民。田家主人张师造，假意留她食宿，且令家人往绐守光，一同到家，暗中却飞报晋军。晋军疾趋而至，将守光及二妻三子，一并捉住，械送军门。晋王存勖，方宴犒将士，见将吏擒到守光，便笑语道："王是本城主人，奈何出城避客？"守光匍伏阶下，叩首乞命。晋王命与仁恭同系馆舍，给与酒食。守光正是腹饥，乐得一饱。写尽狂愚。

越数日，晋王下令班师，令守光父子，荷校随行。守光父母，对着守光，且唾且骂道："逆贼破灭我家，竟到这般！"守光俯首无言。路过赵州，赵王镕盛帐行幄，迎犒晋军。且请晋王上坐，奉觞称寿，酒酣起请道："愿见大燕皇帝刘守光一面。"挖苦之极。晋王乃命将吏牵入仁恭父子，脱去桎梏，就席与饮。仁恭父子拜镕，镕亦答拜，又赠他衣服鞍马，守光饮食自如，毫无惭色。

及晋王辞别赵王返至晋阳，即将仁恭父子，用白链牵入太庙，自己亲往监刑，守光呼道："守光死亦无恨，但教守光不降，实出李小喜一人！"晋王召小喜入证，小喜瞋目叱守光道："囚父杀兄，上烝父妾，难道亦我教汝么？"晋王怒指小喜道："汝究竟做过燕臣，不应如此无礼！"便喝令左右，先将小喜枭首，然后命斩守光。守光又呼道："守光素善骑射，大王欲成霸业，何不开恩赦罪，令得自效！"晋王不答，二妻恰在旁叱责道："事已至此，生亦何为？我等情愿先死！"即伸颈就戮。还是二妇豪爽。守光临刑，尚哀求不已，直至刀起首落，方才寂然。独留住仁恭，不即处斩，另派节度副使卢汝弼，押仁恭至代州，剖心祭先王克用墓，然后枭首示众。所有刘氏家口，尽行处死，不消絮述。

王镕与王处直，推晋王存勖为尚书令。晋王三让乃受，始开府置行台，仿唐太宗故事，再命李嗣源会同周德威及镇州兵马，攻梁邢州。梁天雄节度使杨师厚，发兵救邢。晋军前锋失利，便即引还。

话分两头，且说淮南节度使杨隆演，既得嗣位，又由徐温遣将周本，戡定江西，内外无事。乃令将军万全感分诣晋、岐，报告袭位。晋、岐两国，承认他为嗣吴王，隆演自然喜慰。唯徐温辅政，权势日盛一日，镇南节度使刘威，歙州观察使陶雅，宣州观察使李遇，常州刺史李简，统是杨行密宿将，恃有旧勋，蔑视徐温。李遇尝语人道："徐温何人！我未曾与他会面，乃俨然为吴相么？"这语传入温耳，温派馆驿使徐玠，出使吴越，令他道过宣州，顺便召遇入朝。遇踟蹰未决。玠又说道："公若不即入谒，恐人将疑有反意了！"遇忿然道："君说遇反，日前与杀侍中，指杨渥，渥曾自兼侍中。还是反不是反呢？"及玠回来报温，温触着隐情，顿时动怒，便令淮南节度副使王玠，出为宣州制置使，即加遇抗命不朝的罪状，遣都指挥使柴再用及徐知诰两人，领兵纳坛，乘势讨遇。遇怎肯听命？闭城拒守，再用等围攻月余，竟不能下。遇少子曾为淮南牙将，被温捕送军前，由再用呼遇指示道："如再抗命，当杀汝少子。"遇见少子悲号求生，心中好似刀割，乃答再用道："限我两日，当即报命！"再用乃牵遇少子还营，适值典客何荛，由温派令劝遇，即入城语遇道："公若不肯改图，荛此来亦不想求生，任凭斩首，止靠此一城，恐未能长持过去，不若随荛纳款，保全身家！"遇左思右想，实无良法，没奈何依了荛言，开门请降。哪知徐温却是利害，竟令柴再用把遇杀死，且将遇全家人口，一并诛夷。如此残虐，宜其无后。于是诸将相率畏温，不敢逆命。

知诰以功升昇州刺史，选用廉吏，修明政教，特延洪州进士宋齐邱，辟为推官，与判官王令谋，参军王翊，同主谋议，牙吏马仁裕、周宗、曹悰为腹心，隐然有笼络众心，缔造宏基的思想。唯向温通问，恪守子道，一些儿不露骄态。温尝谓诸子道："汝等事我，能如知诰否？"恐也着了道儿。从此知诰所请，无不依从。

知诰密陈刘威专恣，不可不防，温又欲兴兵往讨。

威有幕客黄讷，向威献议道："公虽遭谗谤，究竟未得确据，若轻舟见温，自然嫌疑尽释了。"威如讷言，便乘一小舟，只带侍从二三人，径诣广陵，陶雅亦至，与温相见。温馆待甚恭，以后进自居，且转达吴王隆演，优加二人官爵。威、雅很是悦服，一住经旬，方才告别。温盛筵饯行，席间备极殷勤，佯作恋恋不舍的状态，引得威、雅两人，死心塌地，誓不相负，方洒泪还镇去了。徐温颇有莽操手段。

已而温与威、雅，推吴王杨隆演为太师，温亦得升官加爵，领镇海军治润州节度使，兼同平章事职衔。温尚在广陵，遣将陈章攻楚，取得岳州，擒归刺史苑玫。又在无锡击退吴越兵。楚与吴越，先后诉梁，梁命大将王景仁为淮南招讨使，率兵万人，进攻庐、寿二州。温与东南诸道副都统朱瑾，联兵出御，大破梁军。温遂超任马步诸军都指挥使，并两浙招讨使，兼官侍中，晋爵齐国公。乃徙镇润州，留子知训居广陵，知训已得充淮南行军副使，至是更握内政，小事悉由知训裁决，大事始遥与温商。当时淮南一大镇，只知有徐氏父子，不知有杨隆演了。

梁主友贞，闻淮南势盛，恐东南各镇，或与淮南连兵，将为梁患，正拟设法牢笼。可巧荆南节度使高季昌，造战舰五百艘，治城堑，缮器械，招兵买马，有志称雄，梁主亟封他为渤海王，赐给衮冕剑佩，为羁縻计。季昌意气益豪，日谋拓地，探得蜀有内变，即亲率战船，攻蜀夔州。小子先将蜀中乱事，大略补述，方好叙明战事。

蜀王王建，自僭号称帝后，与岐王失和构兵，争战经年，得将岐兵击退，气焰益张。左相王宗佶，本王建养子，与太子宗懿不协，并因枢密使唐道袭，以舞童得宠，素常轻视，致为所谮，被建扑死。宗懿改名元膺，豭喙龋齿，好勇善射，既与道袭谮死宗佶，复好面辱大臣，最喜与道袭戏谑，尝在大庭广众中，效为舞童模样，任意揶揄。道袭老羞成怒，引为深恨。他本是王建宠臣，每事必与熟商，遂得乘隙进谗，诬称元膺谋乱。王建初尚未信，禁不得道袭再三浸润，复由诸王大臣，加添数语，也不觉动疑起来，遂令道袭召兵入卫。也怕作刘仁恭耶！元膺闻信，惊惧交并，遂嘱大将徐瑶、常谦等，引兵猝攻道袭，道袭身中流矢，坠马而亡。那时王建得报，果道是元膺为逆，即遣王宗侃调集大军，出讨元膺。瑶与谦皆败死，元膺逃匿龙池舰中，到次日登岸乞食，为卫兵所杀。建追废元膺为庶人，改立幼子宗衍为太子。

高季昌以蜀遭内乱，有隙可乘，遂进攻夔州。夔州刺史王成先出兵逆战，季昌令军士乘风纵火，焚蜀浮桥。蜀兵颇有惧色，幸蜀将张武，举铁绠拒住敌舰。季昌仍不能进军，忽然间风势倒吹，害得季昌放火自燃，荆南兵不被焚死，也被溺死，季昌忙易小舟，狼狈奔还。小子有诗咏道：

> 返风扑火自当灾，数载经营一炬灰！
> 天意未容公灭蜀，艨艟多事溯江来。

荆蜀战罢，梁、晋又复交兵，欲知胜负如何，试看下回便知。

刘守光父子，有必亡之道，亦有应诛之罪。晋王存勖，出兵灭燕，絷归守光父子，声其罪而诛之，宜也，但必骈戮家属，毋乃过甚。李遇自恃旧勋，蔑视徐温，不过骄矜之失，无甚大恶，且既夸命出降，黜其官而赦之，可也，即不赦之，而家族何辜，宁必诛夷而后快！周文王治岐，罪人不孥，方卜世至八百年，盖不嗜杀人，方垂久远。李存勖已为过暴，而徐温尤甚。是欲垂裕后昆，其可得乎？蜀事随手叙入，亦为按时叙事起见，僭伪之徒，且不能自全骨肉，雄鸷亦何益乎？

第十回

逾黄泽刘郇失计
袭晋阳王檀无功

却说梁任杨师厚为天雄节度使，兼封邺王。师厚晚年，拥兵自恣，几非梁主所能制，幸享年不久，遽尔去世，梁廷私相庆贺。租庸使赵岩，判官邵赞，请分天雄军为两镇，减削兵权，梁主友贞依计而行。天雄军旧辖疆土，便是魏、博、贝、相、澶、卫六州，梁主派贺德伦为天雄节度使，止领魏、博、贝三州，另在相州置昭德军，兼辖澶、卫，即以张筠为昭德节度使，二人受命赴镇。梁主又恐魏人不服，更遣开封尹刘郇，率兵六万名，自白马顿渡河，阳言往击镇、定，实防魏人变乱，暗作后援。

德伦至魏，依着梁主命令，将魏州原有将士，分派一半，徙往相州。魏兵皆父子相承，族姻结合，不愿分徙，甚至连营聚哭，怨苦连天。德伦恐他谋变，即报知刘郇，郇屯兵南乐，先遣澶州刺史王彦章，率龙骧军五百骑入魏州。魏兵益惧，相率聚谋道：“朝廷忌我军府强盛，所以使我分离，我六州历代世居，未尝远出河门，一旦骨肉分抛，生还不如死罢！”当即乘夜作乱，纵火大掠，围住王彦章军营。可见一动不如百静。彦章斩关出走，乱兵拥入牙城，杀死德伦亲卒五百人，劫德伦禁居楼上。德伦焦急万分，适有乱军首领张彦，禁止党人剽掠，但逼德伦表达梁廷，请仍旧制，德伦只好依他奉表。梁主得表大惊，立遣供奉官扈异，驰抚魏军，许张彦为刺史，唯不准规复旧制。彦一再固请，梁使一再往返，只是赍诏宣慰，始终不许复旧。彦怒裂诏书，散掷地上，戟手南指，诟詈梁廷，且愤然语德伦道："天子愚暗，听人穿鼻，今我兵甲虽强，究难自立，应请镇帅投款晋阳，乞一外援，方无他患。"*仍要求人，何如不乱。*德伦顾命要紧，又只得依他言语，向晋输诚，并乞援师。

晋王得书，即命李存审进据临清，自率大军东下，与存审会。途次复接德伦来书，说是梁将刘郁，进次洹水，距城不远，恳速进军。晋王尚虑魏人多诈，未肯轻进。德伦遣判官司空颋往犒晋军。颋系德伦心腹，既至临清，密陈魏州起乱情由，且向晋王献言道："除乱当除根，张彦凶狡，不可不除，大王为民定乱，幸勿纵容乱首！"

晋王乃进屯永济，召张彦至营议事，彦率党与五百人，各持兵仗，往谒晋王。晋王令军士分站驿门，自登驿楼待着，俟彦等伏谒，即喝令军士，将他拿下，并捕住党目七人。彦等大呼无罪，晋王宣谕道："汝陵胁主帅，残虐百姓，尚得说是无罪么？我今举兵来此，但为安民起见，并非贪人土地，汝向我有功，对魏有罪，功小罪大，不得不诛汝以谢魏人。"彦无词可答。即由晋王出令处斩，并及党目七人。*杀得好。*余众股栗，晋王复传谕道："罪止八人，他不复问。"众皆拜伏，争呼万岁。

越日，皆命为帐前亲卒，自己轻裘缓带，令他们摝甲执兵，冀马前进，众心越觉感服。贺德伦闻晋王到来，率将吏出城迎谒。晋王从容入城，由德伦奉上印信，请晋王兼领天雄军。晋王谦让道："我闻城中涂炭，来此救民，公不垂察，即以印信见让，诚非本怀。"*未免做作。*德伦再拜道："德伦不才，心腹纪纲，多遭张彦毒手，形孤势弱，怎能再统州军？况寇敌逼近，一旦有失，转负大恩，请大王勿辞！"晋王乃受了印信，调德伦为大同节度使。德伦别了晋王，行抵晋阳，为张承业所留，不令抵任，后文再表。

且说晋王存勖，既得魏城，令沁州刺史李存进，为天雄都巡按使，巡察城市。遇有无故讹言，及掠人钱物，悉诛无赦，城中因是帖然，莫敢喧哗。一面派兵袭陷德、澶二州，梁将王彦章，奔往刘郁军营，家属犹在澶州城内，被晋军掠取，仍然优待，且遣使招置彦章。彦章置家不顾，杀毙晋使，晋军乃把彦章家属，骈戮无遗。刘郁进次魏县，晋王出军抵御，他素好冒险，但率百余骑往探郁营，偏为郁所探悉，分布伏兵，待晋王驰至，鼓噪而出，围绕数匝。晋王跃马大呼，麾骑冲突，所向披靡，骑将夏鲁奇，手持利刃，翼王突围，自午至申，杀死梁兵百余名，方得跃出，夺路驰回。

梁军尚不肯舍，在后急追，鲁奇请晋王先行，自率百骑断后，又手刃梁兵数十人，身上亦遍受创伤，正危急间，救星已到。李存审率军前来，击退梁兵，随王回营。晋王检点从骑，虽多受伤，阵亡只有七人，乃顾语从骑道："几为虏笑。"从骑应声道："敌人怎敢笑王，适使他们见王英武哩！"晋王因鲁奇独出死力，抚赏有加，赐姓名为李绍奇。

刘郇驰入魏县城中，数日不出，杳无声迹。晋王怀疑，便命侦骑往探郇军，返报城中并无烟火，只有旗帜竖着，很是整齐。晋王道："我闻刘郇用兵，一步百计，这必是有诈谋哩！"乃再命侦探，始得确报，果系缚刍为人，执旗乘驴，分立城上。晋王笑道："他道我军尽在魏州，必乘虚袭我晋阳，计策却很是利害，但他的长处在袭人，短处在决战，我料他前行不远，速往追击，不难取胜。"料事颇明。遂发骑兵万人，倍道急追，果然郇军潜逾黄泽岭，欲袭晋阳，途次遇着霪雨，道险泥滑，部众扳藤援葛，越岭西行，害得腹疾足肿，或且失足堕死，因此不能急进。晋阳城内，也已接得军报，勒兵戒严，郇军行至乐平，粮食且尽，又闻晋阳有备，后面又有追兵到来，免不得进退两难，惊惶交迫。大众将有变志，势且溃散，郇泣谕道："我等去家千里，深入敌境，腹背皆有敌兵，山谷高深，去将何往？唯力战尚可得免。否则一死报君便了。"部众感他忠诚，才免异图。

晋将周德威本留镇幽州，见前回。闻刘郇西袭晋阳，亟引千骑往援，行至土门，郇已整众下山，自邢州绕出宗城，欲袭据临清，绝晋粮道。又复变计。德威兼程追郇，到了南宫，捕得郇谍数人，断腕纵还，令他还报道："周侍中已到临清了！"郇始大惊，按兵不进，哪知中了德威诡计，直至次日迟明，始由德威军略过郇营，驰入临清，然是斗智。郇始悔为德威所赚，亟引兵趋贝州。晋王连得军报，已知郇由西返东，追兵不能得手，乃出屯博州，遥应德威。德威追郇至堂邑，杀了一仗，互有死伤，郇移军莘县，设堑固守，自莘及河，筑甬道以通粮饷。晋王存勖，也出屯莘县西偏，烟火相望，一日数战，未分胜负，晋王分兵攻郇甬道，用着大刀阔斧，斩伐栅木，郇督兵坚拒，随坏随修，晋军亦无可奈何，只捕得数十人，便即退还。刘郇也算能军。

梁主友贞，偏责郇劳师费粮，催令速战，郇历奏行军情形，且言晋系劲敌，不能轻战，只有训兵养锐，徐图进取云云。这报呈将进去，又接梁主手谕，问他何时决胜，郁很是懊怅，竟覆奏道："臣今日无策，唯愿每人给千斛粮，始可破贼。"看官！试想这梁主友贞，虽然是素性优柔，见了这种奏语，也有些忍耐不住，便复下手谕道："将军屯军积粮，究竟为疗饥呢？还是为破贼呢？"郁接得此谕，不得已召问诸将道："主上深居禁中，不知军旅，徒与少年新进，谋画军机，急求一逞，无如敌势方强，战必不利，奈何奈何？"*智囊也没法了。*诸将齐声道："胜负总须一决，旷日持久，亦非善策。"郁不禁变色，退语亲军道："主暗臣谀，将骄卒惰，我未知死所了！"

越日，又召集诸将，每人面前置水一器，令他饮尽，大众皆面面相觑，无人敢饮。郁便对诸将道："一器中水，尚难尽饮，滔滔河流，能一口吸尽么？"众始知他借水喻意，莫敢发言，偏是朝使到来，总是促战。郁乃自选精兵万余人，开城薄镇、定军营。镇、定军猝不及防，倒也惊乱，偏晋将李存审、李建及等，左右来援，冲断郁军。郁腹背受敌，慌忙收兵奔还，已丧失了千余人，乃决计坚守，不准出兵，且详报梁主友贞，请勿欲速。

梁主友贞，疑信参半，连日不安，又因宠妃张氏，忽然得病，很是沉重。妃系梁功臣张归霸女，才色兼优，梁主友贞，早欲册她为后，张妃请待帝郊天，然后受册，友贞因连年战争，无心改元，所以郊天大礼，也延宕过去。至妃病已剧，亟册她为德妃，日间行礼，夜半去世，未免有情，谁能遣此！那梁主友贞，悲悼了好几日，自觉形神俱惫，未晚即寝，到了夜间，梦寐中似有人行刺，骇极乃寤。正在彷徨时候，突闻御榻中有击刺声，越觉惊异。仔细一听，乃出自剑匣中，就开匣取剑，披衣亟起，自言自语道："难道果有急变么？"道言未绝，寝门忽启，有一人持刀直入，竟来行凶，不防梁主持剑以待，急忙转身返奔，被梁主抢上一步，将他刺倒，结果性命。*侥幸侥幸。*乃急呼卫士入室，令他验视尸骸。有人识是康王友孜的门客，因即令卫士往捕友孜。友孜正待刺客返报，一闻叩门，亲来启视，被卫士顺手牵来，押入内廷。梁主面加审讯，友孜无可抵赖，俯首无词，便由梁主喝令处斩，原来友孜系梁主幼弟，双目有重瞳子，遂自谓有天子相，欲弑兄自立，不意弄巧成拙，竟至丧命。*既自命有异相，何不待兄终弟及，乃遽自送命耶？*

越宿梁主视朝，顾语租庸使赵岩，及张妃兄弟汉鼎、汉杰道："几与卿等不得相见！"赵岩等尚未详悉，经梁主说明底细，方顿首称贺，且面奏道："陛下践祚，已越三年，尚未郊天改元，致被奸人觎觊，猝生内变，若陛下早已亲郊，早已改元，当不致有此事了！"梁主友贞，乃改乾化五年为贞明元年，亲祀圜丘，颁诏大赦，即命次妃郭氏，暂摄六宫事宜。郭氏为登州刺史郭归厚女，亦以姿色见幸，无容琐述。唯自友孜伏诛，梁主遂疏忌宗室，专任赵岩及张妃兄弟，参预谋议。岩等依势弄权，卖官鬻爵，谗间故旧将相，如敬翔、李振等一班勋臣，名为秉政，所言皆不见用。大家灰心懈体，眼见得朱梁七十八州，要陆续被人占去，不能长此安享了。**为朱梁灭亡断笔。**

梁主改元贞明，已在乾化五年十一月中，转瞬间就是贞明二年。刘鄩仍坚守莘城，闭壁不出。晋军乃屡次挑战，终无人出来接应，城上却守得甚固，无隙可乘。晋王存勖，留李存审守营，自往贝州劳军，阳言当返归晋阳。刘鄩乃奏请袭击魏州，梁主友贞答书道："朕举全国兵赋，付托将军，社稷存亡，关系此举，愿将军勉力！"鄩因令杨师厚故将杨延直，引兵万人，往袭魏州。延直夜半至城南，总道城中未曾备防，慢慢儿的扎营，不料营未立定，突来了一彪人马，统是精壮绝伦，所当辄靡。况且夜深天黑，几不知有多少敌军，只好见机急走，其实城中止有五百名壮士，潜出劫寨，却吓退了梁兵万人。

翌日晨刻，刘鄩率兵至城东，与延直相会，正拟督兵进攻，但听城中鼓声大震，城门洞开，有一大将领军杀出，前来接仗。鄩遥认是李嗣源，也摆开阵势，与他交锋。将对将，兵对兵，正杀得难解难分，突见贝州路上，也有一军杀到，当先一员统帅，服色不等寻常，面貌很是英伟，手中执着令旗，似风驱来。鄩惊语道："来帅乃是晋王，莫非又被他赚了？"**果如尊言。**遂引兵却退。晋王与嗣源合兵，步步进逼，鄩且战且行，奔至故元城西，后面喊声又震，李存审驱军杀来，鄩叫苦不迭，急麾兵布成圆阵，为自固计。偏西北是晋王军，东南是存审军，两军皆布方阵，鼓噪而前，害得鄩军四面受敌，合战多时，鄩军不支，纷纷溃散，鄩急引数十骑突围出走，所有步卒七万，经晋军一阵环击，杀死了一大半，余众侥幸逃脱，又被晋军追至河上，杀溺几尽，仅剩数千人过河，跟着刘鄩退保滑州。

梁匡国军节度使王檀，密奏梁廷，请发关西兵掩袭晋阳，廷臣以为奇计，即令照行。檀发河中、陕同华诸镇兵，合三万人，出阴地关，掩至晋阳城下，果然城中未及预防，即由监军张承业，调发诸司丁匠，并市民登城拒守。檀昼夜猛攻，险些儿陷入城中，承业慌急异常。代北故将安金全，退居晋阳，入见承业道："晋阳系根本地，一或失守，大事去了！仆虽老病，忧兼家国，愿授我库甲，为公拒敌。"*幸有此人。* 承业易忧为喜，立发库中甲械，给与金全，金全召集子弟，及退职故将，得数百人，夜出北门，袭击梁营，梁兵惊退，金全乃还。

过了一日，又由昭义军*即泽潞二州。昭义军本统五州，自泽潞入晋。余如邢、洺、磁三州，尚为梁有，统称昭义军，故五代初有两昭义军*节度使李嗣昭，拨出牙将石君立，引五百骑来援。君立朝发潞州，夕至晋阳，突过汾河桥，击败梁兵，直抵城下，佯呼道："昭义全军都来了！"承业大喜，开城迎入。君立即与安金全等，夜出各门，分劫梁营，梁兵屡有死伤，王檀料不能克，又恐援军四集，遂大掠而还。是时贺德伦尚留住晋阳，部兵多缒城逃出，往投梁军。承业恐他内应，收斩德伦，然后报达晋王，晋王也不加罪。唯晋阳解围，并非由晋王授计，晋王素好夸伐，竟不行赏，还亏张承业抚慰有方，大众始无怨言。*晋室功臣，要算承业。*梁主友贞，闻刘郡败还，王檀又复无功，忍不住长叹道："我事去了！"乃召刘郡入朝。郡恐战败受诛，但托言晋军未退，不便离滑。梁主权授郡为宣义节度使，使将兵进屯黎阳。晋王使李存审往攻贝州，刺史张源德固守，屡攻不下。晋王自攻卫、磁二州，均皆得手，降卫州刺史米昭，斩磁州刺史靳绍。再派将分徇洺、相、邢三州，守吏或降或走，三州俱下。晋王命将相州仍归天雄军，唯邢州特置安国军，兼辖洺、磁，即令李嗣源为安国节度使，又进兵沧州。沧州已为梁所据，守将毛璋，至是亦降。只有贝州刺史张源德，始终拒晋，城中食尽，甚至啖人为粮，军士将源德杀死，奉款晋营，因恐久守被诛，请摒甲执兵，出城迎降。存审佯为应允，俟开城后，麾兵拥入，抚慰一番，乃令降众释甲。降众不知是计，各将甲兵卸置，不料一声号令，四面被围，见一个，杀一个，把降众三千人，杀得干干净净，一个不留。*存审亦太惨毒。*自是河北一带，均为晋有。唯黎阳尚由刘郡守住，总算还是梁土。晋军往攻不克，班师而回。

晋王存勖，亟倍道驰归晋阳，原来存勖颇孝，累岁经营河北，必乘暇驰归，省视生母曹氏。此次因行军日久，所以急归。看官听着，晋祖李克用正室，本是刘氏，克用起兵代北，转战中原，尝令刘氏偕行。刘氏颇习兵机，又善骑射，尝组成宫女一队，教以武技，随从军中。克用所向有功，半出内助，及克用封王，刘氏亦受封秦国夫人。唯刘氏无子，与克用妾曹氏，相得甚欢，每与克用言及，曹氏相当生贵子，后来果生存勖。存勖嗣立，曹氏亦推为晋国夫人，母以子贵，几出刘氏右。刘氏毫不妒忌，欢爱逾恒，存勖归省曹氏，曹氏亦必令问候嫡母，不致缺仪。难得有此二贤妇。小子有诗咏道：

> 尹邢相让不相争，王业应由内助成。
> 到底贤明推大妇，周南樛木好重赓。推重刘氏，为后文易嫡为庶伏案。

晋王存勖归省后，过了残年，忽闻契丹酋长阿保机，称帝改元，竟取晋新州，入围幽州。那时又要大动干戈了。欲知契丹入寇情事，请看官续阅下回。

本回叙梁、晋交争，为梁、晋兴亡一大关键。刘鄩良将也，一步百计，可谓善谋，然晋为劲敌，非智力足以胜之。观鄩之固守莘城，坚壁不出，最为良策，司马懿之所以能拒诸葛者，即是道也。梁主不察，屡次促战，卒致鄩不能牢守成见，堕入晋王诈计，魏州一役，丧师无算，渡河奔还，而河北遂为晋有矣。王檀之袭击晋阳，智不在刘鄩下，乃顿兵城下，又复无功。河东方盛，人谋无益，梁亡晋兴，实关此举。然梁主不分天、雄二镇，尚不致有此败。兴亡之数，虽曰天命，岂非人事哉！况友孜谋逆，内变频兴，不能安内，乌能攘外，识者以是知朱梁之必亡！

第十一回

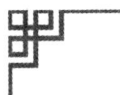

阿保机得势号天皇
胡柳陂轻战丧良将

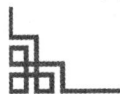

却说中国北方，素为外夷所居，历代相沿，屡有变革。唐初突厥最大，后来突厥分裂，回鹘、奚、契丹，相继称盛。到了唐末，契丹最强，他本是鲜卑别种，散居潢河两岸，乘唐衰微，逐渐拓地，成为北方强国，国分八部。但皆利部，乙室活部，实活部，纳尾部，频没部，内会鸡部，集解部，奚嗢部。每部各有酋长，号为大人。又尝公推一大人为领袖，统辖八部，三年一任，不得争夺。居然有选举遗风。

到了唐朝季年，正值阿保机为八部统领，善骑射，饶智略，尝乘间入塞，攻陷城邑，掳得中国人民，择地使耕，辟土垦田，大兴稼穑。不到数年，居然禾麦丰收，户口蕃息。阿保机为治城郭，设廛市，立官置吏，仿中国幽州制度，称新城为汉城，汉人安居此土，不复思归。阿保机闻汉人言，谓中国君主，向来世袭，未尝交替，因此威制诸部，不肯遵行三年一任的老例，悠悠忽忽，已越九年。八部大人，各有违言，阿保机乃通告诸部道："我在任九年，所得汉人，不下数万，现皆居住汉城，我今自为一部，去做汉城首领，不再统辖各部，可好么？"各部大人，当然允诺。阿保机遂徙居汉城，练兵造械，四出略地。

党项在汉城西，他率兵往攻，欲取党项为属地，不意东方的室韦部，乘虚来袭汉城，城中闻报皆惊，偏出了一个女英雄，披甲上马，号召徒众，竟开城搦战，击破室韦部众，追逐至二十里外，斩获无数，始收众回城。这人为谁？就是阿保机妻述律氏。述律一作舒噜。述律氏名平，系回鹘遗裔，小字月理朵，一作鄂尔多。生得身长面白，有勇有谋，阿保机行兵御众，多由述律氏暗中参议，屡建奇功，此次阿保机西侵党项，留她居守，她日夕戒备，竟得从容破敌。及阿保机闻变回来，敌人早已败走，全城安然无恙了。梁兴有张妃，晋兴有刘妃，契丹之兴有述律氏，可见开国成家，必资内助。汉城在炭山西南，素产盐铁，所出食盐，往往分给诸部。述律氏为阿保机设法，拟借此召集诸部大人，为聚歼计，阿保机遂遣使语诸部道："我有盐池，为诸部所仰给，诸部得了盐利，难道不知有盐主么？何不一来犒我！"诸部大人乃各赍牛酒，亲诣汉城，与阿保机共会盐池。阿保机设筵相待，饮至酒酣，掷杯为号，两旁伏兵突发，持刀乱杀，八部大人，无一生还。阿保机即分兵往徇八部。八部已失了主子，哪个敢来抵挡？只好俯首听命，愿戴阿保机为国主，阿保机遂得雄长北方了。阿保机并吞八部，叙笔不略。

晋王李克用，闻梁将篡唐，意图声讨，因欲联络契丹，作为臂助，乃遣人往约阿保机，愿与联盟。阿保机率兵三十万，来会克用，到了云州东城，由克用迎入宴饮，约为兄弟，共举兵击梁，临别时赠遗甚厚。阿保机亦酬马千匹，不意梁既篡唐，阿保机竟背盟食言，反使袍笏梅老诣梁，袍笏系番官名。献上名马貂皮，求给封册。梁主温遣使答报，令他翦灭晋阳，方给封册，许为甥舅国。看官！你想李克用得此消息，能不引为大恨么？克用病终，曾付一箭与存勖，嘱他剿灭契丹。

存勖嗣立，先图河北，不便与契丹绝交，所以贻书契丹，仍称阿保机为叔父，述律氏为叔母。及存勖伐燕，燕王刘守光，使参军韩延徽往契丹乞师，阿保机不肯发兵。但留住延徽，令他为契丹臣。延徽不拜，惹动阿保机怒意，罚使喂牛饲马，独述律氏慧眼识人，徐劝阿保机道："延徽守节不屈，正是当今贤士，若能优礼相待，当为我用，奈何使充贱役呢！"阿保机乃召入延徽，令延旁坐，与语军国大事，应对如流。阿保机大喜，遂待若上宾，用为谋主，延徽感怀知遇，竭力赞襄，教他战阵，导他侵略，东驰西突，收服党项、室韦诸部，又制文字，定礼仪，置官号，一切法度，番汉参半，尊阿保机为契丹皇帝。阿保机自称天皇王，令妻述律氏为天王皇后，改元天赞。即以所居横帐地名为姓，叫作世里，由中国文翻译出来，便是耶律二字。别在汉城北方，营造城邑宫室，称为上京，上京四近，各筑高楼，为往来游畋，登高憩望的区处，俗尚拜日崇鬼，每月逢朔望，必东向礼日，所以阿保机莅朝视事，亦尝东向称尊。这是梁贞明二年间事。

韩延徽却潜归幽州，探视家属，乘便到了晋阳，入见晋王李存勖。存勖留居幕府，命掌书记。偏有燕将王缄，密白晋王，说他反复无常，不宜信任。"反复无常"四字，确是延徽定评。晋王因也动疑，延徽瞧透隐情，便借省母为名，复走契丹。阿保机失了延徽，如丧指臂，及延徽复至，几疑他从天而下，大喜过望，即令延徽为相，叫作政事令。延徽致晋王书，归咎王缄，且云延徽在此，必不使契丹南牧，唯幽州尚有老母，幸开恩赡养，誓不忘德。晋王存勖，乃令幽州长官，岁时问延徽母，不令乏食。哪知契丹竟大举南寇，自麟、胜二州攻入，直抵蔚州。晋振武军节度使李嗣本，发兵往拒，众寡不敌，嗣本被擒。又值新州防御使李存矩，骄惰不恤军民，为偏将卢文进等杀死，文进亡入契丹，引契丹兵入据新州，留部校刘殷居守，云、朔大震。

晋王李存勖，正自河北归来，接连得着警报，亟调幽州节度使周德威，发兵三万，往拒契丹。德威至新州城下，望见契丹兵士，精悍绝伦，已有退志。嗣闻契丹皇帝阿保机，率兵数十万，前来援应，料知不能抵敌，引兵退还。到了半途，突闻后面喊声大震，契丹兵已经杀到。德威回马北望，那胡骑漫山遍野，踊跃奔来，急忙下令布阵，整备对仗，阵方布定，敌骑已至，凭着一股锐气，突入阵中，德威招架不住，没奈何麾军再走。偏敌骑驰骋甚速，霎时间又被冲断，裹去了无数人马，仅得数千人保住德威，狼狈急奔，始得回入幽州。德威老将，也有此败。契丹兵乘胜进薄城下，声言有众百万人，毡车毳幕，弥漫山泽，沿途俘获兵民，统用长绳捆住，连头带足，似缚豚相似，悬诸树上。恰是好看。兵民到了夜间，往往潜自解脱，伺隙逸去，契丹主也不过问，但督兵围攻幽州。周德威一面乞援，一面固守。契丹降将卢文进，请造火车地道，仰攻俯掘，德威用铜铁熔汁，上下挥洒，敌众多被沾染，无不焦烂，因此攻势少懈。

相持至百余日，晋将李嗣源、阎宝、李存审等，奉晋王命令，率步骑七万，进援幽州，嗣源与存审商议道："敌利野战，我利据险，不若自山中潜行，趋往幽州，倘或遇敌，亦可依险自固，免为所乘。"存审称善，遂逾大防岭东行，由嗣源与养子从珂率三千骑为先锋，衔枚疾走，距幽州六十里，与契丹兵相值，力战得进，行至山口，契丹用万骑阻住去路，嗣源仅率百余骑，至契丹阵前，免胄扬鞭，口操胡语道：

"汝无故背盟，犯我疆土，我王已麾众百万，直抵西楼，灭汝种族，汝等还在此做什么？"契丹兵听了此语，不免心惊，互相顾视，嗣源乘势突入，手舞铁树，击死敌目一人，后军怒马继进，得将契丹兵冲退，径抵幽州。契丹主阿保机，攻城不下，又值大暑霖潦，班师回国，止留部将卢国用围城。说本《辽史·太祖纪》国用闻救兵到来，列阵待着，李存审命步兵伏住阵后，戒勿妄动，但令羸卒曳柴燃草，鼓噪先进，那时烟尘蔽天，弄得契丹兵莫名其妙，不得已出阵逆战，存审始令阵后伏兵，齐向前进，趁着烟雾迷离的时候，人自为战，蹂躏敌阵。契丹兵大败而逃，由晋军从后追击，俘斩万计，乃收军入幽州。前写嗣源，后写存审。德威接见诸将，握手流涕，越日始遣人告捷。

晋王闻契丹败归，又决计伐梁，调回李嗣源等将士，指日出师。会值天寒水涸，河冰四合，晋王大喜道："用兵数载，只因一水相隔，不便飞渡，今河冰自合，正是天助我了！"遂急赴魏州，调兵南下。

是时梁黎阳留守刘郇，应召入朝，接应前回。朝议责他失守河朔，贬为亳州团练使。河北失一大将，没人抵挡晋军，晋王视河冰坚泫，即引步骑渡河。河南有杨刘城，由梁兵屯守，沿河数十里，列栅相望。晋王麾军突进，毁去各栅，竟抵杨刘城，饬步兵各负葭苇，填塞城濠，四面攻扑，即日登城，擒住守将安彦之。梁主友贞，正在洛阳谒陵，拟行西郊祀天礼，忽闻杨刘城失守，晋军将抵汜水，急得不知所措，慌忙停罢郊祀，奔还大梁。嗣探得晋王略地濮郓，大掠而还，才得略略放心，安稳过了残年。

越年为贞明四年，梁主友贞，与近臣会议，欲发兵收复杨刘。梁相敬翔上疏道："国家连年丧师，疆宇日蹙，陛下居深宫中，唯与左右近臣，商议军务，所见怎能及远？试想李亚子继位以来，攻城野战，无不身先士卒，亲冒矢石，近闻攻杨刘城，且身负束薪，为士卒先，所以一鼓登城，毁我藩篱。陛下儒雅守文，宴安自若，徒令后进将士，攘逐寇仇，恐非良策。为今日计，速宜周谘黎老，别求善谋，否则来日方长，后患正不少哩！"顾切时弊。梁主览奏，乃与赵、张诸臣商议。赵、张诸臣，反说敬翔自恃宿望，口出怨言，竟请梁主下诏谴责。还是梁主曲意优容，但将奏疏搁起，置诸不理。

过了数日，令河阳节度使谢彦章，领兵数万，攻杨刘城。晋王存勖，已还寓魏州，接到杨刘警报，亟率轻骑驰抵河上。彦章筑垒自固，决河灌水，阻住晋军。晋王泛舟测水，见水势弥漫数里，深且没枪，也觉暗暗出惊，沉吟半晌，始笑顾诸将道："我料梁军并无战意，但欲阻水为固，使我自敝，我岂堕他狡计！看我先驱渡水，攻他不备哩。"翌晨即调集将士，下令攻敌。自率魏军先涉，各军继进，褰甲横枪，整队后行，可巧水势亦落，深才及膝，大众欢跃而前。梁将谢彦章，率众数万，临水拒战，晋军冲突数次，统被击退。晋王眉头一皱，计上心来，即麾军却还。到了中流，回顾梁兵追来，复翻身杀回。军士亦皆返战，奋呼杀贼。彦章不防这着，竟被晋军冲散队伍，及奔还岸上，已是不能成列。晋王驱军大杀一阵，流血万人，河水为赤，彦章仓皇遁走，晋军遂陷入滨河四寨。极写晋王智勇。

晋王欲乘胜灭梁，四面征兵，令周德威率幽州兵三万人，李存审率沧、景兵万人，李嗣源率邢、洺兵万人，王处直遣将率易、定兵万人，及麟、胜、云、朔各镇兵马，同集魏州，还有河东、魏博各军，齐赴校场，由晋王升座大阅，慷慨誓师，各军齐声应诺，仿佛似海啸山崩，响震百里。梁兖州节度使张万进，望风股栗，遣使纳款。晋王乃带领全军，循河直上，立营麻家渡。梁命贺瓌为北面行营招讨使，率师十万，与谢彦章会兵濮州，出屯州北行台，相持不战。原是上策。

晋王屡发兵诱敌，梁营中始终不动，恼得晋王性起，自引轻骑数百人，到梁营前，踞坐辱骂。梁兵却出营追赶，险些儿刺及晋王，亏得骑将李绍荣，力战得免。众将皆谏，赵王镕及王处直，亦致书晋王道："元元命脉，系诸王身，大唐命脉，亦系诸王身，奈何自轻若此！"晋王笑语来使道："自古到今，平定天下，多由百战得来，怎可深居帷阃，自溺宴安哩！"来使既去，晋王又出营上马，亲往挑战。李存审叩马泣谏道："大王当为天下自重，先登陷阵，乃是存审等职务，并非大王所应为！"晋王尚不肯止，经存审揽住马缰，方下马还营。

越日觑存审外出，复策马驰往敌营，随身仍不过百骑，且顾语左右道："老子妨人戏，令人惹厌！"既近梁营，营外有长堤，晋王跃马先登，随登的骑将，仅及十余人，不防堤下伏有梁兵，一声呼噪，持械突发，围住晋王至数十匝，晋王拼命力战，一时冲突不出，幸后骑陆续登堤，从外面攻入，方杀开一条血路，策马飞奔，李存审也领兵来援，方将梁兵杀退，晋王方信存审忠言，待遇益加厚了。存勖之不得善终，亦未始非轻躁之失。

　　两军相持，转瞬百日，晋王又暴躁起来，饬令进军，距梁营十里下寨。梁招讨使贺瓌，屡欲出战，均被谢彦章阻住。一日瓌与彦章阅兵营外，对营数里，适有高地，瓌指示彦章道："此地可以立栅。"彦章不答，及晋军进逼，果在高地上竖栅屯军，瓌遂疑彦章与晋通谋，密报梁主，诬称彦章挠阻军谋，私通寇敌。一面与行营都虞候朱珪密谋，诱杀彦章，并骑将孟审澄、侯温裕。当下再奏梁主，只说三人谋叛，已与朱珪定计，将他们诛死。梁主不辨虚实，竟升珪为平卢节度使，兼行营副指挥使。

　　晋王闻彦章被杀，喜语诸将道："将帅不和，自相鱼肉，这正是有隙可乘！我若引军直指梁都，他岂能仍然坚壁，不来拦阻？我得与战，当无不胜了。"周德威谏阻道："梁人虽屠上将，兵甲尚是完全，若冒险轻行，恐难得利。"晋王不从，下令军中，老弱悉归魏州，所有精兵猛将，一概随行。当即毁营亟进，竟向汴梁进发。至胡柳陂，有侦骑来报道："梁将贺瓌，也率大兵追来了。"晋王道："我正要他追来，好与一战。"周德威又谏道："贼众倍道来追，未曾休息，我军步步为营，所至立栅，守备有余，兵法上所谓以逸待劳，便是此策，请王按兵勿战，但由德威等分出骑兵，往扰敌垒，使他不得安息，然后一鼓出师，可以立歼，否则梁人顾念家乡，内怀愤激，锐气方盛，暮气未生，骤然与战，恐未必得志呢。"晋王勃然道："前在河上，恨不得贼，今贼至不击，尚复何待？公何胆怯至此！"说至此，复顾李存审道："尔等令辎重兵先发，我为尔等断后，破贼即行。"**勇则有余，慎则不足。**德威不得已，引幽州兵从行，向子流涕道："我不知死所了。"**也是命数该终，所以良谋不用。**

　　已而梁军大至，横亘数十里，晋王自领中军，镇定军居左，幽州军居右，辎重兵留屯陈西，晋王率亲军陷入梁阵，所向无前，十荡十决，往返至十余次，梁马军都指挥使王彦章，支持不住，竟率部众西走。晋辎重兵望见梁帜，还道他来袭辎重，顿时惊溃，驰入幽州军。幽州军亦被他扰乱，反令彦章乘隙捣入，斫死许多幽州军。周德威慌忙拒战，已是不及拦阻，再经贺瓌部众，也来帮助彦章，一场蹂躏，可怜德威父子，竟战死乱军中！小子有诗叹道：

　　　　统兵百战老疆场，具有兵谋保晋王。
　　　　谁料渡河偏梗议？将军难免阵中亡。

德威已死，晋军夺气，晋王存勖，忙据住高邱，收集散兵。梁兵四面会合，贺瑰亦占了对面的土山，与晋王再决胜负。欲知再战情形，俟小子下回续叙。

契丹阿保机之强，谋略多出述律氏，彼徒执哲妇倾城之语，以律人家国者，毋乃其所见太小耶！盖唯妖媚妒悍之妇人，不误人家国不止，若果智勇深沉，好谋善断，则佐兴一国且有余，遑论一家乎！但为阿保机设法，诱入八部大人，聚而歼旃，虽从此得统一契丹，而居心未免太毒，述律氏亦悍矣哉！若夫晋之攻梁，名正言顺，不劳赘述。晋王之冒险轻进，原违临事而惧，好谋而成之诚，胡柳陂一役，宿将如周德威，亦致战死，此皆由轻率之害。但德威行军日久，奈何不预先戒备，竟为各军所乘！然则其战死也，殆亦有自取之咎乎？盖德威年已衰迈，暮气亦深，无怪其前遇契丹，即望风奔靡也。

第十二回

莽朱瑾手刃徐知训
病徐温计焚吴越军

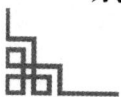

　　却说梁将贺瓌，据住土山，为晋王所望见，即顾语将士道："今欲转败为胜，必须往夺此山。"说着，即引骑兵下丘，驰至对面土山前，奋勇先登，李从珂、王建及等，随后踵至，统是努力向前，一拥而上，梁兵抵敌不住，纷纷下山，改向山西列阵，尚是气焰逼人。晋军相顾失色，各将请晋王敛兵还营，诘朝复战，独阎宝进言道："王彦章骑兵，已西走濮阳，山下只有步卒，向晚必有归志，我乘高临下，定可破敌，且大王深入敌境，偏师失利，若再引退，必为敌乘，就使收众北归，河朔恐非王有，成败决诸今日，奈何退去？"晋王尚犹豫未决，此时何亦迟疑耶？李嗣昭亦进谏道："贼无营垒，日暮思归，但使精骑往扰，使彼不得晚食，待他引退，麾众追击，必得全胜。"王建及擐甲横槊，慷慨陈词道："敌兵已有倦容，不乘此时往击，更待何时？大王尽管登山，看臣为王破贼！"晋王见他声容俱壮，也奋然道："非公等言，几误大计！"便令嗣昭、建及，率领骑兵，先驱突阵，自率各军继进。

　　梁兵正虑枵腹，不防嗣昭、建及两大将，盛怒前来，大刀长槊，搅入阵中，刀过处头颅乱滚，槊到时血肉横飞，大众逃命要紧，立时溃散。那晋王又率大军驱到，好似泰山压卵一般，所当辄碎。贺瓌拍马返奔，部众大溃，死亡约三万人。这是梁、晋第三次鏖战。

晋王存勖，得胜还营，检点军士，倒也死了不少。又闻德威父子阵亡，不禁大恸道："丧我良将，咎实在我，悔无及了！"德威尚有子光辅，为幽州中军兵马使，留守幽州，当即命为岚州刺史。唯李嗣源与从珂相失，且因军中讹传，晋王已渡河北返，也即乘冰北渡，嗣闻晋王得胜，进拔濮阳城，乃再南渡至濮阳，进谒晋王。晋王冷笑道："汝道我已死么？仓猝北渡，意欲何为？"嗣源顿首谢罪。晋王以从珂有功，不忍加谴，且罚他饮酒一大觥，聊示薄惩。自引军北还魏州，遣嗣昭权知幽州军府事。

梁主友贞，接到贺瑰败耗，已是不安，随后有王彦章败卒奔还，说是晋军将至，越加惊惶，亟驱市人登城，又欲奔往洛阳，及得行营确报，方知晋军北还，始免奔波，但已是吃惊不小了。写出友贞庸柔。

先是晋王发兵攻梁，曾遣使至吴，约他南北夹攻。吴王杨隆演，命行军副使徐知训，为淮北行营都招讨使，偕副都统朱瑾等，领兵趋宋亳，与晋相应，且移檄州县，进围颍州。梁令宣武节度袁象先，出兵救颍，吴军不战即退。看官！你道吴军何故如此怯弱呢？原来徐知训骄倨淫暴，未惬舆情，所以士无斗志，不愿接仗，知训亦乐得退军，返至广陵，自耽淫乐。但是有势不可行尽，有福不可享尽，似徐知训的生平行谊，哪里能保有富贵，安佚终身？借古警世，不啻暮鼓晨钟。说来又是话长，待小子略述知训的行为。

知训凭借父威，累任至内外都军使，兼同平章事职衔，平时酗酒好色，遇有姿色的妇女，百计营取。知抚州李德诚，有家妓数十人，为知训所闻，即贻书德诚，向他分肥。德诚覆书道："寒家虽有数妓，俱系老丑，不足侍贵人，当为公别求少艾，徐徐报命。"知训得书大怒道："他连家妓也不肯给我，我当杀死德诚，并他妻室都取了回来！看他能逃我掌中否？"德诚闻之大恐，亟购了几个娇娃，献与知训，知训方才罢休。

吴王隆演幼懦，尝被知训侮弄。一日，知训侍隆演宴饮，喝得酩酊大醉，便迫隆演下座，令与优人为戏，且使隆演扮作苍鹘，自己扮作参军。什么叫作参军、苍鹘呢？向例优人演戏，一人袯头衣绿，叫作参军；一人总角敝衣，执帽跟着参军，如童仆状，叫作苍鹘。隆演不敢违拗，只好勉强扮演，胡乱一番罢了。想入非非。又尝与隆演泛舟夜游，隆演先行登岸，知训恨他不逊，用弹抛击隆演，还幸隆演随卒，格去弹子，才免受伤，既而至禅智寺赏花，知训乘着酒意，诟骂隆演，甚至隆演泣下，尚呶呶不休。左右看不上眼，潜扶隆演登舟，飞驶而去。知训怒上加怒，急乘轻舟追赶，偏偏不及，竟持了铁树，寻击隆演亲吏，扑死一人，余众逃去，知训酒亦略醒，归寝了事。隆演有卫将李球、马谦，意欲为主除害，俟知训入朝时，挟隆演登楼，引着卫卒出击知训，知训随身也有侍从，即与卫士交战，只因寡不敌众，且战且却，可巧朱瑾驰至，知训急忙呼救，瑾返顾一麾，外兵争进，得将李球、马谦两人杀死，卫卒皆遁。知训欲入犯隆演，为瑾所阻，始不敢行，但从此益加骄恣，不特凌蔑同僚，并且嫉忌知诰。

知诰为昇州刺史，修筑府舍，振兴城市，很有富庶气象。润州司马陈彦谦，劝徐温徙治昇州，调知诰为润州团练使。知诰乘便入朝，辞行时，知训佯为宴饯，暗中伏甲，欲杀知诰。幸知训季弟知谏，素睦知诰，此时亦在座中，蹴知诰足，知诰始知诡计，佯称如厕，逾垣遁去。知训闻知诰已遁，拔剑出鞘，授亲吏刁彦能，令速追杀知诰。彦能追及中途，但以剑示知诰，纵使逃生，自己返报知训，只说是无从追寻，知训无法可施，也即罢论。

朱瑾前助知训，幸得脱难，他却不念旧德，阴怀猜忌。瑾尝遣家妓问候知训，知训将她留住，欲与奸宿。家妓知他不怀好意，乘间逸出，还语朱瑾，瑾亦愤愤不平，嗣又闻知训将他外调，出镇泗州，免不得恨上加恨，于是想出一计，请知训到家，盛筵相待，席间召出宠妓，曼歌侑酒，惹动知训一双色眼，目不转睛地瞟着歌妓。瑾暗中窃笑，佯为奉承，愿以歌妓相赠，并出名马为寿。引得知训手舞足蹈，喜极欲狂。瑾因知训仆从，多在厅外，急切未便下手，乃复延入内堂，召继妻陶氏出见。**瑾妻为朱温所掳，已见前。**陶氏敛衽而前，下拜知训，知训当然答礼，不防背后被瑾一击，立足不住，竟致踣地。户内伏有壮士，持刀出来，刀锋一下，那淫凶暴戾的徐知训，魂灵透出，向鬼门关挂号去了。**趣语。**

瑾枭下知训首级，持出大厅，知训从人，立即骇散。瑾复驰入吴王府，向杨隆演说道："仆已为大王除了一害！"说着，即将血淋淋的头颅，举示隆演。隆演吓得魂不附体，慌忙用衣障面，嗫嚅答道："这……这事我不敢与闻。"一面说，一面走入内室。**实是没用。**瑾不禁忿怒交集，大声呼道："竖子无知，不足与成大事！"**你亦未免太粗莽了。**随即将首击柱，掷置厅上，挺剑欲出，不料府门已阖，内城使翟虔等，竟勒兵拥至，争来杀瑾，瑾急奔回后垣，一跃而上，再跃坠地，竟至折足，后面追兵，也逾垣赶来，瑾自知不免，便遥语道："我为万人除害，以一身任患，也可告无罪了。"言已，把手中剑向颈一横，也即殒命。

徐温向居外镇，未知子恶，一闻知训被杀，愤怒的了不得，即日引兵渡江，径至广陵，入叩兴安门，问瑾所在。守吏报称瑾死，乃即令兵士搜捕瑾家，自瑾妻陶氏以下，一并拘至，推出斩首。陶氏临刑泣下，瑾妾恰恰然道："何必多哭，此行却好见朱公了！"陶氏闻言，遂亦收泪，伸颈就刑。一妻受污，一妻受戮，难乎其为朱瑾妻。家口尽被诛夷，并令将瑾尸陈示北门。瑾名重江淮，人民颇畏威怀德，私下窃尸埋葬。适值疫气盛行，病人取瑾墓土，用水和服，应手辄愈，更为墓上培益新土，致成高坟。徐温闻知，命剧发瑾尸，投入雷公塘下。后来温竟抱病，梦见瑾挽弓欲射，不由得惊惧交并，再命渔人网得瑾骨，就塘侧立祠，始得告痊。总计朱瑾一生，尚无大恶，也应受此庙祀。温本欲穷治瑾党，为此一梦，才稍变计，又因徐知诰、严可求等，具述知训罪恶，乃幡然道："孽子死已迟了！"遂斥责知训将佐，不能匡救，一律落职，独刁彦能屡有诤言，特别加赏。恐是由知诰代陈。进知诰为淮南节度副使，兼内外马步都军副使，通判府事，命知谏权润州团练事，温仍然还镇。庶政俱决诸知诰。

知诰乃悉反知训所为，事吴王尽恭，接士大夫以谦，御众以宽，束身以俭，求贤才，纳规谏，杜请托，除奸猾，蠲逋税，士民翕然归心。就是悍夫宿将，亦无一不悦服。用宋齐邱为谋主，齐邱劝知诰兴农薄赋，江淮间方无旷土，桑柘满野，禾黍盈郊，国以富强。务本之策，原无逾此。知诰欲重用齐邱，偏是徐温不愿，但令为殿直军判官。齐邱终为知诰效力，每夕与知诰密谋，恐属垣有耳，只用铁筋画灰为字，随书随灭，所以两人密计，无人得闻。

严可求料有大志，尝语徐温道："二郎君指知诰非徐氏子，乃推贤下士，笼络人望，若不早除，必为后患！"温不肯从，可求又劝温令次子知询，代掌内政，温亦不许。知诰颇有所闻，竟调可求为楚州刺史。可求知已遭忌，亟往谒徐温道："唐亡已十余年，我吴尚奉唐正朔，无非以兴复为名，今朱、李争逐河上，朱氏日衰，李氏日盛，一旦李氏得有天下，难道我国向他称臣么？不若先建吴国，为自立计。"这一席话，深中徐温心坎，原来温曾劝杨隆演为帝，隆演不答，因致迁延。在温的意思中，自虑权重位卑，得使吴王称帝，自己好总掌百揆，约束各镇。独严可求却另有一种思想，自恐知诰反对，不得不推重徐温，作一靠山。既要推重徐温，不得不阳尊吴王，彼此各存私见，竟似心心相印。

温即留可求参总庶政，令他草表，推吴王为帝，吴王杨隆演，仍然却还。温再邀集将吏藩镇，一再上表，乃于唐天祐十六年，这是淮南旧称。即梁贞明五年四月，杨隆演即吴王位，大赦国中，改元武义，建宗庙社稷，置百官宫殿，文物皆用天子礼，唯不称帝号。追尊行密为太祖，谥曰孝武王，渥为烈祖，谥曰景王，母史氏为太妃。拜徐温为大丞相，都督中外军事，封东海郡王，授徐知诰为左仆射，参知政事，严可求为门下侍郎，骆知祥为中书侍郎，立弟濛为庐江郡公，溥为丹阳郡公，浔为新安郡公，澈为鄱阳郡公，子继明为庐陵郡公。濛有材气，尝叹息道："我祖创造艰难，难道可为他人有么？"温闻言，惧不能制，竟出濛为楚州团练使。吴王杨隆演本意是不愿称制，只因为徐氏所迫，勉强登台，且见徐氏父子，专权日久，无论如何懊怅，不敢形诸词色，所以居常怏怏，镇日里沉饮少食，竟致疾病缠身，屡不视朝。想是没福为王。

哪知吴越忽来构衅。吴越王钱镠竟遣仲子传瓘，率战舰五百艘，自东洲击吴，警报与雪片相似，连达广陵。吴王隆演，病中不愿闻事，一切调兵遣将的事情，当然委任大丞相大都督了。先是吴越王钱镠，本与淮南不和，梁廷因得利用，令他牵制淮南，且加他兼职，授淮南节度使，充本道招讨制置使。钱镠亦尝奉表梁廷，极陈淮南可取状。嗣是屡侵淮南，互有胜负，及梁主友珪篡位，册钱镠为尚父，友贞诛逆嗣统，又授镠为天下兵马元帅。镠遂立元帅府，建置官属，雄据东南。至吴王隆演建国改元，梁主友贞，又颁诏吴越，令大举伐吴，因此钱镠复遣传瓘出师。

吴相徐温亟调舒州刺史彭彦章，及裨将陈汾，带领舟师，往拒吴越军。舟师顺流而下，到了狼山，正与吴越军相遇，可巧一帆风顺，不及停留，那吴越战舰，又复避开两旁，由他驰过，明明有计。吴军踊跃前进，不意后面鼓角齐鸣，吴越军帅钱传瓘，竟驱动战舰，扬帆追来，吴军只好回船与战。甫经交锋，吴越舰中，忽抛出许多石灰，乘风飞入吴船，迷住吴军双目，吴军不住的擦眼，他又用豆及沙，散掷过来，吴军已是头眼昏花，怎禁得脚下的沙豆，七高八低，立脚不住，又经吴越军乱劈乱斫，杀得鲜血淋漓，渍及沙豆，愈加圆滑，顿时彼倾此跌，全船大乱。传瓘复令军士纵火，焚毁吴船，吴军心惊胆落，四散奔逃。彭彦章还想力战，身被数十创，知穷力

85

竭，情急自到。陈汾却先已逃回，坐视彦章战死，并不顾救，遂致战舰四百艘，多成灰烬，偏将被掳七十人，兵士伤亡数千名。

徐温闻报，立诛陈汾，籍没家产，半给彦章妻子，赡养终身。一面出屯无锡，截住敌军，一面令右雄武统军陈璋，率水军绕出海门，断敌归路，吴越军乘胜进军，与温相值。时当孟秋，暑气未退，温适病热，不能治军。判官陈彦谦亟从军中选一弁目，面貌似温，令他充作军帅，身环甲胄，号令军士，温得少休。既而吴越军来攻中军，温疾已少闲，亲自出战，遥见秋阳暴烈，两岸间蒨苇已枯，又值西北风起，正好乘势放火，烧他一个精光，便令军士挟着火具，四散纵火，火随风猛，风引火腾，吴越军立时惊溃。当由温驱兵追击，斩首万计，吴越将何逢、吴建，亦被杀死，只传璙遁去。**前曾以火攻胜吴，奈何自不及防，岂真一报还一报耶！**走至香山，又被吴将陈璋，截住去路，好容易夺路逃回。十成水师，已失去七八成了。

徐温令收兵回镇，知诰请派步卒二千，假冒吴越镠帜，东袭苏州。温喟然道："汝策原是甚妙，但我只求息民，敌已远遁，何必多结仇怨！"**也是有理。**诸将又齐请道："吴越所恃，全在舟楫，方今天旱水涸，舟楫不便行驶，这正天亡吴越的机会，何不乘胜进兵，扫灭了他！"温又叹道："天下离乱，已是多年，百姓困苦极了，钱公亦未可轻视。若连兵不解，反为国忧，今我既得胜，彼已惧我，我且敛兵示惠，令两地人民，各安生业，君臣高枕，岂非快事！多杀果何益呢！"**具有保境息民之意。**遂引兵还镇。

嗣复用吴王书，通使吴越，愿归无锡俘囚。吴越王钱镠亦答书求和。两下释怨，休兵息民，彼此和好度日，却有二十年不起烽烟，这未始非徐温所赐呢。**应该称美。**

越年五月，吴王杨隆演，病已垂危。温自升州入朝，与廷臣商及嗣位事宜。或语温道："从前蜀先主临终时，尝语诸葛武侯，谓嗣子不才，君宜自取。"温不待词毕，即正色道："这是何言，我若有意窃位，诛张颢时即可做得，何必待至今日？杨氏已传三主，就使无男有女，亦当拥立，如有妄言，斩首不赦！"大众唯唯听命，乃传吴王命令，召丹阳公杨溥监国，徙溥兄濛为舒州团练使。未几隆演病逝，年仅二十四岁。弟溥嗣立，尊生母王氏为太妃，追尊兄隆演为高祖宣皇帝。小子有诗咏徐温道：

权兼内外总兵屯，报国犹知戴一尊。

试看入朝排众议，徐温毕竟胜朱温。

吴王溥已经嗣位，国中好几年无事，小子好别叙蜀中情形，欲知蜀事，且阅下回。

是回除首数行外，纯叙吴事，如徐知训之不道，朱瑾诛之宜也；但瑾之所为，未免卤莽，投鼠尚且忌器，岂有内为孱主，外有强镇，顾可为孤注之一掷乎？况徐温亦非真懵于事者，特未闻其子之过恶耳。为瑾计，何不致书徐温，直陈知训罪状，令他自行废置？乃诱诛知训，卒致杀身亡家，武夫之一往直前，不知审慎，往往有此大弊。幸徐温入都，心目中尚有吴王，不致篡夺，否则隆演之首，几何而不立陨也。史称温梦瑾挽射，始为改葬，瑾未必有此灵异，但亦因严可求、徐知诰之先陈子恶，未免生悔，悔则因致成梦耳。且隆演幼懦，内外军事，亦赖有徐氏主持，观吴越之大举侵吴，幸温用火攻计，转败为胜，淮南得以无恙。厥后隆演病剧，且使杨氏无男有女，亦当拥立之言，宁得以父子专政，遽谓其罪大功小哉？篇中抑扬得当，可作史评一则。

第十三回

嗣蜀主淫昏失德
唐监军谏阻称尊

　　却说蜀主王建，杀死太子元膺，改立幼子宗衍为太子。建子有十一人，为何独立这幼子呢？原来蜀主正室周氏，才貌平常，且无子嗣，虽有妾媵数人，生了数子，怎奈没有丽色。嗣得眉州刺史徐耕二女，入侍后宫，一对姊妹花，具有丽容，仿佛与江东大小乔相似。看官，你想蜀主得此二美，尚有不爱逾珍璧么？大徐女生子宗衍，小徐女生子宗鼎。宗鼎先生，排行第七，宗衍后生，排行最幼。此外尚有宗仁、宗纪、宗辂、宗智、宗特、宗杰、宗泽、宗平等，均系别媵所出。王建僭号，十一子均得封王。元膺既死，建因宗辂类己，宗杰有才，两子中拟择一为嗣。大徐女已进封贤妃，小徐女亦进封淑妃，两妃专房用事，怎肯令一把龙椅，付与别子？当下令心腹太监唐文扆，赍金百镒，送与宰相张格，嘱他号召百官，立宗衍为太子。张格既得重贿，即草得一表，令百官署名，但说是已奉密旨，决立宗衍。百官以君相定策，不便违议，乐得署名呈入。蜀主览表惊疑道："宗衍幼弱，好立做太子么？"*未始无识。*适值大徐妃在旁，便即进言道："宗衍已十多岁了，相士谓后当大贵；不过陛下今日，却很为难；诸王十数，后宫充斥，哪里挨得着宗衍，妾情愿挈他出宫，免遭人妒，也省得陛下为难呢！"说至此，面上的泪珠儿，已扑簌簌地坠了下来。*妇人惯技。*蜀主连忙慰谕道："我并非不愿立宗衍，但恐他少不更事，反误国计。"徐妃复答道："相臣以下，且一致赞成，只有陛下圣明，虑及此着，妾恐陛下并不为此，无非是左右为难，借此诳妾呢！"蜀主一再申辩，徐妃一再撒娇，弄得蜀主情急起来，便道："罢！罢！我明日决立宗衍便了。"徐妃方含泪谢恩。翌日即立宗衍为太子。

宗衍方颐大口，垂手过膝，顾目见耳，颇知学问，童年即能属文。只是性好靡丽，酷爱郑声，尝集艳体诗二百篇，署名烟花集，传诵全蜀。但不合人主身份。既得立为储贰，开府置官，专任一班淫朋狎客，充作僚属，除倡和淫词外，斗鸡击球，镇日戏狎。蜀主尝过东宫，闻里面喧呼声很是热闹，问明底细，乃是太子与诸王蹴踘，不禁长叹道："我百战经营，才立基业，此辈岂能守成么？"嗣是颇恨及张格，且有废立意。怎奈徐贤妃从中把持，但将一笑一颦的作态，竟制住这狡猾枭雄的蜀主王建，一成不变，无法改移。

宗杰为蜀主所爱，屡陈时政，不知为何中毒，四肢青黑，霎时身亡。**明明是徐妃下毒。**蜀主益加忧疑，并因年力衰迈，禁不住这般播弄，伤感成疾，无药可医，私念唯北面行营招讨使王宗弼，沉重有谋，可属大事，遂召还成都，令为马步都指挥使，当下宣入寝殿，并饬同宰相张格等，共受面嘱道："太子仁弱，朕曲循众请，越次册立。若他未能承业，可置居别宫，幸勿加害。我子尚多，幸择贤继立。徐妃兄弟，只可优给禄位，慎勿使他掌兵预政，借示保全。"**偏不由你算奈何？**宗弼等唯唯而退，偏此语被徐妃闻知，转告唐文扆。文扆为内飞龙使，久握禁兵，兼参枢密，他竟派兵守住宫门，不令大臣再入。宗弼等三十余人，日夕问安，不得入见，只有慰抚的命令，逐日外颁。宗弼料文扆谋乱，正拟设法抵制，可巧皇城使潘在迎，密报宗弼，说是文扆谋害大臣。宗弼遂带领壮士，排闼入谒，极言文扆罪状。蜀主王建，病虽加剧，尚知人事，乃召太子宗衍，入宫侍疾，并令东宫掌书记崔延昌，权判六军事，贬文扆为眉州刺史。翰林学士承旨王保晦，亦坐文扆私党，褫夺官爵，流戍泸州。所有内外财赋，及中书除授诸司，与一切刑牍案狱，统委翰林学士庾凝绩承办。都城及行营军旅，统委宣徽南院使宋光嗣管领。光嗣系小太监出身，专务揣摩迎合，因得重用。本来蜀主平时，内置枢密使，专用士人。此次恐太子年少，士人不为所用，因特改任宦官，哪知这两川土宇，要被这阉人破裂了！**士人不可用，宦官更不可用，王建系残唐狡将，难道未鉴唐事么？**

　　既而蜀主弥留，令宗弼兼中书令，光嗣任内枢密使，与功臣王宗绾、王宗瑶、王宗夔等，同受遗诏。宗弼、宗绾、宗瑶、宗夔，统是王建养子，改姓王氏，辅建有功，俱得兼中书令。及建已病殁，太子宗衍嗣位，除去宗字，单名为衍。宗弼等进封为王，尊父建为高祖皇帝，嫡母周氏为昭圣皇后。周氏哀毁成病，未几去世，乃尊生母徐贤妃为皇太后，太后妹徐淑妃为皇太妃，命宋光嗣判六军诸卫事，再夺唐文扆官爵，赐他自尽。王保晦亦诛死，贬宰相张格为茂州刺史，寻又谪为潍州司户。援立宗衍，究有何益？礼部尚书杨玢，吏部侍郎许寂，户部侍郎潘峭，皆坐格党贬官。一朝天子一朝臣，同平章事的位置，授与兵部尚书庾传素。即凝绩从兄。又用内给事王廷绍、欧阳晃、李周辂、宋光葆、宋承蕴、田鲁俦为将军，各参军事。兄弟诸王，俱使他兼领军使。彭王宗鼎，独遍白兄弟道：“亲王掌兵，实是祸本，况主少臣强，谗间必兴，缮甲训兵，殊非我辈应做的事情哩。”遂辞去军使兼职，自营书舍，植松竹自娱，倒也逍遥快活，无是无非。唯宗弼已封巨鹿王，复晋封齐王，总揽大权，职兼文武，凡内外迁除官吏，均出他一人掌握，他得纳贿营私，擅作威福。蜀主衍毫不过问，镇日里醉酒唱歌，靡靡忘倦。即位时，册立一位皇后，乃是前兵部尚书高知言女，端庄沉静，颇有妇德，衍独谓她朴陋少文，不甚惬意。乃更令内教坊严旭，选取良家女子二十人，入备后宫。旭强搜民家，见有姿色女子，无论他家愿与不愿，硬要他献入宫中。唯该家厚给金帛，才得免选，民间怨声载道，旭却腰橐丰盈。至二十人已经满额，入宫覆旨。蜀主见他所选各女，统是芙蓉为面，杨柳为眉，不由得喜笑颜开，极称旭办事才能，即擢为蓬州刺史。嗣是左拥右抱，备极欢娱。还有太后太妃，也最喜冶游，时常至亲贵私第，酣饮达旦。有时蜀主亦与偕行，或同游近郡名山，饮酒赋诗，耗费不可胜计。太后太妃，又各出教令，卖官鬻爵，出价最多，得官最速。礼部尚书韩昭，素无才具，但以便佞得幸，又纳赂太后太妃，得升任文思殿大学士，位出翰林承旨上。后妃卖官，古今罕闻。他尝出入宫禁，面恳蜀主，乞买数州刺史官职。得金营第，蜀主衍居然应诺，这真可谓特别加恩了。

　　蜀主衍改元乾德。乾德元年，改龙跃池为宣华池，就池造苑，大兴工作，越年立高祖庙于万岁桥，蜀主衍奏太后太妃，及后宫妃嫔等，入庙祭祀，参用亵味，并及郑声。华阳尉张士乔，上疏切谏，顿触衍怒，饬令处斩，还是徐太后当面谕阻，始得免诛，流窜黎州，士乔愤激得很，竟投水自尽。

　　未几下诏北巡，蜀主衍出发成都，披金甲，冠珠帽，执弓矢而行，旌旗兵甲，亘百余里，人民疑为灌口祆神。到了安远城，令王宗俦、王宗昱、王宗晏、王宗信等，**俱王建养子。**统兵伐岐，进攻陇州。岐王李茂贞出屯汧阳，遥为援应，蜀偏将陈彦威，出散关至箭筶岭，遇着岐兵，打了一回胜仗，便即引还。蜀主衍接得捷报，亲赴利州，龙舟画舸，辉映江渚，州县供张，穷奢极丽，百姓各有怨言。

　　及抵阆州，见州民何康女，美丽过人，即命侍从强行取来。何女已经字人，出嫁有日，经蜀主问明底细，乃赉帛百匹，赐他夫家，饬令别娶，还算是浩荡皇恩，不使向隅，那何女却占为己有，乐得受用。谁料该未婚夫闻这急变，竟致一恸而亡！**想也是个情种，可惜何女未能报他。**

　　蜀主衍既得何女，也无心再游，即日归还成都，与何女缱绻月余，又觉得味同嚼蜡，平淡无奇。会奉徐太后往省母家，瞥见一个绝代佳人，极袅娜，极娉婷，端的是玉骨仙姿，不同凡艳。王衍怎肯轻轻放过？询明太后，知是徐耕孙女，与衍为中表姊妹，当下召令出见，携带进宫。看官！你想王衍是个蜀帝，叫徐氏如何违慢？只好睁着双眼，由他携去，入宫以后，颠鸾倒凤，自在意中。那徐女不但美艳，并且曲尽柔媚，极善奉承，引得这位伪天子，非常恋爱，宠冠六宫。**既有大小徐妃，复有这位徐女，何徐娘之多耶！**徐太后姊妹，因侄女又得专宠，可为母族增光，也为欣慰。偏王衍不欲娶诸母族，反托言是韦昭度女孙，竟封她为韦婕好，嗣又加封为韦元妃，六宫粉黛，当然怀妒。最难堪的是正宫高氏，平时本已失宠，自韦妃入宫，更被疏薄，免不得略有怨言。王衍竟将她废去，遣令还家。乃父高知言，时已老迈，闻着此变，顿时惊仆，好容易灌救转来，还是涕泣涟涟，不愿进食，饿了数日竟致死去。**何必如此？**王衍也不加赙恤，即欲立韦妃为继后，无如宫内还有一位金贵妃，姿容恰也秀媚，兼通绘事。她出世时，天大风雨，母梦见赤龙绕庭，因得分娩，所以闺名叫作飞山，乾德初选入掖庭，曾得专宠，至韦妃入幸，也逐渐见疏。但资格比韦妃为优，势不能后来居上，且有赤龙梦兆，已具瑞征，王衍踌躇多日，不得已立金妃为继后。后来又欲废立，幸亏钱贵妃代为力争，才得定位。唯名目上虽然未易，情意中不甚相亲。蜀宫内佳丽日增，镇日里醉歌恒舞，变成一个花天酒地。俗语说得好，乐极悲生，似这蜀主衍的荒淫无度，尚能不自速危亡么？**为下文伏笔。**

　　可巧梁、晋交争，晋王李存勖，出次魏州，得了一个传国宝，系是僧人传真献入，谓由唐京丧乱时所得，秘藏已四十年，于是晋臣相率称贺，接连是上表劝进，怂恿晋王为帝。蜀主衍得知消息，也遣使致书，请晋王嗣唐称尊。**劝人称帝，即能自保耶？** 晋王出书示僚佐道："昔王太师**指王建。**亦尝遗先王书，请各帝一方，先王尝语我云：'昔唐天子幸石门，我尝发兵诛贼，当然威震天下。我若挟天子，据关中，自作九锡禅文，何人敢阻？但我家世代忠良，不忍出此，他日务当规复唐室，保全唐祚，慎勿效若辈所为！'此语犹在耳中，我怎好背弃父训呢？"言已泣下，群臣乃暂将称尊事搁起，一时不敢多言。

这时候的梁、晋两国，方在德胜两城间，穷年鏖兵。德胜是个渡名，正当河北要冲，晋王命李存审夹河筑城，分作南北二郭，亦称夹寨。梁将贺瓌，率兵往争，大小百余战，终不能克。梁河中节度使冀王朱友谦，因为子令德表求节钺，不得所请，复举河中降晋。梁又起用刘郇为招讨使，令攻河中。郇与友谦素有婚谊，先移书谕以祸福，然后进兵。友谦不答，但向晋王处告急，晋王遣李存审往援。及郇待覆不至，始进逼同州，那时李存审亦已驰至，两下交绥，郇军败走，梁副使尹皓、段凝等，密表梁主，诬郇徇亲误国，沿途逗挠，乃有此败。梁主友贞，遂潜令西都留守张宗弼，将郇鸩死，贺瓌又复病殁。

梁将中智推刘郇，勇推贺瓌，相继毕命，诸军夺气。晋军连得胜仗，声威愈振。于是一班攀龙附凤的臣僚，复提出劝进文，陆续呈入，无非说是天命攸归，人心属望，宜应天顺人，亟正大位等语。各镇节度使，又各献货币数十万，充作即位经费，还有吴王杨溥，亦赉书劝进，遂令这无心称帝的李存勖，也不能抱定宗旨，居然雄心勃勃，想做起皇帝来了。**皇帝趣味，究竟动人。**

独有一个唐室遗臣，闻知此信，大为不然，遂自晋阳趋魏州，面加谏阻。这人为谁？就是监军张承业，承业竭诚事晋，凡晋王出征，所有军府政事，俱委承业处置。承业劝课农桑，贮积金谷，收养兵马，征租行法，不宽贵戚，因此军政肃清，馈饷不乏。刘、曹两太夫人，尝重视承业，有时承业忤存勖意，两太夫人必痛责存勖，令谢承业。存勖加授承业为左卫上将军，兼燕国公，承业皆固辞不受，但称唐官终身。至是诸臣劝进，晋王已为所动，即至魏州面谏道："我王世忠唐室，历救患难，所以老奴事王，至今已三十余年，为王聚积财赋，召补兵马，誓灭逆贼，恢复本朝宗社，借尽臣心。今河北甫定，朱氏尚存，王乃遽即大位，实与前时征伐初意，殊不相同，天下谓王自相矛盾，必致失望，尚有不因此解体么？今为王计，最好是先灭朱氏，为列圣复仇，然后求立唐后，南取吴，西取蜀，泛扫宇内，合为一家。那时功德无比，就使高祖、太宗，再生今世，也未能高居王上，王让国愈久，即得国愈坚，老奴并无他意，不过受先王大恩，欲为王立万年基业，请王勿疑！"为唐进言，志节可嘉。李存勖徐答道："这事原非我意，但众志从同，不便相违，奈何？"承业知不可止，忍不住恸哭道："诸侯血战，本为唐家，今王乃自取，不特误诸侯，兼误老奴了！"遂辞归晋阳，郁郁成疾，竟不能起。

存勖闻承业得病，一时也不愿称帝。会值成德军变，王镕养子王德明，原姓名为张文礼，竟弑死主将王镕，屠灭王氏家族，且遣使向晋告乱，乞典旌节，为这一番意外情事，又惹动李家兵甲，假仁仗义，往讨镇州。正是：

乱世屡生篡夺祸，强王又逞甲兵威。

欲知张文礼何故弑主，且看下回分解。

蜀主王建，明知幼子之不能守成，乃为徐贤妃所迫，唐文扆、张格等所怂恿，卒立为太子。举两川数十载之经营，不惜为孤注之一掷，何其误甚？但溯厥祸源，实为一妇人而起，好色者终为色误，云建其明鉴也！夫其父行劫，其子必且杀人，建因好色而误国，衍即因好色而亡国。父作而子述，其祸必有甚于乃父者，故祖父贻谋，断不可不慎耳！自来国家之患，莫如女色，尤莫如宦官。但宦官中亦非无贤者，如张承业之乃心唐室，始终不渝，洵足为庸中佼佼，铁中铮铮之特色。观其谏阻晋王，沥肝披胆，无非为复唐起见。及力谏不从，恸哭而返，遂至悒悒不起，彼其悔所辅之非人乎？笃于效忠，而短于料事，承业亦不得为智。但略迹原心，固足告无愧于天下！故《纲目》于承业之殁，特书曰唐河东监军使，而本回亦特别提明，不没忠节云。

第十四回

助赵将发兵围镇州
嗣唐统登坛即帝位

却说成德节度使赵王王镕，自与晋连和后，得一强援，因乏外患，他不免居安忘危，因佚思淫，大治府第，广选妇女，又宠信方士王若讷，在西山盛筑宫宇，炼丹制药，求长生术。**居然一刘仁恭。**每一往游，辄使妇人维系锦绣，牵持而上。既入离宫，连日忘归，一切政务，委任宦官李弘规、石希蒙。希蒙素善谄谀，尤见宠幸，尝与镕同卧起，会镕宿西山鹊营庄，李弘规进谏道："今天下强国莫如晋，晋王尚身自暴露，亲冒矢石，今大王搜括国帑，充作游资，开城空宫，旬月不返，倘使一夫闭门不纳，试问大王将归依何处？"镕闻言颇知戒惧，急命还驾。偏石希蒙从旁阻住，不令镕归。弘规怒起，竟遣亲事军将苏汉衡，率兵擐甲，直入庄中，露刃逼镕道："军士已劳敝了，愿从王归国！"镕尚未及答，弘规又继进道："石希蒙逢君长恶，罪在不赦，请亟诛以谢众士。"镕仍不应，弘规竟招呼甲士，捕斩希蒙，掷首镕前。镕无奈驰归，时长子昭祚，已挈梁公主归赵。**回应卷前。**镕遂与熟商，谋诛弘规、汉衡。昭祚转告王德明，遂将弘规、汉衡拿下，一并枭首，且骈戮二人族属。一面搜缉余党，穷究反状，亲军皆栗栗自危。

德明本来狡狯，至此有隙可乘，即煽诱亲军道："大王命我尽坑尔曹，从命实不忍，不从又获罪，应如何区处？"众皆感泣，愿听指挥，德明乃密令亲军千人，夜

94

半逾垣，往弒王镕，适镕与道士焚香受箓，想是祈死。军士不费气力，立断镕首，携报德明。德明索性毁去宫室，大杀王氏家族，自昭祚以下，悉数毙命。唯梁女普宁公主，留下不杀，还有镕少子昭诲，年方十龄，由亲将救出，藏置穴中，幸得不死，后来潜往湖南，髡发为僧，易名崇隐。即卷前晋王许婚之昭诲。德明仍复姓名为张文礼，向晋告乱，求为留后。晋王即欲加讨，群臣谓方与梁争，不宜更树一敌，乃暂准所请。偏张文礼又密表梁主，但称王氏为乱兵所屠，幸公主无恙，请朝廷亟发精兵万人，由臣更乞契丹为助，自德隶渡河，往攻河东，晋可从此扫灭了。梁主友贞，览表未决，敬翔请乘衅规复河北，赵岩、张汉鼎、汉杰等，谓文礼首鼠两端，万不可恃，梁主乃按兵不发。文礼且一再驰书，多被晋军中途搜获。

赵将都指挥使符习，曾率兵万人，从晋王驻德胜城，文礼阴怀猜忌，召令还镇，愿以他将代任。习入谒晋王，涕泣请留。晋王与语道："我与赵王同盟讨贼，谊同骨肉，不料一旦遇祸，竟为所戕，我心很是痛悼。汝若不忘故主，能为复仇，我愿助汝兵粮，往讨逆贼！"有心讨逆，何必许为留后，此次遣习复仇，无非恨他通梁耳。习与部将三十余人，举身投地，且泣且语道："大王诚记念故主，许令复仇，习等不敢上烦府兵，情愿领本部前往，搏取凶竖，报王氏累世隆恩，虽死亦无恨了！"晋王大喜，立命习为成德留后，领本部兵先进，且遣大将阎宝、史建瑭为后应，自邢、镕北趋，直抵赵州，刺史王铤，自知不支，开城乞降。晋王仍令为刺史，即饬移军攻镇州。

文礼已经病疽，闻赵州失守，便即吓死，子处瑾秘不发丧，与他将韩正时等，悉力拒晋。晋兵渡滹沱河，进薄镇州，城上矢石雨下，史建瑭中箭身亡。晋王得建瑭死耗，拟分兵自往策应，凑巧获得梁军谍卒，俯首乞降，且言梁北面招讨使戴思远，将乘虚来袭德胜城，晋王亟命李存审屯兵德胜，李嗣源伏兵戚城，先用羸骑往诱梁兵，待他入境，鼓起伏发。李嗣源先出接仗，已将梁兵冲乱，李存审又从城中杀出，晋王复自率铁骑三千，迎头痛击，斩获梁兵二万余人。

思远窜去，晋王乃拟自往镇州，忽接到定州来书，劝阻进兵，转令晋王动起疑来，暗暗自忖道："王处直从我有年，奈何阻我！"乃即取出文礼与梁蜡书，寄示处直，且传语道："文礼负我，不能不讨！"看官道处直为何劝阻晋王？原来处直闻晋讨文礼，即与左右商议道："镇、定二州，互为唇齿，镇州亡，定州不能独存，此事不可不防。"乃致书晋王，请赦文礼。偏晋王覆词拒绝，害得处直日夕耽忧。

处直有庶子名郁，素来无宠，亡奔晋阳，晋王克用，曾妻以爱女，累迁至新州防御使。此时处直贰晋，潜遣人语郁，令他重赂契丹，乞师南下，牵制晋军。郁求为继嗣，方才听命，处直不得已许诺。怎奈定州军士，都不欲召入契丹，就中又有处直养子刘云郎，改名为都，向为处直所爱，有嗣立意。至是闻郁得为嗣，眼见得定州节钺，被他取去，心下甚是不安，适有小吏和昭，劝都先行发难，都遂率新军数百人，闯入府第，挟刃大噪道："公误信孽子，私召外寇，大众无一赞成，昏谬如公，不能再理军事，请退居西宅，聊尽天年！"处直正要面驳，哪知军士一哄而上，把他拥出府中，竟往西第，又逼勒处直妻妾，同至西第中，一并锢住。所有王氏子孙，及处直心腹将士，杀戮无遗。*引狼入室，宜遭此祸。*都遂遣使报晋王，晋王以处直被幽，免为晋患，即令都代握兵权。*都罪不亚文礼，胡为一讨一赏？*都得晋王书，诣西第见处直，处直投袂奋起，捶胸大呼道："逆贼！我何负尔？"说至此，四顾无械，竟牵住都袂，张口噬鼻。都慌忙躲闪，掣袖外走，处直忧愤竟死。都复拨兵助晋，晋王即留李存审、李嗣源居守德胜，自率大军攻镇州，城中防守颇严，旬日不克。

蓦得幽州急报，契丹大举南下，涿州被陷，幽州亦在围中了。晋王拟分兵往援，偏定州亦来告急，报称契丹前锋，已入境内，那时晋王不能兼顾，只好先救定州，当下率军北进，行至新城，闻契丹兵已涉沙河，士卒皆有惧容，或潜自亡去，严刑不能止。诸将入帐请道："契丹锋盛，恐不可当，又值梁寇内侵，不如还师以救根本。"晋王却也难决，或说宜西入井陉，暂避寇锋。

正在聚议纷纭的时候，忽有一人朗声道："契丹前来，意在利人金帛，并非为镇州急难，诚意相援，大王新破梁兵，威振夷夏，若挫他前锋，他自然遁走了。"晋王瞧着，乃是中门副使郭崇韬，方欲答言，又有一人接入道："强兵在前，有进无退，怎可无故轻动，摇惑人心？"这数语出自李嗣昭。晋王挺身起座道："我意亦是如此！"遂出营上马，自麾铁骑五千，奋勇先进，诸将不敢不从。

至新城北，前面一带，统是桑林，晋军从林中分趋，逐队驰至，可巧契丹兵骤马前来，见桑林中尘埃蔽天，几不知有多少人马，当即回辔返奔。晋王分兵追击，驱契丹兵过沙河，多半溺死，契丹主阿保机子，被晋军擒还，阿保机退保望都。晋王收兵入定州，王都迎谒马前，愿以爱女妻王子继岌。继岌系晋王第五子，为宠妃刘氏所出，尝随晋王军前，晋王慨然许婚。

休息一宵，便引兵趋望都，中途遇奚酋秃馁，**一作托辉。**带着许多番骑，前来拦截。晋王兵少，被番骑困在垓心，晋王麾军力战，出入数四，尚不能解，幸李嗣昭率兵三百骑，上前救应，横击奚兵，奚酋乃退。晋王乘势奋击，连败奚酋，契丹主亦立足不住，北奔易州。晋王追赶不及，转入幽州，契丹兵解围遁去，会大雪经旬，平地数尺，虏兵冻毙甚多，阿保机懊怅而还。

先是契丹出兵，实由王郁乞请，郁曾语阿保机道："镇州美女如云，金帛如山，天皇即速往取，可以尽得，否则将为晋有了。"阿保机大喜，独番后述律道："我有羊马千万头，坐踞西楼，自多乐趣，为何劳师远出，乘危徼利呢？况我闻晋王用兵，天下无敌，倘一失败，后悔难追！"**此非述律预能知败，实恐阿保机取得赵女，自己必致失宠，故有此谏。**阿保机跃然道："张文礼有金五百万，留待皇后，我当代为取来，供给内费。"**不出郭崇韬所料。**遂不从述律言，悉众南下，不幸吃了几个败仗，嗒然回去，私心懊闷，无处可泄，遂将王郁絷归，锢住狱中。

晋王闻番兵远遁，巡阅番营故址，见他随地布藁，回环方正，均如编剪，虽去无一枝倒乱，不禁长叹道："用法严明，乃能至此，非我中国所可及，后患正不浅哩！"**隐伏后文。**道言甫毕，那德胜城递到军报，说是梁兵乘虚袭魏，现正吃紧，亟请济师。晋王忙招呼亲军，倍道南行，五日即抵魏州。梁将戴思远，烧营遁去。

晋王以南北两敌，均已击退，镇州援绝势孤，可以立拔，偏偏兵家得失，不能逆料，大将阎宝，竟为镇州兵所破，退保赵州。原来阎宝抵镇州城下，筑起长垒，连日围攻，又绝滹沱水环城，断绝内外。城中食尽，夜出五百人觅食，宝亦探知消息，故意纵使出来，拟伏兵掩捕，一鼓尽歼，谁知这五百人鼓噪而至，竟攻长围。宝见他兵少，尚不为备，俄顷有数千人继至，各用大刀阔斧，破围径出，来烧宝营。宝抵挡不住，只好弃营窜去，往守赵州。营中刍粟甚多，统被镇州兵搬去，数日不尽。

晋王闻报，急改任李嗣昭为招讨使，代宝统军。嗣昭驰至镇州，正值镇州守将张处瑾遣兵千人，出城迎粮，被嗣昭率军掩至，杀获几尽，有数人避匿墙墟间，嗣昭跃马弯弓，迭发迭中。不意城上有暗箭射来，正中嗣昭脑上。嗣昭忍痛拔箭，返射守卒，一发即殪。时已日暮，回营裹创，血流不止，竟尔晕毙。凶信传到魏州，晋王很是悲悼，好几日不食酒肉，继闻嗣昭遗言，暂将泽潞兵授判官任圜，令督诸军攻镇州，晋王依言而行，一面调李存进为招讨使，进营东垣渡，立栅未就，镇州将张处球即处瑾弟。领兵七千人，突来劫寨。存进慌忙对敌，出斗桥上，杀毙镇兵无数，自己亦战殁阵中。

镇州力竭粮尽，张处瑾等束手无策，只好遣使至魏州乞降，使人方去，晋王已遣李存审到来，挥兵猛扑，两下相持至暮。城中守将李再丰，愿为内应，乘着夜阑月黑，投缒招引晋军，晋军缘缒而上，到了黎明，全军毕登，擒住张文礼妻，及子处瑾、处球、处琪，及余党高蒙、李翥、齐俭等，拟送魏州，赵人请命军前，愿得此数人，为故主泄恨。存审报明晋王，准如所请，赵人将数人醢为肉泥，顷刻食尽，又掘发张文礼尸，寸磔市曹。且向故宫灰烬中，检出赵王王镕遗骸，以礼祭葬。授赵将符习为成德节度使，习泣辞道："故使无后，习当斩衰送葬，俟礼毕听命。"既而葬毕，仍诣魏州，赵人请晋王兼领成德军。晋王许诺，另拟割相、卫二州，置义宁军，即命习为节度使。习复辞道："魏博霸府，不应分疆，愿得河南一镇，归习自取，方不虚糜廪禄呢。"乃以习为天平节度使，兼东南面招讨使，加李存审兼侍中。

是时晋魏州刺史李存儒，原姓名为杨婆儿，以俳优得幸。既为刺史，专事剥民，州民交怨，梁将段凝、张朗等，引兵袭入，执住存儒，遂拔卫州，又与戴思远攻陷淇门、共城、新乡，于是澶州以西，相州以南，复为梁有。还有泽潞留后李继韬，竟叛晋降梁，受梁命为节度使。继韬系李嗣昭次子，嗣昭曾任泽潞节度使，及战殁镇州，长子继俦袭职。因秉性懦弱，为弟继韬所囚。晋王以用兵方殷，无暇过问，权命继韬为留后。泽潞本置昭义军，至是改称安义军。继韬虽得窃位，心中终不自安，幕僚魏琢，牙将申蒙，复语继韬道："晋朝无人，将来终为梁所并，不如先机归梁为是。"继韬弟继远亦劝兄降梁。继韬乃遣继远奉表梁廷，梁主喜甚，立授继韬节度使。

唯昭义旧将裴约，曾戍泽州，涕泣誓众道："我服事故使，已逾二纪，尝见故使分财享士，志灭仇雠，不幸一旦捐馆，柩尚未葬，乃郎君遽背君亲，甘心降贼，诚不可解！我宁死不肯相从哩！"也是符习流亚。遂据城自守，梁遣偏将董璋往攻，久不能克。继韬散财募士，尧山人郭威应募，尝杀人系狱，继韬惜他材勇，纵令逸去。郭威事始此。一面发新募各兵，往助董璋，裴约向魏州乞援，偏晋王李存勖，创行帝制，镇日间编订礼仪，竟无心顾及泽州。

郭 威

看官阅过上文，应知晋臣劝进，已不止一二次，只因监军张承业，力加谏阻，又延宕了一两年。偏承业得病不起，奄卧年余，竟致逝世，晋王虽似含哀，却带着三分喜意，僚佐觑透隐情，因复上笺劝进。五台山僧人，又献入古鼎，目为祥瑞。晋王乃命有司制置百官省寺，仗卫法物，定期四月举行，派河东判官卢质为大礼使，就在魏州牙城南面，筑起坛幄，行即位礼。晋王本奉唐正朔，称为天祐二十年，至四月上旬，升坛称帝，祭告天神地祇，改元同光，国号唐。宣制大赦，授行台左丞相豆卢革为门下侍郎，右丞相卢澄为中书侍郎并同平章事，中门使郭崇韬、昭义监军使张居翰并为枢密使，判官卢质、掌书记冯道俱充翰林学士，升魏州为东京兴唐府，号太原**即晋阳**。为西京，镇州为北都，令魏博判官王正言为兴唐尹，都虞候孟知祥为太原尹，充西京副留守，泽潞判官任圜为真定尹，充北京副留守，凡李存审、李嗣源等一班功臣，统加官进秩，兼任节度使如旧。追尊曾祖执宜为懿祖皇帝，祖国昌为献祖皇帝，父克用为太祖皇帝，立庙晋阳。除三代外，又奉唐高祖、太宗、懿宗、昭宗四主，分建四庙。与懿祖以下，合成七室，尊生母曹氏为皇太后，嫡母刘氏为皇太妃。刘氏毫不介意，依着故例，向太后曹氏处称谢，曹氏恰有惭色，离坐起迎，露出那踽踽不安的状态，刘氏独怡然道："愿吾儿享国无穷，使我得终天年，随先君于地下，已是万幸！此外还计较什么？"曹氏亦相向唏嘘。嗣命宫中开宴，彼此对坐，略迹言情，尽欢而罢。后人共称刘太妃的美德。小子恰有一诗道：

> 并后犹防祸变随，况经嫡庶乱尊卑。
> 私图报德成愚孝，亚子开基礼已亏！

晋王李存勗，已改号为唐，当然称为唐主，其时尚留魏州，意欲攻梁，巧值梁郓州将卢顺密奔唐，献袭取郓州策，唐主乃召群臣会议，议决后如何进止，待至下回表明。

张文礼弑养父王镕，固有应讨之罪，晋王讨之，宜也。但文礼宜讨，而王都亦曷尝不宜讨？晋王独以私废公，授彼节钺，闻急赴援，且与之约为婚姻，所谓见利忘义者非耶！即是以观晋王之心术，已可见矣。镇州虽下，逆子骈诛，而卫州一带，复为梁取，李继韬又以潞州降梁，是固非称帝之时，乃以张承业之去世，五台山僧之献鼎，即称尊魏州，前时之假面具，一举尽撤，既食前言，兼露骄态，识者已知其不终。况于生母而尊之，于嫡母而抑之，嫡庶倒置，贻谋不臧，宁待刘后之专权乱政，始肇危机耶？阅者于文字间细心求之，褒贬固自不苟云。

第十五回

王彦章丧师失律

梁末帝陨首覆宗

却说唐主李存勗，因郓州将卢顺密来降，即欲依顺密计议，进袭郓州。当下与诸臣商定进止，郭崇韬等都说未可。唐主独召李嗣源入商，嗣源尝自悔胡柳渡河，致遭谴罚，至是欲立功补过，即慨然进言道："我朝连年用兵，生民疲敝，若非出奇取胜，大功何日得成？臣愿独当此任，勉图报命！"唐主大悦，立遣他率兵五千，潜趋郓州，行至河滨，天色昏暮，夜雨沉阴，军士多不欲进行，前锋将高行周宣言道："这是天助我成功哩！郓人今日，必不防备，我正好出他不意，进取此城。"遂渡河东趋，直抵城下，李从珂缘梯先登，军士踊跃随上，守卒至此始觉，哪里还及抵敌？徒落得身首分离，做了数十百个刀头鬼。从珂开城迎入嗣源，再攻牙城，一鼓即下，擒住州官崔笃、判官赵凤，送入兴唐府。唐主喜甚，叹嗣源为奇才，即命为天平节度使。

梁主友贞，闻郓州失守，惊惶得了不得，斥罢北面招讨使戴思远，严促他将段凝、王彦章等，发兵进战。梁相敬翔，自知梁室将危，即入见梁主道："臣随先帝取天下，先帝录臣菲才，言无不用，今敌势益强，陛下乃弃忽臣言，臣尸位素餐，生亦何用？不如就此请死罢！"说至此，即从靴中取出一绳，套入颈中，作自经状。后常未见良谟，遇急则以死相胁，是乃儿女子态，不足与言相道。梁主急命左右救解，问所欲言。敬翔道："大局日危，事机益急，非用王彦章为大将，万难支持了！"用一王彦章，即能救亡么？梁主点首，即擢彦章为北面招讨使，段凝为副。彦章入见梁主，梁主问他破敌的期限，彦章答以三日，左右都不禁失笑。

及彦章退出，即向滑州进发，两日即至，召集将士，置酒大会，暗中却遣人至杨村具舟，夜命甲士六百人，各持巨斧，与冶工一同登舟，顺流而下。时饮尚未散，彦章伴起更衣，从营后趋出，引精兵数千，循河南岸，直趋德胜南城。德胜守将为朱守殷，唐主曾遥嘱道："王铁枪勇决过人，必来冲突德胜，汝宜严备为是。"守殷屯兵北城，总道彦章出兵，无此迅速，所以未曾预防。哪知彦章所遣的兵船，乘风前来，先由冶工炽炭，烧断河中的铁锁，再由甲士用斧砍断浮桥，南城孤立失援，王彦章麾兵驰至，急击南城，立被破入，杀毙守兵数千人。计自彦章受命出师，先后正值三日，已将德胜南城夺下。朱守殷忙用小船载兵，渡河往援，又被彦章杀退。彦章复进拔潘张、麻家口、景店诸寨，军势大振。

唐主闻报，亟遣宦官焦守宾，趋杨刘城，助镇使李周固守。且命守殷弃去德胜北城，撤屋为筏，载着兵械，俱至杨刘。王彦章亦撤南城屋材，浮河而下，作为攻具。两造各行一岸，每遇湾曲，便即交斗，飞矢雨集，一日百战，兵械往往覆没，各有损伤。彦章又偕副使段凝，率十万众进攻杨刘，好几次冲毁城堞，赖李周悉力堵御，始得保全。彦章猛攻不下，退屯城南，另用水师据守河津。

李周飞使告急，唐主自率兵赴援，至杨刘城，见梁兵堑垒复叠，无路可通，也不禁忧急起来。当下向郭崇韬问计，崇韬答道："今彦章据守津要，实欲进取东平，若我军不能南进，彼必指日东趋，郓州便不可守了。臣请在博州东岸，筑城戍兵，截住河津，既可接应东平，复可分贼兵势。但或被彦章诇知，前来薄我，使我无暇筑城，恰是一桩大患。臣愿陛下募敢死士，日往挑战，牵缀彦章，彦章十日不得东行，城已筑就，当可无虑了。"唐主一再称善。即命崇韬率兵万人，夤夜往博州，至麻家口渡河筑城，昼夜不息。

唐主在杨刘城下，与彦章日夕苦战，杀伤相当，才阅六日，彦章得知崇韬筑城，便统兵往攻。城方筑就，未具守备，且沙土疏恶，不甚坚固。崇韬亟自励部众，四面拒战。彦章兵约数万，且用巨舰十余艘，横亘河流，断绝援路，气势张甚。犹幸崇韬身先士卒，死战不退，尚自支持得住，一面请唐主济师，唐主自杨刘驰援，列阵新城西岸。城中望见援师，顿时增气，呼叱梁军。梁军始有惧色，断绁收缆，彦章亦自知无成，解围退去。前时虽得幸胜，此次不免却退，王铁枪亦徒勇耳。郓州奏报始通，李嗣源密表唐主，请正朱守殷罪状，唐主不从。守殷系唐主旧役苍头，所以不忍加罪。为私废公，终属未当。随即引兵南下，彦章等复趋杨刘，唐骑将李绍荣，先驱至梁营，擒住梁谍牧人，复纵火焚梁连舰，段凝首先怯退，彦章亦自杨刘退保杨村，唐军奋力追击，斩获梁兵万人，仍得屯德胜城，杨刘城中，已三日无食，至此始得解围，守兵乃共庆更生了。

先是彦章在军，深恨赵、张乱政，尝语左右道："待我成功还朝，当尽诛奸臣以谢天下。"机事不密则害成，可见彦章是徒勇无谋。这二语为赵、张所闻，私相告语道："我等宁受死沙陀，不可为彦章所杀！"因结党构陷彦章。段凝尝倚附赵、张，素与彦章不协，在军时动与龃龉，多方牵掣。每有捷奏，赵、张即归功段凝，至败书报入，乃归咎彦章。梁主友贞，高居深宫，怎知外事？且恐彦章成功难制，召还汴梁，把军事悉付段凝。自是将士灰心，梁室覆亡不远了。叙出梁亡之由来。

唐主闻彦章已退，乃还军兴唐府。泽州守将裴约，连章告急，唐主叹息道："我兄不幸，生此枭獍！嗣昭为克用养子，故唐主称嗣昭为兄。裴约能知顺逆，不可使陷没敌中。"乃顾指挥使李绍斌道："泽州系弹丸地，朕无所用，卿为我救裴约，叫他回来。"绍斌奉命而去，及趋至泽州，城已被陷，裴约战死，乃返报唐主，唐主悲悼不已。

嗣闻梁将段凝，继任招讨使，督军河上，且从酸枣决河，东注曹濮及郓州，隔绝唐军，不由得冷笑道："决水成渠，徒害民田，难道我不能飞渡么？"遂统军出屯朝城。可巧梁指挥使康延孝得罪梁主，引百骑来奔。唐主召入，赐他锦袍玉带，温颜问以梁事。延孝答道："梁朝地不为狭，兵不为少，但梁主暗懦不明，赵岩、张汉杰等，揽权专政，内结宫掖，外纳货赂。段凝本无智勇，徒知克剥军饷，私奉权贵，王彦章、霍彦威诸宿将，反出凝下。梁主不善择帅，并且用人不专，每一发兵，辄令近臣监制，进止可否，悉取监军处分。近又闻欲数道出兵，令董璋趋太原，霍彦威寇镇定，王彦章攻郓州，段凝当陛下，定期十月大举。臣窃观梁朝兵力，聚固不少，分即无余。陛下但养精蓄锐，待他分兵，趁着梁都空虚的时候，即率精骑五千，自郓州直抵大梁，不出旬月，天下可大定了。"策固甚善，但叛梁降唐，又为唐献议灭梁，心术殊不可问。唐主大喜，即授延孝为招讨指挥使。

果然不到数日，即闻王彦章进攻郓州。原来彦章应召还梁，入见梁主，用筹画地，历陈胜败形迹，赵岩等劾他不恭，勒归私第。旋拟分道进兵，乃再命彦章攻郓州，仅给保銮将士五百骑，及新募兵数千人，归他统领。另使张汉杰监彦章军，彦章怏怏东行。梁主又令段凝带着大兵，牵制唐主。凝屡遣游骑至澶、相二州间，抄掠不休。泽、潞二州，为梁援应。契丹因前次败还，日思报复，传闻俟草枯冰合，深入为寇。唐主至此，颇费踌躇。宣徽使李绍宏等，都说是郓州难守，不如与梁讲和，掉换卫州及黎阳，彼此划河为界，休兵息民，再图后举。唐主勃然变色道："诚如此言，我等无葬身地了！"遂叱退绍宏等人，另召郭崇韬入议，崇韬进言道："陛下不栉沐，不解甲，已十有五年，无非欲翦灭伪梁，雪我仇耻，今已正尊号。河北士庶，日望承平，方得郓州尺寸土，乃仍欲弃去，还为梁有，臣恐将士解体，将来食尽众散，就使划河为境，何人为陛下拒守哩？臣尝细问康延孝，已知伪梁虚实。梁悉举精兵授段凝，据我南鄙，又决河自固，谓我不能飞渡，可以无患。彼却使王彦章侵逼郓州，两路下手，摇动我军，计非不妙。但段凝本非将才，临机未能决策。彦章统兵不多，又为梁主所忌，亦难成事。近得敌中降卒，俱言大梁无兵，陛下若留兵守魏，固保杨刘，自率精兵与郓州合势，长驱入汴，彼城中既经空虚，势必望风瓦解，伪主授首，敌将自降。否则今年秋谷不登，军粮将尽，长此迁延，且生内变。俗语有云：筑室道旁，三年不成。愿陛下奋志独断，勿惑众议！帝王应运，必有天命，为什么畏首畏尾哩？"崇韬智勇，确是过人。唐主闻言，不禁眉飞色舞道："卿言正合朕意，大丈夫成即为王，败即为虏，我便决计进行了！"

既而得李嗣源捷报，谓已遣李从珂等，击败王彦章前锋，彦章退保中都。唐主顾语崇韬道："郓州告捷，足壮吾气，就此进兵，不必迟疑！"当下命将士遣还家属，尽入兴唐府，并将随身第三妃刘氏，及皇子继岌，也遣归兴唐，自送至离亭，唏嘘与诀道："国家成败，在此一举，事若不济，当就魏宫中聚我家属，悉数尽焚，毋污敌手！"刘氏独怡然道："陛下此去，必得成功，妾等将长托鸿庥，何致变生意外呢？"言已，从容告别。能博唐主欢心，就在此处。

唐主嘱李绍宏送归刘氏母子，且饬他与宰相豆卢革，兴唐尹王正言等，同守魏城。自率大军由杨刘渡河，直至郓州，与李嗣源会师。即命嗣源为前锋，乘夜进军，三鼓越汶河，逼梁中都。中都素无守备，虽由王彦章屯扎，怎奈兵不满万，且多是新来募兵，将卒不相习，行阵不相谙，任你百战不殆的王彦章，也是有力难使，孤掌难鸣。初得侦报，闻唐主亲自到来，忙选前锋数千人，出城十里，前往堵截，不值唐军一扫，剩得几个败卒，逃回中都。彦章焦急异常，正拟弃城奔回，城外已鼓角齐鸣，炮声大震，唐军数万人，乘胜杀到。彦章登城遥望，但见戈铤耀日，旌旗蔽空，一班似虎似罴的将士，拥着一位后唐主子李存勖，踊跃前来，禁不住仰天叹道："如此强敌，叫我如何对付呢？"当下饬军登陴，谕令固守。偏各兵士望见唐军，统已魂驰魄散，意变神摇，勉强守了半日，那唐军的强弓硬箭，接连射上，飞集城头，守兵多中箭晕仆，余卒哗走城下。彦章料不可支，没奈何开城突围，仗着两杆铁枪，挑开血路，破了一重，又有一重，破了两重，又有两重，等到重重解脱，向前急奔，身上已遍受重创，手下已不过数十骑，只因逃命要紧，不得不勉力趱路。偏后面有人叫道："王铁枪！王铁枪！"彦章不知为谁，回马相顾，那来人手起槊落，刺伤彦章马头，马即仆地，彦章当然跌下，时已重伤，无力逃免，眼见被来将捉去。徒勇者终不得其死。

看官道是何人捉住彦章？原来是唐将李绍奇。唐主麾动兵士，围捕梁将，擒住监军张汉杰，曹州刺史李知节，及神将赵廷隐、刘嗣彬等二百余人，斩首至数千级。王彦章尝语人道："李亚子系斗鸡小儿，怕他做甚？"至是被绍奇缚送帐下，唐主笑问道："汝尝目我为小儿，今日肯服我否？"彦章不答，唐主又问道："汝系著名大将，奈何不守兖州，独退处危城？"彦章正色道："天命已去，尚复何言？"唐主惜彦章材勇，谕令降唐，且赐药敷他创痕。彦章长叹道："我本一匹夫，蒙梁朝厚恩，位至上将，与皇帝交战十五年，今兵败力竭，不死何为！就使皇帝意欲生我，我有何面目见天下士，岂可朝为梁将，暮作唐臣么？"忠壮可风。

唐主令暂居别室，再遣李嗣源往谕。嗣源小名邈佶烈，彦章偃卧自若，毅然说道："汝非邈佶烈么？休来诱我！"嗣源怃然归报。唐主大开盛筵，宴集将佐，即命嗣源列坐首席，举酒相属道："今日战功，公为首，次为郭卿崇韬。向使误听绍宏等言，大事去了。"又语诸将道："从前所患，只一王彦章，今已就擒，是天意已欲灭梁了。但段凝尚在河上，究竟我军所向，如何为善？"诸将议论不一，或言宜先徇海东，或言须转攻河上，独康延孝请亟取大梁。李嗣源起座道："兵贵神速，今彦章就擒，段凝尚未及知，就使有人传报，他必半信半疑。如果知我所向，即发救兵，亦应由白马南渡，舟楫何能猝办？我军前往大梁，路程不远，又无山险梗阻，可以方阵横行，昼夜兼程，信宿可至，窃料段凝未离河上，友贞已为我所擒了！陛下尽可依延孝言，率大军徐进，臣愿带领千骑，为陛下前驱！"唐主遂令撤宴，即夕遣嗣源先行。

翌晨，唐主率大军继进，令王彦章随行，途次问彦章道："我此行能保必胜否？"彦章道："段凝有精兵六万，岂肯骤然倒戈？此行恐未必果胜呢！"唐主叱道："汝敢摇我军心么？"遂令左右推出斩首，彦章慨然就刑，颜色不变。及处斩后，献上首级，唐主亦叹为忠臣，即命藁葬。越二日到了曹州，梁守将开城迎降。

梁主友贞，迭接警报，慌得手足无措，亟召群臣问计，大众面面相觑，不发一言。梁主泣语敬翔道："朕自悔不用卿言！今事已万急，幸勿怨朕，为朕设一良谋！"翔亦泣拜道："臣受先帝厚恩，已将三纪，名为宰相，不啻老奴，事陛下如事郎君。臣尝谓段凝不宜大用，陛下不从。今唐兵将至，段凝限居河北，不能入援。臣欲请陛下避狄，谅陛下必不肯从，欲请陛下出奇合战，陛下亦未必决行。今日虽良、平复出，亦难为陛下设法，请先赐臣死，聊谢先帝！臣不忍见宗社沦亡哩！"*全是怨言，何济国难？*梁主无词可答，只得相向恸哭。哭到无可如何，乃令张汉伦驰骑北去，追还段凝军。汉伦到了滑州，坠马伤足，又为河水所限，竟不能达。梁都待援不至，越加惶急。城中只有控鹤军数千，朱珪请率令出战，梁主不从，但召开封尹王瓒，嘱托守城。瓒无兵可调，不得已驱迫市民，登城为备。唐军尚未薄城，城内已一日数惊，朝不保夕了。

先是梁故广王全昱子友海，为陕州节度使，颇得人心，或诬他勾众谋乱，召还都中，与友海兄友谅、友能，并锢别第。及唐军将至，梁主恐他乘危起事，一并赐死，并将皇弟贺王友雍，建王友徽，亦勒令自尽，自登建国楼，唏嘘北望，或请西奔洛阳，或请出诣段凝军。控鹤都指挥使皇甫麟道："凝本非将材，官由幸进，今时事万急，能望他临机制胜，转败为功么？且凝闻彦章军败，心胆已寒，恐未必能为陛下尽节呢！"赵岩亦从旁接口道："事势至此，一下此楼，谁心可保？"*既亡梁室，复死梁主，汝心果如何生着？*梁主乃止，复召宰相郑珏等问计，珏答道："愿请将陛下传国宝，赍送唐营，为缓兵计，徐待外援。"梁主道："朕本不惜此宝，但如卿言，事果可了否？"珏俯首良久，乃出言道："尚恐未了。"左右皆从旁匿笑，珏怀惭而退。

梁主日夜涕泣，不知所为，及在卧寝间检取传国宝，已不知何时失去，想已被从臣窃出，往献唐军了。越日传到急耗，唐军将至城下，最信任的租庸使赵岩，又不别而行，潜奔许州。梁主已无生望，乃召语皇甫麟道："李氏是我世仇，理难低头，我不俟他刀锯，卿可先断我首！"麟答道："臣只可为陛下仗剑，效死唐军，怎敢奉行此诏？"梁主道："卿欲卖我么？"麟急欲自刭，梁主阻手道："当与卿俱死！"说至此，即握麟手中刃，向颈一横，鲜血直喷，倒毙楼侧，麟亦自杀。史称梁主友贞为末帝，在位十年，享年止三十六岁。梁自朱温篡位，国仅一传，共得一十六年而亡。小子有诗叹道：

> 登楼自尽亦堪哀，阶祸都由性好猜。
> 宗室骈诛黎老弃，覆宗原是理应该！

过了一日，唐前锋将李嗣源，始到大梁城下，王瓚即开城迎降。欲知后事，且至下回再阅。

梁室大将，只一王彦章，然角力有余，角智不足。观其取德胜南城，适与三日之言相符。第一时之侥幸耳。彼守德胜者为朱守殷，故为所掩袭，若易以他将，宁亦能应刃而下耶？迨晋主自援杨刘，用郭崇韬计，筑城博州东岸，而彦章即无从施技。迭次败北，及奉召还朝，用笏画地，亦无非堂陛空谈，何怪梁主之不肯信任也！若段凝更不足道！决河阻敌，反致自阻，及梁室已亡，又不能如王彦章之决死，欧阳公作死节传，首列彦章，其固因彼善于此，而特为表扬乎？梁主友贞，所任非人，敌未至而已内溃，首先陨而即亡家，愚若可悯，咎实自取，且死期已至，尚忍摧残骨肉，天下有如是忮刻者，而能长享国家乎？史称其宠信赵、张，疏弃敬、李，以至于亡，是尚未能尽梁主之失也。

第十六回

灭梁朝因骄思逸

册刘后以妾为妻

　　却说唐将李嗣源，到了大梁城下，王瓒开门迎降。嗣源入城，抚安军民。未几唐主亦至，嗣源率梁臣出迎。梁臣拜伏请罪，由唐主温词抚慰，令仍旧职。又举手引嗣源衣，用首相触道："我有天下，统是卿父子的功劳，此后富贵，应与卿父子同享了！"暗射下文。既入城，御元德殿受贺，梁相李振语敬翔道："新主已有诏赦罪，我辈理当入朝。"翔慨然道："我二人同为梁相，君昏不能谏，国亡不能救，新君若问及此事，将如何对答呢？"李振退出，次日竟入谒唐主。有人报告敬翔，翔叹道："李振谬为丈夫，国亡君死，有何面目入建国门呢？"遂投缳自尽。还算有志。

　　唐主命缉梁主友贞，有梁臣携首来献，当由唐主审视，怃然叹道："古人有言：敌惠敌怨，不在后嗣。朕与梁主十年对垒，恨不得生见他面。今已身死，遗骸应令收葬；唯首级当函献太庙，可涂漆收藏。"左右闻谕，当然依言办理。一面遣李从珂等，出师封邱，招降段凝。凝正率兵入援，遣部将杜晏球为先锋，途次接得唐主诏敕，晏球即贻书从珂，情愿投降。凝众五万，统随凝投诚。凝诣阙请罪，唐主好言抚慰，并温谕将士，仍使得所。

　　凝扬扬自得，毫无愧容。梁室旧臣，相见切齿，凝遂暗地进谗，极力排斥。于是贬梁相郑珏为莱州司户，萧顷为登州司户，翰林学士刘岳为均州司马，任赞为房州司马，封翘为唐州司马，李怿为怀州司马，窦梦徵为沂州司马，崇政院学士刘光素为密州司户，陆崇为安州司户，御史中丞王权为随州司户，共计十一人，同日黜逐。段凝意尚未足，再与杜晏球联名上书，谓梁要人赵岩、张汉杰、朱珪等，窃弄威福，残害群生，不可不诛。唐主再下诏令，首罪敬翔、李振，说他党同朱氏，共倾唐祚，宜一并诛夷。朱珪助虐害良，张氏族属，涂毒生灵，一应骈戮。赵岩在逃，饬严加擒捕，归案正法。

这诏一下，除敬翔已死外，所有李振、朱珪、张汉杰、张汉伦等，均被缚至汴桥下，尽行处斩。所有妻孥人等，亦被收戮，敬翔家属，也并受诛。赵珪逃至许州，为匡国节度使温韬所杀，献首唐廷。岩家满门抄斩，自不必说。**以上诸人非无应诛之罪，但由段凝媒孽，始命诛夷，唐主于凝何德？于群臣何仇耶？**赐段凝姓名为李绍钦，杜晏球姓名为李绍虔。追废朱温、朱友贞为庶人，毁去梁宗庙神主，并欲发朱温墓，斫棺焚尸。河南尹张宗奭，已复名全义，自河南入朝唐主，唐主与语掘墓事，全义面陈道："朱温虽陛下世仇，但死已多年，刑无可加，乞免焚斫，借示圣恩！"**不忆妻女被淫否？**唐主乃止，只令铲除阙室，削去封树，便算了事。乃颁诏大赦，凡梁室文武职员将校，概置不问。令枢密使郭崇韬权行中书事，寻进封为太原郡侯，赐给铁券，并兼成德军节度使，崇韬职兼内外，竭忠无隐，唐主亦倚为心膂。豆卢革、卢程等，本没有什么才能，无非因唐室故旧，得厕相位，坐受成命罢了。

唐主命肃清宫掖，捕戮朱氏族属。所有梁主妃嫔，多半怕死，统是匍匐乞哀，涕乞求免，独贺王友雍妃石氏，兀立不拜，面色凛然。唐主见她丰容盛鬋，体态端庄，不禁爱慕起来，便谕令入侍巾栉。石氏瞋目道："我乃堂堂王妃，岂肯事你胡狗！头可斩，身不可辱！"**朱氏中有此烈妇，安可不传！**唐主怒起，即令斩首。继见梁末帝妃郭氏，缟裳素袂，泪眼愁眉，仿佛似带雨梨花，娇姿欲滴，便和颜问她数语，释令还宫。此外一班妃妾，或留或遣，多半免刑。是夕召郭氏侍寝，郭氏贪生畏死，没奈何解带宽衣，一任唐主戏弄。这也是朱温淫恶的孽报，该当有此出丑哩。**好淫者其听之。**

已而唐主第三夫人刘氏，及皇子继岌，自兴唐府至汴，当由唐主迎入，重叙欢情。刘氏家世本微，籍隶成安，乃父黄须，通医卜术，自号刘山人。唐主攻魏，神将袁建丰掠得刘女，年不过六七龄，生得聪明伶俐，娇小风流。唐主爱她秀慧，挈入晋阳，令侍太夫人曹氏。太夫人教她吹笙，一学即能，再教以歌舞诸技，无不心领神会，曲尽微妙。转瞬间已将及笄，更觉得异样鲜妍，居然成了一代尤物。唐主随时省母，上觞称寿，自起歌舞，曹氏即命刘女吹笙为节，悠扬宛转，楚楚动人，尤妙在不疾不徐，正与歌舞相合。唐主深通音律，闻刘女按声度曲，一些儿没有舛误，已是惊喜不置，又见她千娇百媚，态度缠绵，越觉可怜可爱，只管目不转睛，向她注射。曹太夫人也已觉着，便把刘女赐与为妾。唐主大喜过望，便拜谢慈恩，挈她同至寝室，去演那龙凤配了。当时唐主正室，为卫国夫人韩氏，次为燕国夫人伊氏，自从刘女得幸，作为第三个妻房，也封为魏国夫人。刘氏生子继岌，貌颇类父，甚得唐主欢心，刘氏因益专宠。

唐主经营河北，每令刘氏母子相随。刘叟闻女已贵显，诣魏宫入谒，自称为刘氏父，唐主令袁建丰审视，建丰谓得刘氏时，曾见此黄须老人，挈着刘氏，偏刘氏不肯承认，且大怒道："妾离乡时，尚略能记忆，妾父已死乱兵中，曾由妾恸哭告别，何来这田舍翁，敢冒称妾父呢？"*忍哉此妇！*因命笞刘叟百下，可怜刘叟老迈龙钟，哪里禁受得起？昏晕了好几次，方得苏转，大号而去。*入谒时，何不一卜？乃受此无情杖耶！*看官！你想这位刘夫人，连生父尚不肯认，何况是他人呢？

既至汴宫，闻唐主召幸梁妃，自然生了醋意，便提出一番正语，与唐主大起交涉。唐主也自觉不合，乃出梁妃为尼。这位梁妃郭氏，被唐主占宿数宵，仍然不得享受荣华，只好洒泪别去。唐主慨赠金帛，并赐名誓正，作为最后的恩典。刘氏尚恐他藕断丝连，定要唐主遣发远方。唐主因命送往洛阳，为尼终身。

此事一传，内外共知刘氏权重，相率献谀。宋州节度使袁象先入朝，挈珍宝数十万，先赂刘夫人，次及唐主亲幸，遂得宫廷称誉，备邀宠赉，赐姓名为李绍安。此外如梁将霍彦威、戴思远等，亦皆纳贿宫中，阴结内援，得蒙唐主恩赐。段凝既改姓名为李绍钦，仍为滑州留后，他又因伶官景进，献宝入宫，刘夫人替他揄扬，竟升任泰宁节度使。还有河中节度朱友谦，博州刺史康延孝，相继入朝，无一不打通内线，厚沐恩施。友谦得赐姓名为李继麟，延孝得赐姓名为李绍琛，匡国节度使温韬，从前助梁肆虐，发唐山陵，此次因献赵岩首，仍居方镇，闻袁象先等俱受宠荣，也挈金入都，遍赂宫禁，即由唐主召见，再三慰劳，赐姓名为李绍冲，旬日遣还许州。郭崇韬劾他罪状，唐主不问。

　　既而楚遣使入贡，吴遣使入贺，岐遣使奉表称臣，引得唐主志满气盈，不是出外游畋，就是深居宴乐。刘夫人善歌舞，唐主欲取悦刘氏，尝自傅粉墨，与优人共戏庭中。优人呼为"李天下"，唐主亦以"李天下"自称。一日在庭四顾道："李天下！李天下！"优人敬新磨，竟上前批唐主颊，唐主失色，余优大骇。新磨从容说道："李天下只有一人，尚向谁呼呢？"唐主乃转怒为喜，厚赏新磨。

　　越数日出畋中牟，践害民禾，中牟令叩马前谏道："陛下为民父母，奈何损民稼穑，令他转死沟壑呢！"唐主恨他多言，叱退中牟令，意欲置诸死刑，新磨追还该令，牵至马前，佯加诟责道："汝为县令，独不知我天子好猎么？奈何纵民耕种，有碍吾皇驰骋哩！汝罪当死！"唐主听了此言，也不禁哑然失笑，乃赦该令罪，仍使还宰中牟。*该令不失为强项，敬磨也有讽谏风。*

　　唯伶官流品混杂，有几个能如敬新磨？并因刘夫人爱看戏剧，辄召伶人入戏，多多益善，诸伶得出入宫掖，侮弄搢绅。群臣侧目，莫敢发言，或反相依附，取媚深宫。最有权势的是伶官景进，平时常采访民间琐事，奏闻唐主。唐主亦欲探悉外情，遂特进为耳目，进得乘间行谗，蠹民害政，连将相都怕他凶威。*唐主本英武过人，乃灭梁以后，即如此糊涂，殊不可解。*

　　宰相卢程，才不称职，已罢为左庶子。郭崇韬荐引尚书左丞赵光胤，豆卢革荐引礼部侍郎韦说，俱授为同平章事。其实光胤是轻率好夸，说亦不过谨重守常，都没有相国材略。况值此嬖幸当道，朝政昏蒙，单靠这几个庸夫，怎能斡旋大局呢？

　　荆南节度使高季昌，闻唐已灭梁，颇加畏惮，特避唐祖国昌庙讳，改名季兴，亲自入朝。司空梁震进谏道："大王系梁室故臣，今唐已灭梁，必将南下，大王严兵守险，尤恐难保，奈何自投虎口，甘为鱼肉呢？"季兴不从，留二子居守，但率卫士三百人，竟至汴都。唐主果欲留住季兴，经郭崇韬婉言相劝，谓新得天下，宜示宽大，乃优礼相待，并赐盛宴。席间趁着酒兴，由唐主笑问季兴道："朕仗着十指，得取天下，现在各镇多已称臣，唯吴、蜀二国，未肯归命，今欲为统一计，应先取吴呢？还是取蜀呢？"季兴暗思蜀道艰险，未易进攻，乃故意答说道："吴地卑下，不如蜀土富饶，况蜀主荒淫日甚，民多怨言，若王师进攻，无患不胜。待全蜀扫平，顺流东下，取吴亦似反掌哩。"唐主称善，尽欢而散。越宿，即遣使归镇。

　　季兴闻命，立即陛辞，倍道南归，行至襄州，投宿驿馆，忽然心动起来，即命

后唐庄宗宠信伶人

卫士斩关夜逸。果然襄州刺史刘训，夜得唐主飞诏，令他羁住季兴。哪知季兴已早驰去，追亦无益，只好据实覆命。原来季兴入朝，伶官阉人，屡向季兴索赂，季兴虽有馈赠，尚未偿他心愿，所以季兴辞行，便由伶宦等互劝唐主，拘住季兴。季兴幸已脱身，驰回江陵，握梁震手道："不用君言，几致不免，但新朝百战经营，才得河南，便自矜功烈，色荒禽荒，怎能久享？我可无庸多虑了！"旁观者清。乃缮城积粟，招纳梁朝散卒，日加操练，为战守计。那唐主藐视季兴，就使被他幸脱，也不甚注意。

河南尹张全义，因前时梁主至洛，将行郊礼，被唐军一鼓吓回。剩下仪仗法物，俱未取归。此时江山易姓，乐得趋奉新主，表请唐主幸洛郊天，仪物俱备。唐主大喜，加拜全义太师尚书令，即择期仲冬吉日，挈着家属，由汴赴洛，全义竭诚迎接，匍伏道旁，怎奈年力衰迈，一经跪下，两足已觉酸痛。至唐主谕令平身，他欲伸足起来，偏偏一个脚软，复致跌倒。描写丑态。唐主亟命左右扶持，方得勉强起身，导入洛城。当下检验仪物，准备南郊，独刘夫人别具私心，但言仪物未齐，不足示尊，须再加制造，方可大祀。唐主专信妇言，遂嘱全义增办仪物，改期来年二月朔日，行郊祀礼，且见洛阳宫阙，较汴梁尤为华丽，索性就此定都，不愿还汴。仍复汴州开封府为宣武军。且改前梁永平军大安府即长安为西京，仍置京兆尹，称晋阳为北京，仍复镇州为成德军。此外如宋州宣武军，改名归德军。华州感化军，改名镇国军。许州匡国军，复为忠武军。滑州宣义军，复为义成军。陕府镇国军，复为保义军。耀州静胜军，复为顺义军。潞州匡义军，复为安义军。郎州武顺军，复为武贞军。延州置彰武军，邓州置威胜军，晋州置建雄军，安州置安远军，所有天下官府名号，及寺观名额，曾经梁室改名，一律复旧。

安义军李继韬，前已叛唐降梁。梁亡后，欲北走契丹。唐主召他诣阙，他尚却顾不前。唯生母杨氏，素善蓄财，积资百万，以为钱可通灵，不妨入朝，遂率子偕行。一入洛阳，遍赂伶宦，且由杨氏入宫，厚赠刘妃金宝，乞为解免。刘妃即代白唐主，极言嗣昭功臣，宜加恩贷，伶宦等亦替继韬乞哀，说他本无邪意，但为奸人所惑，因致误为，唐主乃召入继韬。继韬叩头谢罪，泣言知悔，当经唐主慨谕赦免，且屡命从畋，渐渐地宠幸起来。独唐主弟薛王存渥，不直继韬，屡加面责，继韬未免不安，复赂宦官伶人，乞请还镇。唐主不许，继韬密贻弟继远书，令伴嘱军士纵火，冀唐主遣归安抚。哪知诡谋被泄，立遭枭首，继远亦受捕伏诛。

乃兄继俦，前为继韬所囚，至此受命袭职，出来报怨，悉取继韬产物，并将他妻妾一并夺去，恣意淫污。继韬弟继达大怒道："吾兄被诛，大兄无骨肉情，毫不悲痛，反劫他货财，淫他妻妾，此等人面兽心，尚堪与同处么？"乃为继韬服缞麻，使私党入杀继俦。节度副使李继珂，又募市人攻继达，继达自刎而亡。唐主闻报，即命李继珂知潞州事，便算了案。

越年为同光二年，唐主遣皇弟存渥，及皇子继岌，同往晋阳，迎太后太妃至洛。刘太妃道："陵庙在此，若同往洛阳，岁时何人奉祀呢？"因留居晋阳，但与曹太后饯行，涕泣而别。曹太后遂诣洛阳，由唐主迎居长寿宫，还有唐主正妃韩氏，次妃伊氏，也随同到洛，分居宫中。母子团圆，妻妾欢聚，经唐主开筵接风，畅饮通宵，自不消说。独有这位貌美心凶的刘夫人，外面佯作欢容，暗中非常焦灼。她本想册为皇后，一意蛊惑唐主，求达奢愿。唐主颇有允意，只因韩、伊两夫人，位次在刘氏上，究不便越次册立，所以随时迁延，怀意未发。刘夫人屡次设谋，未见成效，前此拟行郊祀，从旁力阻，也是她借端梗议，欲令唐主立她为后，然后再行郊礼。唐主虽改定郊期，终究未定后位，此次韩、伊两夫人，又复到来，眼见得正宫位置，要被她两人夺去，当下情急智生，亟嘱使伶人宦官，运动相臣。

豆卢革素来模棱，自然乐允。唯郭崇韬位兼将相，遇事不阿，平常嫉视伶宦，未易进言。乃转令他故人子弟，往说崇韬。崇韬正虑伶宦用事，与己不利，见了故人子弟，谈及后患，故人子弟便答道："为公计，莫如请立刘氏为后。刘氏专宠，公所深知，主上早有意册立，唯恐公不肯相从。今公能先行陈请，上结主欢，内得后助，虽有千百谗人，也无从撼公了。"崇韬不禁点首，遂与豆卢革等联名上书，请立刘氏为皇后。徒中后计，无补后来。

唐主自然欣慰。因郊祀届期，崇韬复献劳军钱十万缗。二月朔日，唐主亲祀南郊，命皇子继岌为亚献，皇弟存纪为终献，礼毕退班，宰相以下，就次称贺，还御五凤楼，宣诏大赦。过了数日，即册刘氏为皇后，封皇子继岌为魏王。时洛都已建太庙，皇后刘氏既受册宝，遂乘重翟车，卤簿鼓吹，行庙见礼。她本是个脂粉班头，更兼那珠冠玉佩，象服翟衣，愈显出万种妖娆，千般婀娜。洛阳士女，夹道聚观，称美不置。可惜不合国母身份。还宫后相率朝贺，只韩、伊两夫人，很是不平，未肯往朝。唐主不得已封韩氏为淑妃，伊氏为德妃。小子有诗叹道：

漫将妾媵册中宫，禁掖甘心启女戎。

纵使英雄多好色，小星胡竟乱西东！

刘氏既得为后，益复选用伶宦，群小幸进，宫廷竟从此多事了。欲知后来如何，待至下回再表。

本回叙后唐兴亡关键，为承上启下之转捩文字。唐主李存勖，以英武闻，虽有强兵猛将，不足以制之，而独受制于一妇人之手！倘所谓以柔克刚者非耶？刘氏出身微贱，无德可称，徒以色进，而唐主乃宠爱逾恒，视如珍宝，随军数载，朝夕不离，其蛊惑唐主也，亦已久矣。灭梁以后，先至汴都，唐主自傅粉墨，与优为戏，取悦爱妾，何其惑也！且伶人宦官，由此而进，媚子谐臣，借此而荣，以视前日知人善任，披甲枕戈之唐主，几不啻判若两人！盖骄则思佚，佚则思淫，而刘氏益得乘间献媚，玩弄唐主于股掌之上。蛾眉不肯让人，狐媚偏能惑主，斯言其信然乎？甚至以妾为妻，越次册立，嫡庶倒置，内乱已生，外侮乘之而起，自在意中。独惜郭崇韬名为智士，乃不能急流勇退，反堕刘氏阴谋，代为陈请，富贵误人，一至于此，可胜叹哉！

第十七回

房帏溺爱牝鸡司晨
酒色亡家牵羊待命

却说唐主既册立刘后，嫡庶倒置，已成大错，更且听信刘氏，复用宦官为内诸司使，及诸道监军，嗣更命伶人陈俊、储德源为刺史。郭崇韬力谏不从，功臣多半愤惋，渐起怨声。再加租庸副使孔谦，得兼任盐铁转运副使，凡赦文所蠲赋税，仍旧征收。自是每有诏令，人多不信，百姓亦愁怨盈途。唐主尚自加尊号，封赏幸臣，并加封岐王李茂贞为秦王，荆南节度使高季兴为南平王，夏州节度使李仁福为朔方王，赐吴越王钱镠金印玉册，并遣客省使李严赴蜀，探察虚实。严返报唐主，谓蜀主王衍，童骏荒纵，不亲政务，斥逐故老，昵比小人，贤愚易位，刑赏失常，若大兵一临，定可成功等语。唐主乃决意攻蜀，整备兵马粮械，指日出师。

会秦王李茂贞病死，*此老竟得善终，可谓万幸*。遗表令长子继曮权知军府事。唐主拜继曮为凤翔节度使，赐名从曮，且征兵会同伐蜀。从曮尚未出军，那契丹已进蔚州，乃将攻蜀事暂行搁起，即授李嗣源为招讨使，出御契丹。嗣源既奉命出师，唐主又与郭崇韬商议，令嗣源镇守成德军，调崇韬兼镇汴州。*崇韬兼镇成德军事，见前回*。崇韬面辞道："臣富贵已极，何必更领藩方？且群臣或经百战，所得不过一州，臣无汗马功劳，得居高位，本已深抱不安，今因委任亲贤，使臣得解旄节，正出陛下圣恩，使臣免疚！况汴州冲要富繁，臣不至治所，徒令他人摄职，也与空城无二，为什么设此虚名，无补国本呢？"唐主道："卿言亦是，但卿为朕画策，保固河津，直趋大梁，成朕帝业，岂百战功所得比么？"崇韬一再固辞，乃许他解除兼职，令蕃汉总管李嗣源，出镇成德军。嗣源受命莅镇，因家在太原，表请授从珂为北京内牙指挥使，俾得顾家。唐主览表，恨他为家忘国，竟斥从珂为突骑指挥使，令率数百人戍石门镇。嗣源正击退契丹，闻从珂被黜，惶恐求朝，唐主不许，嗣源至此，更不免疑上加疑，忧上加忧了。**唐主与嗣源曾有富贵与共之约，此时嗣源并无异志，乃激使起疑，岂非自寻祸祟么？** 且说唐主闻契丹已退，北顾无忧，又好肆志畋游，耽情声色，尝与刘后私幸大臣私第，酣饮达旦，最多往返的是张全义宅中。全义屡陈贡献，半输内府，半入中宫，刘后很是满意，自念母家微贱，未免为妃妾所嫌，不如拜全义为养父，得借余光，乃面奏唐主，自言幼失怙恃，愿父事张全义。唐主慨然允诺。刘后遂乘夜宴时，请全义上坐，行父女礼。全义怎敢遽受？刘后令随宦强他入座，竟尔亭亭下拜，惹得全义眼热耳红，急欲趋避，又被诸宦官拥住，没奈何受了全礼。唐主在旁坐着，反嘻笑颜开，叫全义不必辞让，并亲酌巨觥，为全义上寿。全义谢恩饮毕，复搬出许多贡仪，赠献刘后。**大约算是妆奁。俟帝后返宫时，赍送进去。**

越日，刘后命翰林学士赵凤，草书谢全义。凤入奏道："国母拜人臣为父，从古未闻，臣不敢起草！"唐主微笑道："卿不愧直言，但后意如此，且与国体亦没甚大损，愿卿勿辞！"凤无可奈何，只好承旨草书，缴入了事。

唐主复采访良家女子，充入后庭。有一女生有国色，为唐主所爱幸，竟得生子。刘后很怀妒意，时欲将她捽去。可巧李绍荣丧妇，唐主召他入宫，赐宴解闷，且谕行钦道："卿新赋悼亡，自当复娶，朕愿助卿聘一美妇。"刘后即召唐主爱姬，指示唐主道："陛下怜爱绍荣，何不将此女为赐？"唐主不便忤后，佯为允许。不意刘后即促绍荣拜谢，一面即嘱令宦官，扶掖爱姬出宫，一肩乘舆，竟抬入绍荣私第去了。**绍荣何幸，得此美妇！** 唐主愀然不乐，好几日称疾不食，始终拗不过刘皇后，只好耐着性子，仍然与刘后交欢。

刘后素性佞佛，自思贵为国母，无非佛力保护，平时所得货赂，辄赐给僧尼，且劝唐主信奉佛教。有胡僧从于阗来，唐主率刘后及诸子，向僧膜拜。僧游五台山，因遣中使随行，供张丰备，倾动城邑。又有五台僧诚惠，自言能降伏天龙，呼风使雨，先时尝过镇州，王镕不加礼待，诚惠忿然道："我有毒龙五百，归我驱遣，今当遣一龙揭起片石，恐州民皆成鱼鳖了！"越年镇州大水，漂坏关城，人乃共称为神僧。唐主闻他神奇，饬中使延令入宫，自率后妃下拜。诚惠居然高坐，安身不动，至唐主已经拜毕，留居别馆，他乘着闲暇，昂然出游，百官道旁相遇，莫敢不拜。独郭崇韬不肯从众，相见不过拱手，诚惠尚傲不为礼。冤冤相凑，洛阳天旱，数旬不雨。崇韬奏白唐主，请令诚惠祈雨。诚惠无可推辞，便令筑坛斋醮，每日登坛诵咒，也似念念有词，偏龙神不来听令，赤日尽管高升，遂被崇韬指摘，说他祷雨无验，拟在坛下积薪，将他焚死。不意有人报知诚惠，吓得诚惠神色仓皇，乘夜遁去。后来闻他逃回五台，只恐都中饬捕，竟致忧死。**妖僧惑人，大都如此。**唐主及刘后，尚自言信佛未虔，不能留住高僧，引为悔恨！**刘氏不足责，唐主何昏庸至此？**许州节度使温韬，闻刘后佞佛，情愿改私第为佛寺，替后荐福。奏疏一上，得旨嘉奖。还有皇后教令，亦联翩下去，优加褒美。当时太后旨意称诰令，皇后旨意称教令，与唐主诏旨并行，势力相等。内外官吏，接到后教，也奉行维谨，不敢稍违，所以中宫使命，愈沿愈多，还幸太后诰令，罕有所闻，大众尚得少顾一面，免得头绪纷繁。

同光三年，太妃刘氏，得病晋阳，曹太后亲拟往省，为唐主谏止。嗣闻太妃病逝，又欲自往送葬，再经唐主泣谏，与群臣交章请留，太后虽难怫众意，未曾启行，但哀痛异常，累日不食。过了一月，也魂归地下，往寻那位刘太妃，再续生前睦谊去了。**却是难得。**唐主初遭母丧，却也号恸哭泣，至绝饮食，百官连表劝慰，阅五日始进御膳，渐渐地悲怀减杀，又把那佚游故态，发作出来。

是年春夏大旱，至六月中方才下雨。一雨至七十五日，天始开霁，百川泛滥，遍地浸淫。宫中本是高地，至此亦患暑湿。唐主欲登高避暑，苦乏层楼，似乎闷闷不乐。宦官等即进言道："臣见长安全盛时，宫中楼阁，不下百数，今陛下乃无一避暑楼，亦太不适意了。"唐主道："朕富有天下，岂不能缮筑一楼？"宦官又道："郭崇韬常眉头不展，屡与租庸使孔谦，谈及国用不足，陛下虽欲营缮，恐终不可得呢。"**借端诬人，利口可畏。**唐主变色道："朕自用内府钱，何关国帑？"遂命宫苑使王允平，赶造清暑楼。因恐崇韬进谏，特遣中使传谕道："朕昔在河上，与梁军对垒，虽行营暑湿，被甲乘马，未尝觉疲。今居深宫，荫大厦，反不堪苦热，未识何因？"崇韬即托中使转奏道："陛下前在河上，强敌未灭，深念仇耻，虽遇盛暑，不介圣怀。今外患已除，海内宾服，虽居珍台凉馆，尚患郁蒸，这乃是艰难逸豫，为虑不同！陛下能居安思危，便觉今日暑湿，变为清凉了！"唐主闻言，默然不语。宦官又进谗道："崇韬居第，无异皇宫，怪不得未识帝热哩。"唐主由是隐恨崇韬。崇韬闻允平营楼，日役万人，费至巨万，因复进谏道："今河南水旱，军食不充，愿息役以俟丰年！"看官试想，唐主既偏信谗言，尚肯依他奏请么？还有河南令罗贯，人品强直，系由崇韬荐拔，伶宦有所请托，贯守正不阿，屡将请托书献示崇韬。崇韬一再奏闻，唐主亦置诸不理，伶宦等尤加切齿。张全义亦恨罗贯，密诉刘后，刘后遂谮贯不法，唐主含怒未发。会因曹太后将葬坤陵，先期往祀，适天雨道泞，桥梁亦坏，唐主问明宦官，谓系河南境内，属贯管辖，当即拘贯下狱，狱吏拷掠，几无完肤，至祀陵返驾，且传诏诛贯。崇韬进谏道："贯不过失修道路，罪不至死。"唐主怒道："太后灵驾将发，天子朝夕往来，桥路不修，尚得说是无罪么？"崇韬又叩首道："陛下贵为天子，乃嫉一县令，使天下谓陛下用法不公，罪在臣等！"唐主拂袖遽起道："卿未免与贯为党，但卿既爱贯，任卿裁决！"言已，返身入宫。崇韬也起身随入，还欲辩论。唐主竟阖门不纳，崇韬懊怅而出。贯竟被杀，暴尸府门，远近共呼为冤，独伶宦等互相道贺。*崇韬尚恋栈不去，意欲何为？*

既而唐主召集群臣，会议伐蜀。宣徽使李绍宏，保荐李绍钦为帅。崇韬奋然道："段凝即绍钦，详见前回*系亡国旧将，徒知谀谄，有何材略！"群臣乃更举李嗣源。崇韬又说道："契丹方炽，李总管*即嗣源*不应调开河朔。"唐主乃问崇韬道："公意果属何人？"崇韬道："魏王地当储嗣，未立殊功，请授为统帅，俾成威望。"*保荐继岌，亦是误处。*唐主道："继岌年幼，何能独往？当更求副帅。"崇韬尚未及答，唐主复道："朕意属卿，烦卿一行。"崇韬不好违命，便拜称遵谕。乃命魏王继岌充西川四面行营都统，崇韬充西川北面都招讨制置等使，悉付军事。又命荆南节度使高季兴，充西川东南面行营招讨使，凤翔节度使李从曮，充供军转运应接等使，同州节度使李令德，充行营副招讨使，陕府节度使李绍琛，充蕃汉马步军都排阵斩斫使，西京留守张筠，充西川管内安抚应接使，华州节度使毛璋，充左厢马步军都虞候，邠州节度使董璋，充右厢马步军都虞候，客省使李严为安抚使，率兵六万，西向进发。寻又任工部尚书任圜，翰林学士李愚，并随魏王出征，参预军机。

蜀主王衍，尚南巡北幸，淫昏无度。中书令王宗俦，与王宗弼密谋废立。宗弼犹豫未决，宗俦忧愤身亡，蜀主衍仍得安位，日与狎客美人，纵情游豫。自宣华苑告成后，中有重光、太清、延昌、会真等殿，清和、迎仙等宫，降真、蓬莱、丹灵等亭，又有飞鸾阁、瑞兽门、怡神院等名目，统是金碧辉煌，备极奢丽。每令后宫妇女，戴金莲冠，着女道士服，扈从至苑，列座畅饮，不问晨夕。又往往参入近臣，得与宫人并坐并饮，到了得意忘情的时候，男女媟亵，脱冠露髻，恣意喧呶，毫无禁忌。**大约是与人同乐的意思。**有时令宫人浓施朱粉，号为醉妆，上行下效，全国通行。会逢太后太妃，游青城山，宫人衣服，统绘云霞，飘飘如神仙中人。衍自作甘州曲，侈述仙状，往返山中，沿途歌唱。宫人依声属和，娇喉清脆，娓娓可听，确是一种赏心悦耳的形景。他又以为与唐修好，可以无虞，撤出边疆兵戍，安享太平。

宣徽北院使王承休，本是一个宦官，恰娶有妻室严氏。严氏具有绝色，由王衍屡召入宫，与她同梦。承休与严氏，本是一对假夫妇，乐得借妻求宠，仰沐恩荣。**后世之纵妻为奸，冀得升官者，想都从承休处学来，可惜身非阉宦。**果然夫因妻贵，得升任龙武军都指挥使，用神将安重霸为副。重霸狡佞善媚，劝承休入求秦州节度使，且授他奏语。承休即入见王衍道：“秦州多美妇人，愿为陛下采献。”王衍大悦，即授承休为秦州节度使，兼封鲁国公。承休挈妻赴镇，毁府署，作行宫，大兴力役，强取民间女子，教导歌舞，当将歌女绘成图像，并画秦州花木，赍送成都尹韩昭，托他代奏，请驾东游。

衍览图甚喜，即拟登程，群臣交章谏阻，衍皆不从。王宗弼上表力争，反被衍掷弃地上。徐太后涕泣劝止，亦不见效。前秦州判官蒲禹卿上书极谏，几二千言，韩昭语禹卿道：“我收汝表，俟主上西归，当使狱吏字字问汝！”**恐不及待了。**禹卿退去，王衍既记念严氏，欲续旧欢，**承休既借妻求宠，何不留妻在宫？**又因承休所呈各图，统皆中意，无论何人规谏，也是阻他不住。当下改元咸康，颁诏东巡，令兵士数万扈跸，出发成都。

行次汉州，武兴节度使王承捷，报称唐军西来，衍尚未信，且大语道：“我正欲耀武，怕他什么？”及进至梓潼，遇大风发木拔屋。随行史官占兆，谓此风为贪狼风，当有败军覆将的大患。衍亦未省，在途与狎客赋诗，毫不为意。再进抵利州城，始接到警信，威武城守将唐景思，已迎降唐将李绍琛了。衍方信承捷军报，实非谎言。越宿由威武溃军，陆续奔来，说是凤、兴、文、扶四州，已由节度使王承捷，一并献唐，那时才觉惶急，令随驾清道指挥使王宗勋、王宗俨，及待中王宗昱，并为招讨使，率兵三万，往拒唐军。

唐军倍道前进，势如破竹。李绍琛等为先驱，所过城邑，不战自破。既收降威武城，并得凤、兴、文、扶四州，遂令降将为向导，入攻兴州。兴州刺史王承鉴弃城遁去。郭崇韬命承捷摄兴州刺史，再促绍琛等进兵，拔绍州，下成州，到了三泉，与蜀三招讨使相遇，凭着一股锐气，横冲直撞，杀将过去。蜀兵连年不练，很是窳惰，怎禁得百战雄师，乘胜前来，顿时你惊我惧，彼逃此散。三招讨使本非将材，统吓得魂魄飞扬，抱头鼠窜，所领部众，被唐军杀死五千人，余皆四溃。

蜀主衍闻三泉又败，急自利州西还，留王宗弼屯戍利州，且令斩三招讨使，以振士心。唐将李绍琛，昼夜兼行，径向利州进发，西川大震。蜀武德留后宋光葆，贻郭崇韬书，请唐军不入辖境，当举巡属内附，否则当背城决战。崇韬覆书如约。光葆遂举梓、绵、剑、龙、普五州降唐。武定节度使王承肇，山南节度使王宗威，阶州刺史王宗岳，也闻风生畏，各遣使至唐营中，奉土投诚。一班降将军，送完蜀土。秦州节度使王承休，与副使安重霸谋袭唐军，重霸道："一击不胜，大事去了；但公受国恩，闻难不可不赴，愿与公西行入援。"承休以为真情，整军出城，重霸随至城外，忽向承休下拜道："国家取得秦陇，何等竭力！若从公还朝，谁人守此？重霸愿代公留守！"说至此，竟麾亲军还城，承休无可奈何，只好西行。重霸竟举秦陇归唐。

王宗弼闻各属瓦解，正在惊惶，可巧唐使到来，投入郭崇韬书，为陈利害，勉令归降。他已怦然心动，无意守城，又值王宗勋等狼狈到来，即出示诏书，相持而泣。宗勋等流涕道："国危至此，统由主上一人，荒淫所致，公今日依诏，杀我三人，他日必轮及公身了！愿公亟图变计！"宗弼道："我正怀此意，所以出示诏书，同筹良策。"三人齐声道："不如降唐罢！"宗弼徐说道："公等先送款唐军，我且往成都一行，何如？"宗勋等当然赞成，便分头行事。

宗弼弃城西归，距蜀主衍返都时，仅隔五六日。衍至成都，百官及后宫出迎，衍驰入妃嫔中，令宫人排作回鹘队，送拥入宫。还有这般兴致。至宗弼到来，登太元门，严兵自卫。徐太后与蜀主衍，同往慰劳，宗弼竟趁势图逆，劫迁太后及蜀主，幽置西宫。所有后宫及诸王，一同锢禁，收取国宝，及内库金帛，俱入私第，自称西川兵马留后。嗣闻唐军已入鹿头关，进据汉州，当即拨出币马若干，牛酒若干，遣人迎犒唐军。且因唐安抚使李严，曾至蜀聘问，与有一面交，遂伪作蜀主书，送达李严道："公来我即降！"降将军外，又出这叛将军，西蜀可谓多人。严既得书，便欲驰往，或阻严道："公首议伐蜀，蜀人怨公，深入骨髓，奈何轻往！"严微笑不答，竟率数骑入成都，抚谕吏民，告以大军继至，悉命撤去楼橹。且入西宫见蜀主衍，衍向严恸哭。儿女子态，有何用处？严婉言劝慰，谓出降以后，必能保全家属。衍乃收泪，引严见太后，以母妻为托。一面令翰林学士李昊草降表，同平章事王锴草降书，遣兵部侍郎欧阳彬，赍奉书表，偕严同迎唐军。唐统帅继岌、郭崇韬等，闻蜀已愿降，即兼程至成都，令李严再行入城，引蜀君臣出降马前。蜀主衍白衣首经，衔璧牵羊，蜀臣衰经徒跣，舆榇俟命，继岌受璧，崇韬解缚焚榇，承制赦蜀君臣罪，衍率百官向东北拜谢，导唐军入成都。总计蜀自王建据守，一传即亡，共计一十九年。小子有诗叹道：

> 休言蜀道是崎岖，徒险终难阻万夫。
> 刘李以来王氏继，荒淫亡国付长吁！

蜀主出降时，尚有王宗弼一番举动，且至下回表明。

前半回承述前文，历述刘后行谊，一无可取，而唐主反事事听从，益见唐主之为色所迷，致兆危亡之渐。郭崇韬已遭主忌，尚不知引退，为唐主慨，尤为崇韬惜，寓意固深且远也。下半回叙伐蜀事，蜀主以淫昏致亡，正为唐主一大对照。唐军西入，势如破竹，仅有三泉之战，一交锋而即溃，各镇望风迎降，不待遗镞。而王宗弼且弃城走还，劫迁蜀主及太后，并后宫诸王，卒致牵羊衔璧，面缚舆榇，淫昏失德者，终局如是，非唐主之殷鉴乎？然郭崇韬以得蜀而益危，唐主以得蜀而益骄，是蜀之亡，未见唐利，反为唐害。杜牧所谓后人哀之而不鉴之，使后人复哀后人，正本回之注脚也。

第十八回

得后教椎击郭招讨
遭兵乱劫逼李令公

却说王宗弼纳款唐军，并斩内枢密使宋光嗣、景润澄，及宣徽使李周辂、欧阳晃，说他荧惑唐主，函首送唐帅继岌，又责韩昭佞谀，枭首金马坊门，又令子从班，劫得蜀主后宫，及珍奇宝玩，赍献继岌及郭崇韬，求为西川节度使。继岌笑道："这原是我家应有物，何用他献来呢？"及大军既入成都，露布告捷，当由崇韬禁止侵掠，市不改肆。自出师至此，只七十日，得方镇十，州六十四，县二百四十九，兵三万，铠仗钱粮，金银缯帛，以千万计。当时平蜀首功，要算李绍琛，独崇韬与董璋友善，每召璋入议军情，不及绍琛。绍琛位在璋上，很是不平，顾语董璋道："我有平蜀大功，公等朴樕喻小材也。相从，反向郭公前饶舌，难道我为都将，不能用军法斩公么？"璋不禁怀惭，转诉崇韬。崇韬竟表荐璋为东川节度使，绍琛益怒道："我冒白刃，越险阻，手定两川，乃反令董璋坐享么？"遂入见崇韬，极言东川重地，不应位置庸臣，现唯任尚书兼文武材，宜表为镇帅。崇韬变色道："我奉上命，节制各军，公怎得违我处置？"绍琛快快而退。*绍琛固误，崇韬尤误*。王宗弼欲镇西川，为继岌所拒，复密赂崇韬，乞令保荐。崇韬佯为允许，始终不为出奏。宗弼乃率蜀人列状，请留崇韬镇蜀。宦官李从袭，随继岌至成都，他本挟望而来，想乘此多得财帛，偏军中措置，全属崇韬，无从染指，遂入语继岌道："郭公专横，今又使蜀人请已为帅，心迹可知，王宜预防为是！"继岌道："主上倚郭公如山岳，怎肯令他出镇蛮方？且此事亦非我所应闻，姑俟班师以后，由汝等诣阙自陈便了。"原来崇韬有五子，长廷诲，次廷信，随父从军。廷诲私受货赂，蜀臣自宗弼以下，多由廷诲先容，馈遗崇韬，宝货妓乐，连日不绝。唯都统牙门，寂然无人，继岌所得，不过匹马束帛，及唾壶麈尾等件，心下亦觉不平，再加从袭在旁谗构，自然疑忿交乘，有时与崇韬晤谈，语多讥讽。崇韬不能自明，乃欲归罪宗弼，特向宗弼索犒军钱数万缗，宗弼靳不肯给。由崇韬唆动军士，纵火喧噪，一面入白继岌，召入宗弼，责他贪黩不忠，牵出斩首。*该杀。*并收诛宗勋、宗渥，骈戮族属，籍没家产，并将宗弼尸骸，陈诸市曹，蜀人剖肉烹食，聊泄怨恨。

先是乾德中曾传童谣云："我有一帖药，名目叫阿魏，卖与十八子。"至是始验。原来宗弼系王建养子，原姓名为魏宏夫，自以王建为假父，始改姓名。宗弼已诛，王承休亦自秦州到来，进谒崇韬。崇韬亦数责罪状，枭示军辕。*也是该死，但严氏不知如何下落？*因复荐孟知祥为西川节度使，知祥本留守北都，与崇韬为故交，所以荐引。*屡引私人，已觉不当，且使全蜀得归孟氏，未始非崇韬贻患。*知祥从北到西，一时未能莅蜀，蜀中留驻的大军，不便遽行班师，且因盗贼四起，随处须剿，特由崇韬派遣偏师，令任圜、张筠等分领，四出招讨。

唐主遣宦官向延嗣，促令大军还朝。延嗣到了成都，崇韬未尝郊迎，及入城相见，叙及班师事宜，崇韬且有违言，延嗣好生不乐。因与李从袭僚谊相关，密谈情愫，从袭得间进言道："此间军事，统由郭公把持，伊子廷诲，复日与军中骁将，及蜀土豪杰，把酒狎饮，指天誓日，不知怀着何意？诸将皆郭氏羽党，一或有变，不特我等死无葬地，恐魏王亦不免罹祸了！"言已泣下。*阉人丑态，不啻妇女。*延嗣道："俟我归报宫廷，必有后命。"

越日，即向继岌、崇韬处辞行，匆匆还洛，入诉刘后。刘后亟白唐主，请早救继岌。唐主闻蜀人请崇韬为帅，已是怀疑，及阅蜀中府库各籍，更不惬意，至此闻刘后言，即召入延嗣，问明底细。延嗣统归咎崇韬，且言蜀库货财，俱入崇韬父子私囊，惹得唐主怒气上冲，复遣宦官马彦珪，速诣成都，促崇韬归朝，且面谕道："崇韬果奉诏班师，不必说了。若迁延跋扈，可与魏王继岌密谋，早除此患！"彦珪唯唯听命，临行时入见刘后道："蜀中事势，忧在朝夕，如有急变，怎能在三千里外，往复禀命呢？"刘后再白唐主，唐主道："事出传闻，未知虚实，怎得便令断决！"后不得请，因自草教令，嘱彦珪付与继岌，令杀崇韬。

崇韬方部署军事，与继岌约期还都。适彦珪至蜀，把刘后教令，出示继岌，继岌道："今大军将还，未有衅端，怎可作此负心事？"唐主父子，非无一隙之明，乃卒为所蒙，以底危亡。彦珪道："皇后已有密敕，王若不行，倘被崇韬闻知，我辈无噍类了。"继岌道："主上并无诏书，徒用皇后手教，怎能妄杀招讨使？"李从袭等在旁，相向环泣，并捕风捉影，说出许多利害关系，恐吓继岌，令继岌不敢不从。乃命从袭召崇韬议事，继岌登楼避面，嘱使心腹将李环，藏着铁椎，俟立阶下。崇韬昂然入都统府，下马升阶，那李环急步随上，出椎猛击，正中崇韬头颅，霎时间脑浆迸裂，倒毙阶前。

继岌在楼上瞧着，见李环已经得手，亟下楼宣示后教，收诛崇韬子廷诲、廷信。崇韬左右，统皆窜避，唯掌书记张砺，诣魏王府前抚崇韬尸，恸哭失声。推官李崧进语继岌道："今行军三千里外，未接皇上敕旨，擅杀大将，若军心一变，归路皆成荆棘了。大王奈何行此危事？"继岌方着急起来，自述悔意，且向李崧问计。崧乃召书吏数人，登楼去梯，伪造敕书，钤盖蜡印，再行颁示，但言罪止及崇韬父子，不及他人，于是军心略定。适任圜平盗还军，继岌令他代总军政，乃遣彦珪还报阙廷，唐主再饬继岌还都，且令王衍入觐，赐他诏书道："固当裂土而封，必不薄人于险，三辰在上，一言不欺！"衍奉诏大喜，语母及妻妾道："幸不失为安乐公！"未必。遂转告继岌，愿随入洛。继岌正要动身，凑巧孟知祥亦至，遂留部将李仁罕、潘仁嗣、赵廷隐、张业、武璋、李延厚等，佐知祥守成都。自率大军启程，押同王衍家属，向东北进发。沿途山高水长，免不得随驿逗留，那时唐主已下诏暴崇韬罪状，并杀崇韬三子，抄没家资。保大军节度使，睦王李存乂，系唐主第五弟，曾娶崇韬女为妻。宦官欲尽诛崇韬亲党，杜绝后患。乃入奏唐主道："睦王闻郭氏诛夷，攘臂称冤，语多怨望。"唐主大怒，竟发兵围存乂第，悉加诛戮。全然昏愦。伶官景进，又诬称存乂与李继麟通谋。继麟就是朱友谦，任护国军节度使，常苦伶宦索货，屡拒不与，大军征蜀，曾遣子令德从行。谗人罔极，借端株连。刚值继麟惧谗入朝，意欲自白心迹，偏唐主已先惑蜚言，待他入居馆舍，竟嘱令朱守殷，发兵至馆，驱他出徽安门外，一刀杀死，复姓名为朱友谦。且传诏至继岌军前，令诛令德。继岌尚未出蜀境，才至武连，遇着敕使，即谕令董璋依敕行事，董璋将令德杀毙。

李绍琛率领后军，与继岌相隔三十里，闻令德被诛，但委董璋，不及自己，遂怒语诸将道："国家南取大梁，西定巴蜀，定策由郭公，战胜由我侪，至若去逆效顺，与国家协力破梁，实出朱公友谦。今朱、郭皆无罪族灭，我若归朝，亦必及祸，冤哉冤哉！奈何奈何？"部将焦武等，本由河中拨隶绍琛，曾随友谦麾下，闻绍琛言，便一齐号哭道："朱公何罪？阖门受戮！我辈归即同诛，决不复东行了。"遂同拥绍琛，由剑州西还。绍琛自称西川节度使，移檄成都，招谕蜀人，有众五万。

继岌闻变，立授任圜为副招讨使，令与董璋率兵数万，追绍琛至汉州。绍琛麾众接战，胜负未分，忽后队纷纷溃乱，另有一彪人马，长驱突入，穿过绍琛阵内，接应任圜等军。绍琛腹背受敌，哪里支持得住？当下拼命杀出，仅率十余骑奔绵竹，途中被唐军追及，一鼓围住，任你绍琛勇武绝伦，也只好束手成擒了。看官道后军何来？原来就是新任西川节度使孟知祥。知祥得绍琛檄文，料他必进窥成都，不如先行出兵，堵截绍琛。可巧绍琛与任圜等对仗，便乘机夹攻，把绍琛一阵杀败，追擒而归。

当下至汉州犒军，与任圜、董璋，置酒高会，引绍琛槛车至座中，知祥自酌大卮，递饮绍琛，且与语道："公身立大功，何患不富贵，乃甘心觅死么？"绍琛道："郭公为佐命第一功臣，兵不血刃，手定两川，一旦无罪族诛，如绍琛等怎能保全？因此不敢还朝。今日杀绍琛，明日恐将及公等了！"知祥却也心动，但对着大众，不便措词，伏下文王蜀事只好令任圜等押送洛阳。绍琛被解至凤翔，由宦官向延嗣赍敕到来，诛死绍琛，复姓名为康延孝。朱友谦与康延孝，首先叛梁归唐，至此亦相继被戮，可为卖国求荣者戒。

继岌因绍琛变后，恐王衍在途脱逃，特令李从暉发凤翔军，与李严送衍入洛，得先交卸。从暉等押衍家族，及蜀臣眷属三千人，行至长安，忽接唐主敕书，止令入都。这事发生的原因，系由邺都作乱，洛阳亦未免惊慌，恐王衍入都为变，所以将他截留长安，督令西京留守，把他看管。邺都就是魏州，唐主在魏州即位，因号为邺都。

魏博指挥使杨仁晸，曾率兵戍瓦桥关，逾年受代，当然归邺。偏唐主因邺都空虚，恐还兵生变，降敕令仁晸留屯贝州。当时邺下谣传，谓郭崇韬杀死继岌，自王蜀中，因致族灭。或且说继岌被杀。刘皇后归咎唐主，已加弑逆。邺都留守兴唐尹王正言，年老怕事，急召监军史彦琼入商。彦琼本由伶人得宠，在邺专恣，藐视将佐，及与正言密议终日，便令人心惶惑，讹言益甚。

仁晸部兵皇甫晖，因人情不安，遂号召徒众，入劫仁晸道："主上抚有天下，都是我魏军百战得来，魏军甲不去体，马不解鞍，约有十余年。今天子不念旧劳，更加猜忌，远戍逾年，方喜代归，乃去家咫尺，不使相见。今闻皇后弑逆，京师已乱，将士愿与公俱归。表闻朝廷，若天子万福，兴兵致讨，似我魏博兵力，亦足拒敌，或更得意外富贵，也未可知，请公不必迟疑！"仁晸怒道："这是何言？"晖亦厉色道："公如不允，祸在目前！"仁晸尚欲呵叱，已被晖指麾徒众，乱刀交挥，立将仁晸砍死，又欲劫一小校为帅，仍不见从，并为所杀。

效节指挥使赵在礼闻乱，衣不及带，逾垣出走。晖率众追及，曳在礼足，示以二首。在礼恐遭毒手，勉强承认。晖等遂奉他为帅，焚掠贝州，南越临清、永济、馆陶等县，所过剽掠，警报飞达邺都。都巡检使孙铎等，急白史彦琼，请授甲登城。彦琼尚疑铎有异志，谓俟贼到城，防守未迟。贼竖可杀。哪知到了黄昏，贼队已到城下，环攻北门，彦琼仓猝召兵，登北门楼拒守。薄闻贼众大噪，便即骇散，彦琼单骑奔洛阳，贼拥在礼入邺都，孙铎等拒战不胜，也即遁去。在礼据住宫城，署皇甫晖、赵进为马步都指挥使，纵兵大掠。王正言尚莫名其妙，方据案召吏草奏，竟无一至，他遂拍案大呼。家人入禀道："贼已入城，焚掠都市，吏皆逃散，公尚呼谁人呢？"正言才惊起道："有这等事么？"不是老昏，定是重听。急命家人索马，四觅无着，踌躇良久，不得已步出府门，走谒在礼，再拜请罪。倒是个急救良方。在礼亦答拜道："士卒思归，不得不然，公勿过自卑屈，尽可无虞。"正言涕泣求归，由在礼送他出城，晖等以邺都无主，即推在礼为魏博留后。在礼出示安民，闻北京留守张宪家族，留住邺都，即着人慰问，且致书张宪，诱使入党。宪得书未曾启封，立将使人斩讫，举原书奏闻唐主。

唐主正欲派将往剿，适值史彦琼奔还洛阳，由唐主令他择将。不加彼罪，反令择将，真是糊涂！彦琼推荐李绍宏，绍宏转荐李绍钦，独刘皇后谓些须小事，但使李绍荣往办，即虽敉平。唐主乃颁敕宋州，令归德节度使李绍荣，诣邺都招抚，仍使史彦琼监绍荣军。绍荣率兵至邺都，驻扎南门，先遣人入城，持敕抚谕。赵在礼用羊酒犒师，且罗拜城上道："将士思家擅归，劳公代为奏明，如得免死，敢不自新？"遂奉敕遍谕将士，偏彦琼戟手大骂道："群死贼！城破万段！"可恨可杀！皇甫晖见彦琼情状，便语众道："史监军这般说法，想不得蒙恩赦了！"遂鼓噪拒守，撕坏敕书，绍荣攻城失利，退至澶州，招集兵马，再行进攻。裨将杨重霸，率数百人，奋勇登城，后面无人继上，徒落得身首分离，无一生还。

唐主闻报，欲自征邺都，适从马直军士王温等，擅杀军使，闯乱都下，虽幸得即日捕诛，终究是惊疑不安。看官听着！唐王尝选勇士为亲军，叫作从马直，亲军生变，心腹已溃，教唐主如何放心自行出征？接连是邢州兵赵太等，结党四百人，戕官据城，居然自称留后。沧州相继生乱，由小校王景戡讨平，亦以留后自称，彼此俱自说有理，表闻洛都。唐主命东北面招讨副使李绍真，往讨赵太。绍真即霍彦威，由唐主改赐姓名。另派人抚谕王景戡。独邺都日久未下，又拟督师亲征。宰相等交章谏阻，并荐李嗣源为帅，代李绍荣。

嗣源已为唐主所忌，征令入朝。宣徽使李绍宏，与嗣源友善，力为救护。唐主密令朱守殷伺察嗣源，守殷反私语嗣源道："令公勋业震主，宜自图归藩，毋自撄祸！"嗣源道："我心诚不负天地，所遇祸福，听诸命数罢了！"及邺都乱起，嗣源尚在洛中，廷臣以绍荣无功，乃奏令赴邺。唐主道："朕惜嗣源，欲留他为宿卫，所以不便遣往。"李绍宏从旁力请，张全义亦乞命嗣源出师，唐主乃令他总率亲军，渡河北讨。

嗣源拜命即行，至邺城西南，正值李绍真荡平邢州，擒住赵太等叛徒，亦来邺会师。嗣源与绍真相见，即令绍真推出赵太等人，至城下斩首以徇，为邺都作一榜样。当即下令军中，立营休息，待诘旦攻城。不意时至夜半，从马直军士张破败，竟纠众大哗，杀都将，焚营舍，直逼中军。嗣源率亲军出营，大声呵叱道："尔等意欲何为？"乱众哗声道："将士从主上十余年，百战得天下，今贝州戍卒思归，主上不赦，从马直数卒喧闹，便欲悉众诛夷，我等本无叛志，今为时势所逼，不得不死中求生。现经大众定议，与城中合势同心，请主上帝河南，令公帝河北。*全是唐主一人激使出来*。嗣源不禁失色，涕泣劝导，终不见从。嗣源复道："尔等不听我言，任尔所为，我当自归京师。"乱众又道："令公去将何往？若不见机，将蹈不测了！"遂抽戈露刃，拥嗣源入城。

嗣源尚不肯行，经李绍真蹴足示意，乃越濠而入。城中不受外兵，由皇甫晖开城邀击，阵斩张破败，乱众尽溃。只剩嗣源、绍真，进退无路。恰巧赵在礼出迎，率将校罗拜嗣源，且泣谢道："将士等负令公，在礼愿从公命！"嗣源偕绍真入城，在礼设宴相待，酒酣登南楼，阅视形势，当由嗣源诡词道："此城险固，可作根据，但必须借资兵力，城中兵不敷用，应由我出招各军，才好举事。"在礼随口赞成，嗣源即与绍真出城，寄宿魏县，将佐稍集，但亦不过百人。

先是李绍荣屯兵城南，众尚逾万，嗣源为乱兵所逼，即遣牙将高行周等，密召绍荣，共攻乱卒，绍荣不应，引众径去。及嗣源出次魏县，才得百人归集，又无兵仗，幸绍真所领镇兵五千，留营以待，仍来归命。嗣源流涕道："国家患难，一至于此！我唯有归藩待罪，再图后举。"绍真道："此语不便果行。公为元帅，不幸为凶人所劫，李绍荣不战而退，必且指公为逆，公若归藩，便是据地邀君，适资谗人口实。不若亟驰诣阙，面陈天子，尚可自明。"中门使安重诲，所言略同。嗣源乃南趋相州，遇马坊使康福，给官马数千匹，始得成事。

嗣闻绍荣退至卫州，飞章奏嗣源叛逆，与贼通谋。嗣源很是惶急，忙遣使上章申辩，接连数奏，并不见有朝旨到来，益觉慌张得很，忽有一人驰入道："明公何不速筹善策！难道愿束手受戮么？"嗣源便惊问道："公意将如何办法？"那人不慌不忙，便说出一条计策出来。为这一计，有分教：

> 佐命功臣同叛命，平戎大将反兴戎。

欲知何人献计，容待下回表明。

郭崇韬有取死之咎，而无应诛之罪，刘后何人，敢自草教令，命继岌杀崇韬！继岌又何人，敢私奉后教，令李环击死崇韬？母子二人，轻信谗言，擅戕功臣，唐主不罪刘后，不罪继岌，且并崇韬家属而尽戮之。溺爱不明，偏听生乱，曾有如此昏愦，而尚不亡国败家乎！贝州戍兵之乱，一也；都城从马直之乱，二也；邢州赵太等之乱，三也；沧州王景戡之乱，四也。四乱俱起，或幸得立时扑灭，而邺都终未得告平。李嗣源一至邺下，即为乱兵所劫，乱愈炽而国亦愈危矣。谁生厉阶，相寻不已？阅是书者当有以知乱源之由来也。

第十九回

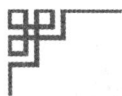

郭从谦突门弑主
李嗣源据国登基

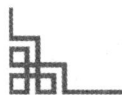

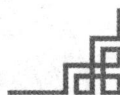

却说李嗣源正在惶急，帐下有人献议，请嗣源速决大计。这人为谁？乃是左射军使石敬瑭。敬瑭沙陀人，父名臬捩鸡，从李克用转战有功，官至洺州刺史。臬捩鸡殁，子敬瑭得随嗣源麾下，所向无前，得署左射军使。敬瑭为后晋开国主，故世系较详。至是独进言道："天下事成自果决，败自犹豫，宁有上将为叛卒所劫，同入贼城，他日尚得无恙么？大梁为天下要会，愿假敬瑭三百骑，先往占据，公引军亟进，借大梁为根本地，方可自全！"突骑都指挥使康义诚亦接入道："主上无道，军民怨愤，公从众乃生，守节必死。"嗣源想了多时，除此亦无别法，乃令安重诲移檄会兵，决向大梁。

唐主先得绍荣奏报，即遣嗣源长子从审，往谕嗣源。行至卫州，为绍荣所阻，欲杀从审。从审道："公等既不谅我父，我亦不能径往父所，愿复还宿卫。"绍荣乃释令还都。从审返见唐主，泣诉绍荣阻挠，唐主恰也矜怜，赐名继璟，待他如子。嗣源前后奏辩，亦被绍荣截住，不使上达。

是时两河南北，屡患水溢，人民流徙，饿莩盈途。即阴气太盛之兆。京师财赋减收，军食不足，唐主尚挈领后妃，出猎白沙，历伊阙，宿龛涧，卫士万骑，责民供给。可怜百姓已卖妻鬻子，啼饥号寒，还有什么钱财，上应征求？辇驾所经，逃避一

131

石敬瑭

空。卫兵愤无所泄，甚至毁庐舍，坏什器，东骤西突，比强盗还要逞凶，地方有司，亦畏他如虎，亡窜山谷。至唐主还都，军士因在途枵腹，各起怨声，租庸使孔谦，且因仓储将罄，克扣军粮，各营中流言愈甚。唐主亦有所闻，反下一诏敕，预借明年夏秋租税。

　　看官试想，当年租赋，百姓尚无从措缴，哪里缴得出次年的租税哩？官吏奉诏苛迫，累得人民怨苦异常，激成天变。太史上奏客心犯天库，防有兵变，宜速颁内帑，散给禳灾。宰相等亦上表固请，唐主意欲准奏，偏是刘后不肯，愤语唐主道："我夫妇君临天下，虽借武功，亦由天命，命既在天，人不足畏了！"颇似桀纣口吻，不过男女不同。唐主乃停诏不下，宰相等又入陈便殿。刘后在屏后窃听，闻相臣等仍固执前议，她即令宫人取出妆具，及银盆三件，并皇幼子三人，挈至帝前，竖着两道柳眉，带嗔带笑道："四方贡献，给赐已尽，宫中只有此数，鬻财给军！"唐主不禁色变，宰相等统瞠目伸舌，陆续退去。及嗣源举事，警报频传，河南尹张全义，恐连坐嗣源，竟致急死。唐主乃令指挥使白从晖，扼守洛阳桥，且出内府金帛，给赐诸军，军士诟詈道："我等妻子，均已饿死，还要这金帛何用？"唐主闻言，悔已无及，飞诏李绍荣还洛。绍荣至鹬店，由唐主亲出慰劳。绍荣面请道："邺都乱兵，欲渡河袭取郓、汴，愿陛下亟幸关东，招抚各军，免为所诱。"唐主点首，返入都城，调集卫士，计日出发。

　　伶官景进，因事生风，即入白唐主道："西南未安，王衍族党不少，闻车驾东征，未免谋变，不如早除为妥。"唐主已忘却前言，急遣向延嗣赍敕西行，敕中写着，乃是王衍一行，并从杀戮云云。枢密使张居翰，取敕覆视，亟就殿柱上揩去"行"字，改为"家"字。一字活人无数。始付延嗣赍去。延嗣到了长安，由西京留守接诏，即至秦川驿中，收捕王衍全眷，尽行处斩。衍母徐氏临刑。搏膺大呼道："我儿举国迎降，反加夷戮，信义何在？料尔唐主亦将受祸了！"徐氏母子既死，所有衍妻妾金氏、韦氏、钱氏等，一并陨首。唯幼妾刘氏，最为少艾，发似乌云，脸若朝霞，被监刑官瞧着，暗生艳羡，指令停刑。刘氏慨然道："国亡家破，义不受污，幸速杀我！"不没烈妇。刑官无可如何，乃概令受刃。此外蜀臣家属，及王衍仆役，悉数获免，不下千余人。亏得张居翰。

　　延嗣还都复命，唐主乃出发洛阳，遣李绍荣带着骑兵，沿河先行，自率卫兵徐进。行次氾水，凡与嗣源亲党相关，多半逃亡。独嗣源子继璟，尚然随着。唐主命他再谕嗣源。他终不肯应命，情愿请死。旋经唐主慰谕再三，强使召父，不得已奉谕登程。道遇绍荣，竟被杀死。还有嗣源家属，留居真定，经虞候将王建立，出为保护，杀毙监军，正拟与嗣源通书告慰，凑巧嗣源养子从珂，自横水率军到来，遂与建立会合，倍道从嗣源。嗣源大喜，即分兵三百骑，归石敬瑭统带，令为前驱。李从珂为后应，向汴梁进发。又檄召齐州防御使李绍虔，即杜晏球；泰宁节度使李绍钦，即段凝；贝州刺史李绍英，原姓名为房知温，由唐主改赐姓名；北京右厢马军都指挥使安审通，约期来会。随即渡河至滑州，再召平卢节度使符习。习自天平军徙镇平卢，闻梁臣多半被诛，已有惧意，一闻嗣源相召，便即过从，安审通亦引兵驰至，军势大振。

知汴州孔循，既遣使奉迎唐主，复遣使输款嗣源。好一条两头蛇。嗣源前锋石敬瑭，星夜抵汴，突入封邱门，遂据大梁，亟使人催促嗣源。嗣源从滑州急行，亦宵夜赶入大梁城。时唐主方至荥泽，命龙骧指挥使姚彦温，率三千骑为前军，且面谕道："汝等俱系汴人，我入汝境，不欲使他军前驱，恐扰汝室家，汝宜善体我意！"彦温应声即发，行抵汴城，见嗣源已经据守，便释甲入见，向嗣源进言道："京师危迫，主上为绍荣所惑，不可复事了。"嗣源冷笑道："汝自不忠，何得妄毁！"遂夺他军印，收三千骑为己属。指挥使潘环，守王村寨，有刍粟数万，亦献入大梁。

唐主进次万胜镇，接得各种军报，不由得神色沮丧，登高唏嘘道："吾事不济了！"前日英雄，而今安在？遂下令旋师。还至氾水，卫军已逃去半数，乃留秦州都指挥使张唐，驻守氾水关。李绍荣请唐主招抚关东，便是此关。自率余军西归，道过罂子谷，山路险窄，见从官执仗扈卫，辄用好言慰抚，且与语道："魏王已将入京，载回西川金银五十万，当尽给汝等，酬汝劳绩！"从官直陈道："陛下至今日慨赐，已太迟了！恐受赐各人，亦未感念圣恩哩。"唐主又恨又悔，不禁流涕，乃向内库使张容哥，索取袍带，欲赐从臣。容哥方说出"颁给已尽"四字，那卫士一拥直上，大声叱道："国家败坏，都出尔阉竖手中，尚敢多言么！"道言未绝，即抽刀逐容哥，还是唐主涕泣谕止，才得罢休。容哥私语同党道："皇后吝财至此，今乃归咎我等，事若不测，我等必被他碎尸，我不忍待遭此惨了！"竟投河自尽。唐主至石桥西，置酒悲涕，凄然语绍荣等道："卿等事我有年，富贵休戚，无不与共，今使我至此，难道无一策相救么？"绍荣等百余人，皆截发置地，共誓死报。无非相欺。唐主乃驰入洛都。

越宿，即闻汜水关急报，嗣源前军石敬瑭，已抵关下。李绍虔、李绍英等，皆与嗣源合军，气势益盛云云。宫廷很是惊惶，宰相、枢密等，奏称魏王将率军到来，请车驾亟控汜水，收抚散兵，静俟西军接应。唐主乃自出上东门，搜阅车乘，约期诘旦启行，复赴汜水。

同光四年四月朔日，急述年月，点醒眉目，为唐主再往汜水的行期，严装将发，骑兵列宣仁门外，步兵列五凤门外，专候御驾出巡。唐主方在早餐，忽闻皇城兴教门口，喊声大震，料知有变，慌忙放下匕箸，召集近卫骑兵，亲督出御。至中左门，见乱兵已突入门内，声势汹汹，乱首乃是从马直指挥使郭从谦，惹得唐主躁怒异常，麾动卫骑，迎头痛击。从谦抵敌不住，率乱军退出门外，当将城门关住，再遣中使至宣仁门外，速召骑兵统将朱守殷，入剿乱党。哪知守殷并不见到，郭从谦更纠集多人，焚兴教门，且有许多乱兵，援城而入。唐主再欲抵御，四顾近臣宿将，多半逃匿，只有散员都指挥使李彦卿，军校何福进、王全斌等，尚随着唐主，挺刃血战。唐主亦冒险格斗，杀死乱兵百余人，突有一箭飞来，正中唐主面颊，唐主痛不可忍，几乎晕倒。鹰坊人善友，见唐主中箭，忙上前扶掖，还至绛霄殿庑下，拔去箭镞，流血盈身。唐主渴燥求饮，宦官承刘后命，奉进酪浆，一杯才下，遽尔殒命。年才四十二岁。

李彦卿、何福进、王全斌等，见唐主已殂，皆恸哭而去。善友敛乐器覆尸，放起一把无名火，将乐器及唐主遗骸，俱付灰烬，免得乱兵蹂躏，然后遁去。统计唐主称帝，仅及四年，先时承父遗志，灭伪燕，扫残梁，走契丹，三矢报恨，还告太庙，及家仇既雪，国祚中兴，几与夏少康、汉光武相似。偏后来妇寺擅权，优伶乱政，戮功臣，忌族戚，不恤军民，酿成祸患，就是作乱犯上的郭从谦，也是优人出身，平白地令典亲军，致为所弑。这可见女子小人，最为难养，两害相兼，断没有不危且亡哩。伏笔如椽。

刘皇后最得恩宠，闻夫主伤亡，并不出视，亟与唐主第四弟申王存渥，及行营招讨使李绍荣等，收拾金宝，贮入行囊，匆匆出宫，焚去嘉庆殿，引七百骑出狮子门，向西遁走。宫中大乱，纷纷避匿。那朱守殷至此才入，并不设法平乱，先选得宫人三十余名，各令自取乐器珍玩，带回私第，去做那李存勖第二，寻欢取乐去了。夫妻尚且不顾，遑问苍头。各军遂大掠都城，昼夜不息。

是夕李嗣源已至罂子谷，闻唐主凶耗，泣语诸将道："主上素得士心，只为群小所惑，惨遭此变，我今将何归呢？"好去做皇帝了。诸将当然劝慰，才见收泪。越日，由朱守殷遣使到来，报告京城大乱，请即入抚。嗣源乃引军入洛，暂居私第，禁止焚掠。守殷进见，当由嗣源面语道："公善为巡徼，静待魏王。淑妃、德妃在宫，供给尤应丰备！我俟山林葬毕，社稷有主，仍当归藩尽职，为国家捍御北方呢！"真耶！假耶！说至此，即命守殷往收唐主遗骨，在灰烬中拾出，妥加棺殓，留殡西宫。宰相豆卢革、韦说等，即率百官奉笺劝进，嗣源召谕道："我奉诏讨贼，不幸部曲叛散，意欲入朝自诉，偏为绍荣所遏，披猖至此，我本无他意，今为诸君所推，殊非知己，幸勿复言！"于是驰书远近，报告主丧。

魏王继岌，因蜀乱稽延，至此始至兴平，得悉洛阳变乱，恐嗣源不能相容，复引兵西行，谋保凤翔。西京推官张昭远，劝留守张宪，上劝进表，宪慨然道："我一书生，自布衣至服金紫，均出先帝厚恩，怎可偷生怕死，背主求荣呢？"昭远感泣道："公能如此，忠义不朽了！"先是晋阳城中，曾由唐主遣吕、郑二幸臣，监督兵赋，至是又有唐主近属李存沼，自洛阳奔至晋阳，与吕、郑二人密谋，拟害死张宪，据住晋阳。汾州刺史李彦超，得知消息，即劝宪先发制人。宪又说道："仆受先帝厚恩，不忍出此，若为义亡身，乃是天数，怎得趋避呢！"未免近迂。彦超趋出，免不得与将士叙谈，将士不待命令，乘夜起事，杀毙存沼，及吕、郑二人。宪闻变起，出奔忻州。适值洛都使至，出嗣源书，由彦超号令士卒，城中始安。当即遣回洛使，奉表劝进。都中百官，又三次上笺，请嗣源监国。嗣源始允，入居兴圣宫，百官班见，下令称教。后宫尚存侍女千余人，宣徽使选得数百名，献诸嗣源。嗣源道："留此何用？"宣徽使答道："宫中使令，亦不可阙。"嗣源道："宫中充使，宜谙故事。此辈年少无知，不能充选。"乃悉令出宫还家，无家可归，令戚党领去。另用老旧宫人，分掌各职。即用安重诲为枢密使，张延朗为副使。延朗本梁旧臣，善事权要，与重诲相结，所以引入。

嗣源又令内外有司，访求诸王。永王存霸，系唐主存勖次弟，本留守北京，李绍荣自洛阳奔出，撇去刘后，欲往依存霸，行至平陆，为野人所执，送往虢州，刺史石潭，击断绍荣足骨，置入囚车，解至洛阳。嗣源怒骂道："我儿有何负汝，乃遭汝毒手？"绍荣道："先皇帝有何负汝，乃叛命入都？"嗣源怒甚，即命推出斩首。还有通王存确，雅王存纪，系唐主季弟，逃匿民间，安重诲查有着落，即与李绍真密谋，遣人杀死二王，免人属目。过了月余，嗣源方才闻知，切责重诲，但已不能重生，只好付诸一叹罢了。也是一番假慈悲。

存渥与刘后奔晋阳，途次昼行夜宿，备历艰辛。刘后因绍荣他去，只恐存渥也即分离，索性相依为命，献身报德。存渥见嫂氏多姿，虽已三十余龄，风韵不减畴昔，乐得将错便错，与刘后结成露水缘。妇人之坏，无所不至。及抵晋阳，李彦超不纳存渥，存渥走至凤谷，被部下所杀。刘后无处存身，没奈何削发为尼，就把怀金取出，筑一尼庵，权作羁栖。偏监国嗣源，不肯轻恕，竟遣人至晋阳，刺死刘后。一代红颜，到此才算收场。无非恶贯满盈。

北京留守永王存霸，闻兄弟多遭杀戮，自然寒心，即弃镇奔晋阳，往依彦超，愿为山僧。彦超欲奏取进止，偏部众不肯纵容，定要置他死地。存霸骇极，即祝发披缁，潜出府门，奈被军士阻住，拔刀斫去，死于非命。薛王存礼，是唐主三弟，与唐主子继潼、继漳、继憺、继峣等，俱不知所终。唯唐主介弟存美，素有风疾，幸得免死。克用本有七子，只一存美仅存。存勖五子，四子未知下落。

继岌行至武功，宦官李从袭，又劝继岌驰赴京师，往定内难。继岌又复东行，到了渭河。西都留守张篯，折断浮桥，不令东渡，乃只好沿河东趋，途中随兵，陆续奔散，从袭又语继岌道："大事已去，福不可再，请王早自为计。"继岌彷徨泣下，徐语李环道："我已道尽途穷，汝可杀我。"环迟疑多时，乃语继岌乳母道："我不忍见王死，王若无路求生，当卧榻蹯面，方可下手。"乳母泣白继岌，继岌面榻偃卧，环遂取帛套颈，把他缢死。从袭自往华州，也为都监李冲所杀。任圜后至，收集余众，得二万人还洛。嗣源命石敬瑭慰抚，军士皆无异言，各退还原营。

百官因继岌已死，仍累表劝进。嗣源始有动意，大行赏罚，先责租庸使孔谦奸佞苛刻，将他处斩。废去租庸使名目，悉除苛政。又罢诸道监军使，历数宦官劣迹，令所在地一概加诛。李绍真总决枢机，擅收李绍钦、李绍冲下狱。安重诲语绍真道："温、段罪恶，皆在梁朝，今监国新平内乱，冀安万国，岂专为公复仇么？"绍真意沮，乃禀明监国，复两人姓名为段凝、温韬，放归田里。召孔循为枢密使。循与绍真，皆入白监国，请改建国号。嗣源道："我年十三事献祖，**即李国昌**，献祖因我关宗属，视我犹子；又事太祖，先帝垂五十年，经营攻战，未尝不预。太祖基业，就是我的基业，先帝天下，就是我的天下，哪有同家异国的道理？当令执政更议！"礼部尚书李琪，承旨入对道："若改国号，是先帝成为路人，梓宫何所依托？不但殿下不忘三世旧君，就是我辈人臣，问心也自觉不安！前代以旁支入继，不一而足，请用嗣子枢前即位礼，才算得情义两全了。"嗣源称善，群议乃定。

过了两日，嗣源自兴圣宫转赴西宫，自服斩衰，至枢前即位，百官俱服缟素，既而御衮冕受册，百官皆改着吉服，行朝贺礼，颁诏大赦。即改同光四年为天成元年。酌留后宫百人，宦官三十人，教坊百人，鹰坊二十人，御厨五十人，其余任从他适。中外毋得献鹰犬奇玩，诸司有名无实，一体裁革。分遣诸军就食近畿，减省馈运，除夏秋税省耗，各道四节供奉，不得苛敛百姓，刺史以下，不得贡奉。封赏百官，进任圜同平章事，复李绍真、李绍虔、李绍英等姓名，仍为霍彦威、房知温、杜晏球。晏球又自称为王氏子，仍复姓王。又有河阳节度使夏鲁奇，洺州刺史米君立，本由唐主李存勖，赐姓名为车绍奇、李绍能，至是俱复原姓名，听郭崇韬归葬，赐还朱友谦官爵，安葬先帝李存勖于雍陵，庙号庄宗。小子有诗叹道：

得国非难保国难，霸图才启即摧残。

沙陀派接虽犹旧，毕竟雍陵骨早寒！

朝廷易主，庶政维新。欲知后事，请看下回续叙。

唐主存勖，不死于他人，而独死于伶人郭从谦之手，天之留示后世，何其微而显也！堂堂天子，宁有与优人为戏，足以治国平天下者？其遇弑也，正天之所以加谴也！然则李嗣源果为无罪乎？曰：薄乎云尔，恶得无罪。嗣源为部众所逼，拥入邺都，尚出于不得已，及移檄会兵，进据大梁，无君之心，固已暴露。入洛以后，何不亟诛首逆，为故主复仇？且魏王在外，未尝遣使奉迎，通、雅二王，由安重诲、霍彦威等，定谋致毙。徒以一责了事，自饰逆迹，古人所谓欲盖弥彰者，可为嗣源论定矣。至若存霸之死于晋阳，继岌之死于渭南，且未闻一言痛悼，并假面具亦揭去之。百僚劝进，觍然即真，谓非篡逆得乎？读是回毕，当下一断词曰：弑庄宗者为郭从谦，令从谦得弑庄宗者实李嗣源！

第二十回

立德光番后爱次子
杀任圜权相报私仇

　　却说李嗣源即位以后，更张庶政，改易百官，宰相任圜，尽心佐治，朝纲渐振，军民各饱食无忧。邺都守将赵在礼，却请唐主嗣源，转幸邺都。唐主颇以为疑，徙在礼为义成节度使。在礼不肯离邺，但表称军情未协，乃改拜邺都留守兴唐尹。尚有从马直指挥使郭从谦，本是个弑君首恶，唐主嗣源入都，并未过问，仍复旧职。既而出调为景州刺史，乃遣使加诛，并令夷族。*入洛时，并未声讨，直至后来诛夷，转若罚非其罪，赵在礼明是乱首，乃一意优容，嗣源之心不大可见耶？* 嗣源自不知书，四方奏事，统令安重诲旁读。重诲亦不能尽通，因奏请选用文士，上供应对。乃命翰林学士冯道、赵凤，俱充端明殿学士。端明学士的职位，向无此官，至是创设。唐主因侍读得人，使重诲兼领山南东道节度使。重诲奏言襄阳重地，不可乏帅，未便兼领，因此表辞。唐主始收回成命。但重诲自恃功高，未免挟权专恣，盈廷大臣，又要从此侧目了。*奈何不鉴郭崇韬！*

　　这且慢表，且说契丹主阿保机，自沙河败退，未敢入寇。同光年间，反遣使聘唐通好，唐亦释嫌馆使，优礼相待。阿保机南和东战，恰出击渤海，进攻扶余城。适唐廷遣使姚坤，至契丹告哀，且报明新主嗣位。阿保机尚未返西楼，由番官伴坤东行，往谒行幄。坤入帐中，但见阿保机锦袍大带，与妻述律氏对坐。俟坤行过了礼，便启问道："闻尔河南北有两天子，可真么？"坤答道："天子因魏州军乱，命总管李令公往讨，不幸变起洛阳，御驾猝崩。总管返兵河北，赴难京师，为众所推，勉副人望，现已正位有日了。"

阿保机闻言变色，突然起座，仰天大哭道："晋王与我约为兄弟，河南天子，就是我兄弟的长儿，今果因变致亡么？我闻中国有乱，未知确实，正拟率甲马五万，来助我儿，只因渤海未除，坐此迁延，哪知我儿竟长逝了！"说毕复哭，哭毕复说道："我儿既殁，理应遣人北来，与我商量，新天子怎得自立？"仿佛是无赖徒口吻。坤又道："新天子统师二十年，位至大总管，所领精兵三十万，上应天时，下从人欲，哪里还好延宕呢？"阿保机尚未及言，长子突欲，一作托兀，入帐指驳道："唐使不必多渎，尔新天子究臣事故主！擅自称尊，岂不为过！"坤正色道："应天顺人，岂徇匹夫小节？试问尔天皇王得国，究由何人授受？难道也是强取么！"突欲不能再驳，只好默然。阿保机乃和颜语坤道："理亦应尔。"随即延坤旁坐，徐语坤道："我闻此儿有宫婢二千人，乐官千人，放鹰走狗，嗜酒好色，任用不肖，不惜人民，应该遭祸致败。我得知消息，即举家断酒，解放鹰犬，罢散乐官，若效我儿所为，亦将同归覆没了！"外人尚知借鉴，所以渐臻强盛。坤答道："今新天子圣明英武，剔清宿弊，庶政一新，即位才经旬月，海内慰望，亿兆咸怀。天皇王诚有心修好，令南北人民，共享太平，岂不甚善！"阿保机道："我与汝新天子并无宿怨，不妨修好，但须割河北地归我，我从此决不南侵，与汝国长敦睦谊了！"坤又说道："这非使臣所敢与闻！"阿保机复道："河北不肯让我，但与我镇、定、幽州，也算了事。"说至此，从案上取过纸笔，令草让书。坤朗声道："外臣为告哀来此，岂为割地来么？"遂缴还纸笔，不肯草写。

阿保机将他拘住，不使南归。及夺得扶余城，改名东丹国，留长子突欲镇守，号为人皇王。挈次子德光回国，号为元帅太子，途次遇病，竟致殁世。由皇后述律氏护丧返西楼，突欲亦奔丧归来。当由述律氏召集部酋，商议继统问题。述律后素爱德光，至是命二子乘马，俱立帐前，乃宣告诸部酋道："二子皆我所爱，未知所立，还请汝等审择一人。如已审择得宜，可趋前执辔。"说至此，以目斜视德光，诸酋长素惮雌威，瞧着述律后形状，已经窥测意旨，便各趋德光马前，握住马缰。述律后喜道："众志从同，我怎敢故违？"遂立德光为契丹嗣主。舍长立次，究属未当。令突欲

东丹王出行图（局部）

仍归东丹，一面释出唐使姚坤，令他归国报丧。

坤还洛都，报明唐主嗣源，唐主以使臣得归，不便决裂，乃遣使吊问。德光尊述律氏为太后，送阿保机归葬木叶山，庙号太祖。述律太后征集各酋长夫妻，一同会葬，临葬时，问诸酋长道："汝等思先帝否？"诸酋长自然同声道："我等受先帝恩，怎得不思？"述律太后微笑道："汝等既思先帝，我当令汝相见地下。"遂指令左右，引诸酋长至墓前，杀死殉葬。各酋长妻皆失色大恸。述律太后又传谕道："汝等不得多哭，我今寡居，汝等岂可不效我么？"全没道理。各酋长妻无法违拗，只好退去。述律太后见左右桀黠，又常与语道："为我传达先帝！"说毕，即牵至阿保机墓前，杀毙了事。前后被杀，不下百数，最后轮到阿保机宠臣赵思温，独不肯行。述律太后道："汝尝亲近先帝，怎得不往？"思温答道："亲近莫如皇后；太后若行，臣自当相随！"此子可谓有胆。述律太后道："我非不欲追随先帝，侍奉地下，但因嗣子幼弱，国家无主，所以不便往殉呢。"道言未已，竟取剑截去左腕，令左右携置墓中。恰是一奇。赵思温竟得免死。

述律太后临朝谕政，大小国事，均由裁决，仍令韩延徽为政事令，纳侄女为德光帝后。德光性颇孝谨，每遇太后有恙，忧急异常，甚至不进饮食，太后疾愈，仍复常度。礼失求野，所以叙及。越三年始改元天显。述律太后素有智谋，德光亦勇略过人，所以雄长北方，依然如旧，并不闻有什么大变哩。唯契丹卢龙节度使卢文进，由唐主嗣源遣人游说，谓易代以后，无复嫌怨，何不归朝！文进部下皆华人，闻言思归，不由文进不从，乃率众归唐。唐主令为义成军节度使，寻复徙镇威胜军，加授同平章事，这真所谓特别宠荣了。

是时蜀亡岐降，吴尚照旧。岭南镇将南海王刘岩，因兄隐死后，承袭旧封。梁末建国号越，自称皇帝，改元乾亨。寻又改国号汉，更名为陟。尝与唐主存勖书，自称大汉国主。唐廷令改定国书，汉使何词不从，返报汉主，谓唐主骄淫，必不能久，汉主遂与唐绝好。南诏与汉境接壤，当时酋长蒙氏，为部下郑旻所灭，改国号为长和。旻遣使郑昭淳至汉，献上朱鬃白马，并乞和亲。汉王赐昭淳宴，赋诗属和，昭淳随口吟咏，压倒汉臣。汉主乃以兄女增城公主，遣嫁郑旻。其实旻已有后马氏，就是楚王马殷女，那增城公主到了长和，无非是备作嫔嫱罢了。既而汉南宫忽现白龙，汉王应瑞改名，易陟为龚。有胡僧呈入谶书，谓灭刘者龚，汉主乃更采飞龙在天的意义，杜造一个龑字，定音为俨，取以为名。**白龙已不足信，至自造名字，更属无谓。**未几与楚失和，楚人入攻封州，龑颇有惧意，筮《易》得"大有卦"，乃改元大有。遣将苏章救封州，用诱敌计，尽覆楚军。楚王马殷，乃遣使贡唐，联唐拒汉，自是楚汉相持，各按兵不动。

汉东就是福建，自王审知受梁封爵，称号闽王。同光三年，审知病殁，子延翰嗣，受唐封为节度使。至庄宗遇弑，中原多故，延翰也建国称王，表面上尚奉唐正朔。只是延翰好色，妻崔氏貌甚丑陋，却异常妒悍，延翰广选良家女，充当妾媵，被崔氏接连加害，一年中伤毙至八十四人，崔氏为冤鬼所祟，也致暴亡。延翰得拔眼中钉，很是欣幸，乐得淫纵暴虐，任所欲为。弟延钧上书极谏，反被黜为泉州刺史。延钧很是不平，便与延禀私下设谋，欲杀延翰。延禀为审知养子，本姓周氏，原名彦琛，素与延翰有隙，曾任建州刺史，此次遂合兵进袭福州。延禀先至，缘城得入。延翰为色所迷，一些儿未曾预闻，至延禀突入宫门，方惊走床后。延禀早已瞧着，令部兵牵出门外，面数罪状，将他杀死。即开城迎纳延钧，推为留后。延钧仍令延禀还守建州，一面详报唐廷。唐封延钧为闽王。但闽已立国，与汉相似，不过汉已绝唐，闽尚臣唐，所以后唐天成元年，分为四国三镇。唐、吴、汉、闽为四国，吴越、荆南、湖南为三镇，吴、汉不服唐命，此外还算称臣唐室，列作屏藩。**此段是补叙文字，亦即是点醒文字。**但荆南节度使南平王高季兴，与唐是阳奉阴违，当唐师伐蜀时，曾命充西川东南面行营招讨使。他却请自取夔、忠、万、归、峡等州，唐庄宗当然允许。哪知他实作壁上观，按兵不发。嗣闻蜀已被灭，不禁大惊道："这是老夫的过失哩！"司空梁震道："唐主得蜀，势必益骄，骄必速亡，何足深虑！且安知不为吾福？"季兴乃放着大胆，竟遣兵士截住江中，遇有唐吏押解蜀物，送往洛阳，即就中途邀劫，夺得蜀货四十万，并杀死唐押牙官韩珙等十余人。会唐都大乱，不暇过问。至嗣源即位，遣人诘问季兴，季兴满口抵赖，只说是押官覆溺，当问水神。嗣源闻报，未免含愤，但因即位未久，不便劳师进讨。哪知季兴得步进步，且乞将夔、忠、万等州，归属荆南。唐主嗣源，还是含忍优容，勉强允许，唯刺史须由唐廷简放。偏季兴先袭踞夔州，拒绝唐官。那时唐主忍耐不住，遥饬襄州镇帅刘训为招讨使，进攻荆南。老天似暗助季兴，竟连日霪雨，不肯放晴，刘训部军，多半病疫，且因粮运不继，没奈何引兵退还。季兴遂并取忠、万、归、峡四州，已而唐将西方邺，突出奇兵，把夔、忠、万三州夺还，更欲入攻荆南，季兴才有惧意，竟举荆、归、峡三州，向吴称臣去了。同一称臣，何必舍北逐南？

唐相豆卢革、吴说，为谏议大夫萧希旨所劾，说他不忠故主，一并罢职，朝政悉令任圜主持。枢密使孔循，独荐引梁臣郑珏，得擢为相，寻又荐入太常卿崔协，任圜以协无相才，拟改用吏部尚书李琪。偏郑珏与琪不协，极力阻挠，安重诲又袒护郑珏，与任圜屡起龃龉，一日在御前争议，任圜愤然道："重诲未悉朝中人物，为人所卖，协虽出名家，识字无多，臣方愧不学，谬居相位，奈何复添入崔协，惹人笑议！"唐主嗣源道："宰相位高责重，应仔细审择。朕前在河东时，见冯书记博学多才，与人无忤，看来且可任为相呢。"语毕退朝。孔循面带愠色，拂衣先走，且行且语道："天下事统归任圜，究竟任圜有什么才能？如果崔协暴死，也不必说了；协如不死，总要入相，看任圜如何对待呢？"全是蛮话。嗣是好几日称疾不朝。唐主令重诲慰谕，方入朝莅事，重诲私语任圜道："现在朝廷乏人，姑令崔协备员，想亦无妨。"圜答道："公舍李琪，相崔协，好似弃苏合丸，取蜣蜋粪了。"重诲不答，心中很是不乐，每与孔循相结，毁琪誉协，唐主竟为所蒙，命冯道、崔协同平章事。看官！你想圜既短协，协必嫉圜，两人共掌朝纲，还能和衷共济吗？圜奈何还不辞职！

任圜自蜀入相，兼判三司，素知成都富饶，前时除犒军外，尚余钱数百万缗，乃遣太仆卿赵季良，为三川制置转运使，令送犒军余钱至京使。西川节度使孟知祥，怒不奉命，但因季良旧交，留居蜀中，不使任事。知祥妻李氏，系唐庄宗从姊，曾封琼华长公主，自与董璋分镇两川，内恃帝戚，外拥强兵，权势日盛，及季良至蜀，不得输送犒军余钱，唐廷颇加疑忌。安重诲尤欲设法除患，客省使李严，自请为西川监军，严母面谕道："汝倡谋伐蜀，侥幸成功。今日尚好再往么？"严谓食君禄，当尽君事，竟不遵母教，得请即行。得意不宜再往，此去真是送死了。既至成都，知祥盛兵出迎，入城与宴，酒至半酣，知祥勃然道："公前奉使王衍，归即请公伐蜀，庄宗信用公言，遂致两川俱亡，今公复来，蜀人能不怀惧么？况现今各镇，俱废监军，公独来监我军，究是何意？"严方欲答辩，知祥已顾部将王彦铢，令他动手。彦铢率严下座，严始惶恐乞哀。知祥道："蜀人俱欲杀公，并非出自我意，公亦知众怒难违吗？"遂不由分说，竟被彦铢推至阶下，一刀两段。遂上表唐廷，诬严他罪，且请授赵季良为节度副使。

唐主嗣源，尚欲以恩信羁縻，再遣客省使李仁矩赴蜀慰谕。并因琼华公主及知祥子昶，尚留住都中，亦命仁矩乘便送去，知祥总算厚待仁矩，遣归洛阳，申表称谢，但心中已不免藐视唐廷了。*为后文伏案。*

时平卢军校王公俨作乱，幸得讨平，公俨伏诛，支使官名。韩叔嗣坐党并死。叔嗣子熙载奔吴，邺都军亦蠢然思动，留守赵在礼恐不能制，密求移镇。唐主徙在礼为横海节度使，授皇甫晖为陈州刺史，赵进为贝州刺史，遣皇次子从荣镇守邺都。卢台兵变，由副招讨使房知温，与马军指挥使安审通，合兵围击，才得荡平。

宰相任圜，与安重海同议内外重事，多半未合，唐主因敉平外乱，多出重海主张，所以专信重海。向例使臣出四方，必由户部给券，重海拟改从内出，任圜与他力争廷前，声色俱厉，唐主也看不过去，怏怏入内。适有宫嫔接着，见唐主含有怒意，便问道："陛下与何人议事，声彻内廷？"唐主说是宰相任圜，宫嫔道："妾在长安宫中，从未见宰相奏事，如此放肆，莫非轻视陛下不成？"*想是花见羞，详见下文。*唐主被她挑拨，愈滋不悦，卒从重海言。圜因求罢，遂免他相职，令为太子少保，圜心不自安，更请致仕，也由唐主允准，退老磁州。*已经迟了。*

嗣因唐主出巡汴州，行至荥阳，民间讹言纷起，都说车驾将调迁镇帅。朱守殷正出镇宣武军，颇怀疑惧。判官孙晟，劝守殷先发制人，守殷遂召都指挥使马彦超，与谋叛命。彦超不从，守殷便砍死彦超，登城拒守。唐主急遣宣徽使范延光往谕，延光道："往谕何益，不如急攻。否则彼得缮备，反致城坚难下了。臣愿得五百骑速趋汴城，乘他无备，方可收功。"唐主乃拨骑兵五百，星夜前往，飞驰二百里，到了大梁城下，天尚未明，喊声动地。守殷从睡梦中惊醒，急忙号召徒众，开城搠战，两下里杀到黎明。御营使石敬瑭，又率亲军趋至，杀得汴军人仰马翻。守殷正要退回，遥见有一簇人马，拥着黄盖乘舆，呼喝前来。不由得意忙心乱，策马返奔，哪知城上已竖起降旗，守兵一齐拥出，向前迎降，眼见是禁遏不住，无路可归，没奈何拔刀自刎，血溅身亡！*死有余辜。*

唐主入城，搜诛余党，共死数十百人，独孙晟乘间逃脱，径奔淮南。安重海尚恨任圜，诬称圜与守殷通谋，密遣供奉官王镐赴磁州，矫制赐任圜自尽。圜受命怡然，聚族酣饮，然后仰药自杀。圜系京兆人氏，素有政声，相业卓著，不幸抗直遭谗，无辜毕命。小子有诗叹道：

折槛留旌抗直臣，汉成庸弱尚知人。

如何五季称贤辟，坐使忠良枉杀身！

重海既矫制杀圂，然后出奏，究竟唐主嗣源如何主张？待至下回说明。

本回多叙外事，是前后过渡文字。前数回是专叙后唐，无暇述及外情，即如灭蜀一段，亦系唐廷直接用兵，唐为主，蜀固为客也。此回叙契丹事，兼及南方各镇，是契丹为主，而各镇为客，经此一回表明，则既足顾应上文，俾阅者知所沿革，下文因事叙人，自不至无绪可寻矣。至若孟知祥之杀李严，及平卢之乱，邺都之乱，汴州之乱，俱用简笔叙过，绝不渗漏。而任圆枉死，即顺手带出，后唐贤相莫如圆，特别提明，正所以表其贤而惜其死也。

第二十一回

王德妃更衣承宠
唐明宗焚香祝天

却说唐主李嗣源，宠任枢密使安重诲，连他矫制与否，亦未尝过问。重诲冤杀任圜，才行奏闻，唐主反诏数圜罪，说他不遵礼分，潜附守殷，应该处死。唯骨肉亲戚仆役等，并皆赦罪云云。这唐主的意见，还算是格外矜全，其实已为重诲所蒙蔽，枉害忠良了。

重诲为佐命功臣，因此得宠。还有一个后宫宠妃，与重诲阴相联络，每在唐主面前，陈说重诲好处，唐主益深信不疑。原来唐主正室，系是曹氏，只生一女，封永宁公主，次为夏氏，生子从荣、从厚，妾为魏氏，就是从珂生母，由平山掳掠得来。见前文。又有一个王氏女，出自邠州饼家，为梁将刘郇所买，作为侍儿，及年将及笄，居然生成一副绝色，眉如远山，目如秋水，鼻似琼瑶，齿似瓠犀，当时号为"花见羞"，得郇钟爱。郇死后，此女无家可归，流寓汴梁。适嗣源次妻夏夫人去世，另求别耦。有人至安重诲处，称扬王氏美色，重诲即转白嗣源，嗣源召入王氏，仔细端详，果然是艳冶无双，名足称实。虽王氏行谊不同刘后，但也是一朝尤物。从来好色心肠，人人所同，难道唐主嗣源，见了美色，有不格外爱怜么？况王氏身虽无主，尚带得遗金数万，至此多赍给嗣源。嗣源既得丽姝，又得黄金，自然喜上加喜，宠上加宠。即位未几，封曹氏为淑妃，王氏为德妃。

　　王氏尚有余金，又赠遗嗣源左右，与嗣源诸子。大家得了钱财，哪个不极口称赞？并且王氏性情和婉，应酬周到，每当嗣源早起，盥栉服御，统由她在旁侍奉，就是待遇曹淑妃，亦毕恭毕敬，不敢少忤。及曹淑妃将册为皇后，密语王氏道："我素多病，不耐烦劳，妹可代我正位中宫。"王氏慌忙拜辞道："后为帝匹，即天下母，妾怎敢当此尊位呢？"初意却还可取。既而六宫定位，曹氏虽总掌内权，如同虚设，一切处置，多出王氏主张。

　　王氏既已得志，倒也顾念恩人，如遇重诲请托，无不代为周旋。重诲有数女，经王氏代为介绍，欲令皇子从厚娶重诲女为妇，唐主恰也乐允。偏重诲入朝固辞，转令王氏一番好意，无从效用。看官阅此，几疑安重诲是个笨伯，有此内援，得与后唐天子，结作儿女亲家，尚然不愿，岂不是转惹冰上人懊怅么？哪知重诲并非不愿，却是受了孔循的愚弄。循也有一女，方运动作太子妃，一闻重诲行了先着，不禁着急起来。他本是刁猾绝顶的人，便往见重诲道："公职居近密，不应再与皇子为婚，否则转滋主忌，恐反将外调呢。"重诲是喜内恶外，又与循为莫逆交，总道是好言进谏，定无歹意，因此力辞婚议。聪明反被聪明误。循遂托宦官孟汉琼，入白王德妃，愿纳女为皇子妇。王氏因重诲辜负盛情，未免介意，此时由汉琼入请，乐得以李代桃，便乘间转告唐主，玉成好事。重诲渐有所闻，才觉大怒，即奏调孔循出外，充忠武军节度使，兼东都留守，唐主勉从所请。

　　可巧秦州节度使温琪入朝，愿留阙下。唐主颇喜他恭顺，授为左骁卫上将军，别给廪禄。过了多日，唐主语重诲道："温琪系是旧人，应择一重镇，俾他为帅。"重诲答道："现时并无要缺，俟日后再议。"又隔了月余，唐主复问重诲，重诲勃然道："臣奏言近日无阙，若陛下定要简放，只有枢密使可代了。"唐主亦忍耐不住，便道："这也无妨，温琪岂必不能做枢密使么？"重诲也觉说错，无词可对。谁叫你如此骄横。温琪得知此事，反暗生恐惧，好几日托疾不出。

　　成德节度使王建立，亦与重诲有隙，重诲说他潜结王都，阴怀异志。建立亦奏重诲专权，愿入朝面对。唐主即召令入都，建立奉诏即行，驰入朝堂，极言重诲植党营私，且说枢密副使张延朗，以女嫁重诲子，得相援引，互作威福。唐主已疑及重诲，又听得建立一番奏语，当然不乐，便召重诲入殿。重诲也含怒进来，惹得唐主愈加懊恼，便顾语重诲道："朕拟付卿一镇，暂俾休息，权令王建立代卿，张延朗亦除授外官。"重海不待说毕，厉声答道："臣披除荆棘，随陛下已数十年，值陛下龙飞九重，承乏机密，又阅三载，天下幸得无事，一旦将臣摈弃，移徙外镇，臣罪在何处？敢乞明示！"唐主愈怒，拂袖遽起，退入内廷。

适宣徽使朱弘昭入侍，便与语重海无礼，弘昭婉奏道："陛下平日待重海如左右手，奈何因一旦小忿，遽加摈斥，臣见重海语多拗戾，心实无他，还求陛下三思！"唐主怒为少霁，越日复召入重海，温言抚慰。建立乃陛辞归镇，唐主道："卿曾言入分朕忧，奈何辞去？"建立道："臣若在朝，反累陛下动怒，不若告辞！"唐主道："朕知道了。"会同平章事郑珏，表情致仕，有诏允准，即令建立为右仆射，兼同平章事。

既而皇子从厚纳孔循女为妃，循乘便入朝，厚赂王德妃左右，乞留内用。安重海再三奏斥，仍促令赴镇。皇侄从璨，素性刚猛，不为人屈。从前唐主幸汴，往讨朱守殷，留他为皇城使，他召客宴会节园，酒后忘情，戏登御榻，当日并无人纠弹，蹉跎年余，反由重海提出劾奏，贬为房州司户参军，寻且赐死。此外挟权胁主，党同伐异，尚难尽述。

义武节度使王都，在镇十余年，因与庄宗结为姻亲，曾将爱女嫁与继岌，所以累蒙宠眷，属州得自除刺史，所出租赋，皆赡本军。至庄宗已殁，继岌自杀，唐主嗣源即位，尚是曲意优容，不加征索，独安重海屡加裁抑，且说他逼父夺位，心不可问，因之唐主亦随时预防。会契丹屡次犯塞，唐廷调兵守边，多屯驻幽、易间，免不得仰给定州，都不愿输运，遂有异图。再加心腹将和昭训，劝都为自全计，都即遣人至青、徐、岐、潞、梓五镇，赍投蜡书，约同起事。偏五镇概不答复，令都孤掌难鸣，乃复募得说客，令劝北面副招讨使王晏球。晏球不但不从，反飞表唐廷，报称都反。唐主便命晏球为招讨使，发诸道兵进攻定州。

都至此已势成骑虎，不能再下，只好纠众拒守。不反乌乎死，不死乌能泄养父遗恨！一面向奚酋秃馁处求救，啖以重赂。秃馁遂率万骑来援，突入定州。晏球见番兵气盛，不如让他一舍，退保曲阳。那秃馁即扬扬自得，与都合兵进攻。将至曲阳附近，伏兵猝发，左右夹击，把秃馁等一鼓杀退。晏球乘胜追击，拔西关城，作为行府，令祁、易、定三州土民，输税供军。都与秃馁困守孤城，呼秃馁为馁王，屈身奉事，求他设法免患。秃馁乃替他乞师契丹，契丹亦发兵相助。都遣部将郑季璘、杜弘寿等，往迎契丹军。适被晏球侦悉，潜师邀击，把季璘、弘寿一并擒回，斩首示众。

都益觉气沮，至契丹兵到，方与秃馁开城相会，合兵袭破新乐，复逼曲阳。晏球凭城遥望，见来军轻佻不整，可以力破，便召集将校，指示敌隙，方下城宣谕道："王都恃有外援，跃马前来，我看他趾高气扬，必然无备，可一战成擒哩。今日乃诸军报国的时间，宜悉去弓矢，概用短兵接战，不得回顾，违令立斩！"此令一下，全军应命，当即开城出战。骑兵先驱，步兵继进，或奋梃，或挥剑，或持斧，或挺刃，不管什么死活，一齐冲杀过去。晏球在后督战，有进无退，任你番骑精壮得很，也被杀得七零八落，死亡过半，余众北遁，都与秃馁，拼命逃还。

契丹败卒，走回本国，途中又被卢龙军截杀一阵，只剩得寥寥无几，脱归告败。契丹主耶律德光，再遣酋长惕隐，*一作特哩衮，系契丹官名，*来救定州，又为王晏球杀败，仍然遁回。卢龙节度使赵德钧，复遣牙将武从谏，埋伏要路，截住归踪。惕隐不及防备，被从谏突出一枪，搠落马下，活捉而去；并擒得番目五十人，番兵六百人。赵德钧遣使献俘，解至洛都。廷臣请骈戮示威，唐主道："此等皆虏中骁将，若尽加诛戮，使彼绝望，不如暂行留存，借纾边患。"乃赦惕隐及番目五十人，余六百人一体处斩。

契丹两次失败，不敢再入。唐主即遣使促晏球攻城，晏球与朝使联辔并行，至定州城下，指阅形势，扬鞭密语道："此城如此高峻，就使城主听外兵登城，亦非梯冲所及，徒丧精兵，无损贼势，不若食三州租赋，爱民养兵，静俟内溃，自可不战而下了。"*确是将略。*朝使返报唐主，唐主乃不再催逼。好容易过了残年，直至次年*即天成四年*二月，定州内乱，都指挥使马让能，开城迎纳官军，晏球麾军直入，都阖家自焚。*负心人应该如此。*秃馁被唐军擒住，械送大梁，就地枭首。*贪小失大。*晏球振旅而还，已而入朝，唐主褒劳有加。晏球口不言功，但说是久劳馈运，不免怀惭，因此益契主心，拜为天平军节度使，兼中书令，未几又徙镇平卢，寻即病逝。追赠太尉。*晏球虽是两朝臣，但将略可称，故特详叙。*会吴丞相徐温病殁，吴主杨溥，自称皇帝，改元乾贞，追尊行密为太祖武皇帝，渥为烈宗景皇帝，隆演为高祖宣皇帝，授徐知诰太尉兼侍中，拜温子知询为辅国大将军，兼金陵尹。因荆南高季兴称藩表贺，特封秦王。*应前回。*季兴侵楚，至白田击败楚师，获将吏三十四人，献入吴国。楚王马殷，遣使诉唐，且请建行台。唐封殷为楚国王，殷始升潭州为长沙府，立宫殿，置百官，命弟宾为静江军节度使，子希振为武顺军节度使，次子希声，判内外诸军事，姚彦章为左相，许德勳为右相，整兵添戍，控制边疆。

吴主杨溥，闻唐楚相结，遣使与唐修好，国书中自称皇帝。安重诲谓杨溥敢与朝廷抗礼，遣使窥视，不应延纳，遂将吴使拒绝，吴使自去。杨溥以唐既绝好，索性再发兵攻楚。到了岳州，楚人早已预备，不待吴兵列阵，便迎头痛击，擒得吴将苗璘、王彦章。尚有几个败卒，逃归报知吴主。吴主方有惧色，亟遣人赴楚求和，请放还苗、王二将。楚王殷乃将二将释归，与吴息争。

荆南节度使高季兴死，有子九人，长子从诲，向吴告哀，吴令从诲承袭父职。从诲既得嗣位，召语僚佐道：“唐近吴远，务远舍近，终非良策，不如服唐为是。”乃遣使如楚，浼楚王殷代为谢罪，情愿仍修职贡，一面令押牙官刘知谦，奉表唐廷，进赎罪银三千两。唐主许令赦罪，拜从诲节度使，追封季兴为楚王。

先是季兴在日，闻楚得富强，赖有谋臣高郁，乃屡遣门客至楚，进说楚王，阴加反间。楚王殷始终不信，待郁如初。及希声用事，又向楚散布谣言，谓马氏当为高郁所夺。希声已是动疑，又经妻族杨昭遂，谋代郁任，屡向希声前谮郁，希声竟夺郁兵柄，左迁为行军司马。郁愤愤道：“犬子渐大，即欲咋人，我将归老西山，免为所噬！”这数语为希声所闻，立矫父命杀郁，并及族党。**数语杀身，可见语言不可不慎。**是日大雾四塞，马殷深居简出，尚未知郁死耗，及瞧着大雾，方语左右道：“我昔从孙儒渡淮，每杀无辜，必遭天变，难道今日有冤死的人么？”翌日始闻郁死，殷拊膺大恸道：“我已老耄，政非己出，使我勋旧横罹冤酷，可悲可痛！看来我亦不能长久了。”**不死何为。**越年殷即病死，年已七十九。

长子希振，因弟握大权，自愿让位。遂由希声承袭父职，报达唐廷。唐以殷官爵俱高，无可追赠，唯赐谥武穆。并授希声为武安、静江等军节度使。希声嗜食鸡汁，每日必烹五十鸡，至送殷安葬，并无戚容，且食尽鸡脤数器，然后出送。礼部侍郎潘起道：“从前阮籍居丧，尝食蒸豚，何代没有贤人呢！”希声尚莫名其妙，还道他是赞美词，烹鸡如故。唯去建国成制，复藩镇旧仪，尽心事唐，尚不失畏天事大的意义。且因享国不永，二载即亡，所以保全首领，尚得善终。

此外如吴越王钱镠，当庄宗末年，也据国称尊，改元宝正。后来致安重诲书，语多倨傲，重诲奏遣供奉官乌昭遇、韩玫，出使吴越，传旨诘问。吴越王钱镠，还算照旧接待，不曾摆出帝王的架子，胁迫唐使。及唐使北返，韩玫却诬劾昭遇，说他屈节称臣，向镠拜舞，昭遇竟致枉死。重诲请削镠王爵，但令以太师致仕，所有吴越朝聘使臣，悉令所在系治。镠令子传瓘等上表讼冤，均被重诲掯阻，不得自伸。嗣是重诲身为怨府，连藩镇亦痛心疾首了。**死期将至。**

唯自唐主嗣源即位后，励精图治，不事畋游，不耽货利，不任宦官，不喜兵革，志在与民更始，共享承平，所以四方无事，百谷用成。唐主改名为亶，表示诚意，且与宰相等从容坐论，谈及乐岁，亦自觉有三分喜色。冯道在旁讽谏道："臣昔在先皇幕府，奉使中山，道出井陉，路甚险阻。臣自忧马蹶，牢持马缰，幸不失坠。及行入坦途，放辔自逸，竟至颠陨。可见临危时未必果危，居安时未必果安，行路尚且如此，何况治国平天下呢！"**述冯道语，是不以人废言之意。**唐主点首称善，又接口问道："今岁虽是丰年，百姓果家给人足否？"道又答道："凶年患饿毙，丰年伤谷贱，丰凶皆病，唯农家如是。臣尝记进士聂夷诗云：'二月卖新丝，五月粜新谷。医得眼前疮，剜却心头肉。'语虽鄙俚，却曲尽田家情状。总之民业有四，农为最苦，人主最应体恤呢。"

唐主甚喜，命左右录聂夷诗，时常讽诵，差不多似座右铭，且因自己年逾花甲，料不能久，每夜在宫中沐手焚香，向天叩祝道："某本胡人，因天下扰乱，为众所推，权居此位，自惭不德，未足安民，愿天早生圣人，为生民主，俾某早得息肩，乃是四海的幸福了！"相传宋太祖赵匡胤，便是后唐天成二年，降生洛阳的夹马营内。乃父叫作赵弘殷，曾在后唐掌领禁军，至匡胤开国登基，海内才得统一。这都由唐主嗣源，一片诚心，感格上苍，方生此真命天子呢。小子有诗咏道：

> 敢将诚意告苍穹，一片私心愿化公。
> 夹马营中征诞降，果然天意与人同。

天成五年二月，唐主复改元长兴。过了二月，河中忽报兵变，逐去节度使李从珂。欲知变乱原因，容待下回分解。

史称唐明宗不迩声色，语难尽信。王德妃为梁将刘鄩侍儿，曾有"花见羞"之

美名，至为唐主所得，极承宠眷，尚得谓非好色耶！况唐主纳德妃时，度其年已逾半百，此时已非少壮，尚为美色所迷，盥栉服御，悉出妃手，是其溺情床第，朝夕不离，已可想见。安重诲虽为佐命功臣，而挟权专恣，实由妃酿成之。设重诲不失妃欢，始终固结，吾知在明宗朝，未必其即遭危祸也。自王都受诛，四方无事，亦不过为一时之幸遇。至焚香祝天一事，史家播为美谈，夫既无心为帝，则何不迎立继岌，岂必知继岌之不足治民，乃起而暂代耶？第时当五季，如天成、长兴之小康，已属仅见，故史官不无溢美之词。本编叙明宗事，瑕瑜并采，毁誉存真，是固犹是董狐史笔也。

第二十二回

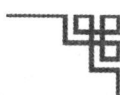

攻三镇悍帅生谋
失两川权臣碎首

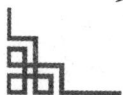

却说唐主养子李从珂，屡立战功，就是唐主得国，亦亏他引兵先至，才得号召各军，从珂未免自恃，与安重海势不相下。一日重海宴饮，彼此争夸功绩，究竟从珂是武夫，数语不合，即起座用武，欲殴重海。幸重海自知不敌，急忙走匿，方免老拳。越宿，从珂酒醒，亦自悔卤莽，至重海处谢过，重海虽然接待，总不免怀恨在心。度量太窄。唐主颇有所闻，乃出从珂为河中节度使。从珂至镇，性好游猎，出入无常。重海意欲加害，矫传密旨，谕河东牙内指挥使王彦温，令觑随逐从珂。彦温奉命，会从珂出城阅马，彦温即勒兵闭门，不容从珂入内，从珂叩门呼问道："我待汝甚厚，奈何见拒？"彦温从城上应声道："彦温未敢负恩，但受枢密院密札，请公入朝，不必还城！"从珂没法，只好退驻虞乡，遣使表闻。

唐主毫不接洽，自然召问重海。重海不便实陈，诈称由奸人妄言，应速加讨。唐主欲诱致彦温，面讯虚实，乃除授彦温为绛州刺史，促令入朝。看官试想，此时矫诏害人的安重海，肯令彦温入朝面证么？当下一再请讨，始由西都留守索自通，步军都指挥使药彦稠，率兵往讨彦温。唐主却面嘱彦稠道："彦温拒绝从珂，想是有人主使，汝至河中，须生絷彦温回来，朕当面问底细。"彦稠应命而去，及驰抵河中，彦温尚未悉情由，出城相迎。不料见了彦稠，未曾发言，那刀锋已经过来，好头颅竟被斫去。**恐做鬼也莫名其妙**。彦稠既杀了彦温，即传首阙下，唐主怒彦稠违命，下敕严责，重诲独出为解免，竟不加罪。**明是串通一气**。从珂知为重诲所构，诣阙自陈，偏唐主不令详辩，责使归第。重诲再讽令冯道、赵凤等，劾奏从珂失守河中，应加罪谴。唐主道："我儿为奸党所倾，未明曲直，奈何亦出此言，岂必欲置诸死地么？朕料卿等受托而来，未必出自本意。"道与凤不禁怀惭，无言而退。

翌日由重诲独自进见，仍劾从珂罪状。唐主艴然道："朕昔为小校时，家况贫苦，赖此儿负石灰，收马粪，得钱养活，朕今日贵为天子，难道不能庇护一儿！卿必欲加他谴责，试问卿将若何处置？"**愤懑已极**。重诲道："陛下谊关父子，臣何敢言！唯陛下裁断！"唐主道："令他闲居私第，也算是重处了，此外何必多言！"重诲更奏保索自通为河中节度使，有诏允准。自通至镇，承重诲意旨，检点军府甲仗，列籍上陈，指为从珂私造。赖王德妃从中保护，从珂因得免罪。看官阅过前回，已知王德妃为了婚议，渐疏重诲。是时德妃已进位淑妃，取外库美锦，造作地毯。重诲上书切谏，引刘后事为戒。**这却不得咎重诲**。惹起美人嗔怒，始与重诲两不相容。重诲欲害从珂，王德妃偏阴护从珂，究竟枢密权威，不及帏房气焰，重诲尚未知敛抑，特徙磁州刺史康福，出镇朔方。朔方为羌胡出没地，镇帅往往罹害，福受知唐主，为重诲所忌，欲令他出当戎冲，亏得主恩隆重，特遣将军牛知柔、卫审峻等，率万人护送，沿途掩击逆羌，杀获几尽，转令福安抵塞上，大振声威。**人各有命，谋害何益？**

重诲计不得逞，也只好付诸缓图。偏是一波才了，一波又起，西川节度使孟知祥，雄踞成都，渐露异志。重诲又出预军谋，献上二议，一是分蜀地以铄蜀势，一是增蜀官以制蜀帅。**两策不得谓非，可惜调度未善**。唐主却也称善，便委重诲调度。重诲令夏鲁奇为武信军节度使，镇治遂州。又割东川中的果、阆二州，创置保宁军，授李仁矩为节度使。并命武虔裕为绵州刺史，各置戍兵。这种处置，实为防备两川起见。东川节度使董璋，首先动起疑来。原来李仁矩曾往来东川，先时因唐主祀天，持诏谕璋，令献礼钱百万缗。仁矩到了梓州，由璋设宴相待，一再催请，至日中尚然未至。璋不禁怒起，带领徒卒，持刃入驿，仁矩方拥妓酣饮，蓦闻璋至，仓皇出见。璋令他站立阶下，厉声呵斥道："公但闻西川斩李客省，难道我不能杀汝么？"仁矩始有惧意，涕泣拜请，才得乞免。璋乃遣仁矩归，但献钱五十万缗。仁矩本唐主旧将，又与安重诲友善，挟怨归来，极言璋必叛命，重诲因命他出镇阆州，使与绵州刺史武虔裕联络，控制东川。虔裕系重诲表兄，重诲益恃为心腹，密令诇璋。嗣是唐廷屡得密报，竟言璋将发难，重诲又饬武信军节度使夏鲁奇，亟治遂州城隍，严兵为备。

那时董璋很是惊惶，不得不自求生路，实行抵制。他与孟知祥素有宿嫌，未尝通问，此次因急求外援，不得不通好知祥，愿与知祥结为婚媾。知祥见梓州使至，召入问明，本意是不愿联合，只因道路谣传，朝廷将割绵、龙二州为节镇，自思祸近剥肤，与董璋同病相怜，也只好弃嫌修好。当下商诸副使赵季良，季良亦请合纵拒唐。知祥遂遣梓州使还报，愿招璋子为女夫，并令季良答聘梓州。季良归语知祥道："董公贪残好胜，志大谋短，将来必为患西川，不可不防！"**后来两川交哄，由此一言。**知祥始欲悔婚，但一时不好渝盟，姑与董璋虚与周旋，约他联名上表，略言"阆中建镇，绵、遂增兵，适启流言，震动全蜀，请收回成命"等语。嗣得唐廷颁敕，不过略加慰谕，毫不更张。董璋乃诱执武虔裕，幽锢府廷，发兵至剑门，筑起七寨，复在剑门北置永定关，布列烽火，一面募民入伍，剪发黥面，驱往遂、阆二州，剽掠镇军。孟知祥又表请割云安十二盐监，隶属西川，将盐值拨给宁江戍兵。于是两难并发，反令唐廷大费踌躇。

唐主嗣源，因董璋已露叛迹，不若知祥尚隐逆萌，乃许知祥所请，另派指挥使姚洪，率兵千人，从李仁矩戍阆州。董璋闻阆州又增兵戍，忍无可忍，他本有子光业，在都为宫苑使，便致书嘱子道："朝廷割我支郡，分建节镇，又屡次拨兵戍守，是明明欲杀我了。你为我转白枢要，若朝廷再发一骑入斜谷，我不得不反，当与汝永诀呢。"光业得书，取示枢密院承旨李虔徽，虔徽转告安重诲。重诲怒道："他敢阻我增兵么？我偏要增兵，看他如何区处！"**既已挑动二憾，还要抱薪赴火。**随即派别将苟咸义再率千人西行。光业闻知，急语虔徽道："此兵西去，我父必反，我不敢自爱，恐烦朝廷调发，糜饷劳师，不若速止此兵，可保我父不反。"虔徽又转白重诲，重诲哪里肯依？果然咸义未到阆州，董璋已经倡乱。

阆州镇将李仁矩，遂州镇将夏鲁奇，与利州镇将李彦琦，飞表奏闻。唐主召群臣会议军事，安重诲进言道："臣早料两川必反，但陛下含容不讨，因致如此！"**若非你去逼反，度亦未必至此。**唐主道："我不负人，人既负我，不能不讨了。"遂饬利、遂、阆三州，联兵进讨。偏三镇尚未出师，两川先已入犯，反使三镇自顾不暇，还想什么联军。看官道两川兵马，如何这般迅速？原来唐廷会议发兵，适有西川进奏官苏愿，得知消息，立遣从官驰报知祥。知祥与赵季良计议。季良道："为今日计，莫若令东川先取遂、阆，然后我拨兵相助，并守剑门。彼时大军虽至，我已无内顾忧了！"知祥依议而行，遣使约董璋起兵。璋愿引兵击阆州，请知祥进攻遂州。知祥乃遣指挥使李仁罕为行营都部署，汉州刺史赵廷隐为副，简州刺史张业为先锋，率兵三万，往攻遂州，再派牙内指挥使侯弘实、孟思恭等，领兵四千，助董璋攻阆州。

阆中镇帅李仁矩，本来是个糊涂虫，一闻川兵到来，便欲出城搦战，部将皆进谏道："董璋久蓄反谋，来锋必不可当，不如固垒拒守，挫他锐气，俟大军到来，贼自然走了。"仁矩怒道："蜀兵懦弱，怎能当我精卒呢？"遂不从众言，居然出战。诸将因良谋不纳，各无斗志，未曾交锋，便即溃退，仁矩亦策马逃归。董璋乘势追击，险些儿突入城中，幸经姚洪断后，抵敌一阵，才得收兵入城，登陴拒守。璋曾为梁将，姚洪尝隶璋麾下，至是用密书招洪，诱令内应，洪投诸厕中。璋昼夜攻城，城中除姚洪外，都不肯为仁矩效力，眼见得保守乏人，坐致陷没。仁矩立被杀毙，家属尽死。姚洪巷战被执，由董璋向他面责道："我尝从行间拔汝，今日如何相负！"洪瞋目道："老贼！汝昔为李氏奴，扫除马粪，得一窦残炙，感恩无穷。今天子用汝为节度使，有何负汝，乃竟尔造反呢？汝犹负天子，我受汝何恩，反云相负！我宁为天子死，不愿与人奴并生！"璋闻言大怒，令壮士扛镬至前，刲洪肉入镬烹食，洪至死尚骂不绝声。**不没忠节。**

唐廷闻阆州失守，乃下诏削董璋官爵，诛璋子光业，命天雄军节度使石敬瑭为招讨使，夏鲁奇为副，右武卫上将军王思同为先锋，率兵征蜀，且令孟知祥兼供馈使。知祥已与璋同反，唐主尚欲笼络，所以有此诏命。**毋乃太恩。**知祥当然不受，反益兵围遂州，并促董璋速攻利州。璋向利州进发，途次遇雨，饷运不继，仍退还阆州。知祥闻报大惊道："阆中已破，正好进取利州，我闻李彦琦无甚勇略，必望风遁去，若得他仓廪，据险拒守，北军怎能西救遂州！今董公僻处阆中，远弃剑阁，必非良策，一旦剑门失陷，两川都吃紧了！"**知祥谋略，远过董璋，故董璋卒为所败。**遂遣人驰白董璋，愿发兵三千人，助守剑门。璋答言剑门有备，不劳遣师。知祥乃更派将下夔州，取泸州，更分道往略黔涪。

过了旬日，果得董璋急报，谓石敬瑭前军已袭据剑门，守将齐彦温被他擒去。知祥顿足道："董公果误我了！"急召都指挥使李肇入见，令他率兵五千，倍道往据剑州。又遣人诣遂州，令赵廷隐分兵万人，会屯剑州。再派故蜀永平节度使李筠领兵四千，据守龙州要害。西川诸将，多系郭崇韬留成，崇韬冤死，诸将多归咎朝廷，故愿为知祥效力。时适隆冬，天寒道滑，赵廷隐自遂州移军，士卒多观望不前。廷隐泣谕道："今北军势盛，若汝等不肯力战，妻孥皆为人有了！"于是众志始奋，亟向剑州进发。

先是西川牙内指挥使庞福诚，昭信指挥使谢锽，屯来苏村，闻剑门失守，互相告语道："若北军更得剑州，两蜀恐难保了。"遂引步兵千余人，从间道趋剑州，适值石敬瑭前锋王思同，与阶州刺史王弘贽、泸州刺史冯晖等，从此山驰下，望将过去，不下万余人，福诚便语谢锽道："我军只有千余名，来军总在万人以上，就使以一敌十，尚虑不足。今已天暮，待至明晨，我辈恐无遗类了。"谢锽道："不若乘着今夜，先去劫营，杀他一个下马威，免他轻视。"福诚道："我意也是如此！但敌众我寡，只好用着疑兵计，前后夹攻，令他惊退，便好保住剑州了。"锽奋然道："我挡敌前，君挡敌后，可好么？"福诚大喜，便与锽分路潜进，是夜唐军已越北山，就在山下扎营，约至黎明进攻剑州。夜色将阑，忽闻营外喊声骤起，急忙出兵对敌，不意来兵甚猛，所持皆系利刃，乱冲乱斫，好似生龙活虎一般。时当黑夜，也不知来兵若干，情急心虚，已觉遮拦不住，又听得山上吹角鸣鼓，响彻行营，不由得惊上加惊，立即弃营遁去，还保剑门，十多日不敢出军。

庞、谢二将，已将唐军吓退，安返剑州。<small>计议用明写，攻战用虚写，笔法灵活。</small>赵廷隐、李肇两军，亦陆续到来，剑州已保无虞，再加董璋遣将王晖，也来助守，兵厚势盛，足敌官军。那庞、谢二将，仍出镇原汛去了。

石敬瑭到了剑门，才奏称知祥拒命。有诏夺知祥官爵，促敬瑭即日进讨。知祥闻剑州已固，方大喜道："我但恐唐军进据剑州，扼守险要，或分兵直趋朴州，董公必弃阆州奔还，我军失援，也只好撤遂州围。两川震动，势甚可虑，今乃顿兵剑门，连日不出，我定可济事了。"遂命赵廷隐、李肇等整备迎敌。石敬瑭带着大军，进屯北山。赵廷隐在牙城后面，依山列阵，使李肇、王晖出阵河桥。敬瑭引步兵进击廷隐，饬骑兵冲突河桥，两路兵马，统被蜀兵用强弩射退。到了日暮，敬瑭引退，又被廷隐等追杀一阵，丧失至千余人，仍还屯剑门。

当下飞使至洛，极言蜀道险阻，未易进兵，关右人民，转饷多劳，往往窜匿山谷，聚为盗贼，情势可忧，务乞睿断等语。<small>敬瑭亦不免推诿。</small>唐主接得军报，愀然语左右道："何人能办得了蜀事？看来朕当自行呢。"安重诲在旁进言道："臣职忝机密，军威不振，由臣负责，臣愿自往督战！"唐主道："卿愿西行，尚有何言！"

重海拜命即行，日夜驰数百里，西方藩镇，闻重海西来，无不惶骇，急将钱帛刍粮，运往利州。天寒道阻，人畜毙踣，不可胜计。凤翔节度使季从曮，已徙镇天平军，继任为朱弘昭，闻重海过境，迎拜马前，留馆府舍，供张甚谨，连妻子也出来拜谒。重海还道他是义重情深，与语朝事，无非说是谗言可畏，此行誓为国家宣力，杜塞谗口。弘昭尚极力称扬，及重海既去，他即上书奏陈，说是重海怨望，不可令至行营。*小人之不可与处也如此。*又贻书石敬瑭，劝他阻止重海，免夺兵权。敬瑭正防到此着，再引兵出屯北山，与赵廷隐等交战数次，未见得利。且因遂州被陷，夏鲁奇阵亡，心下很是焦烦，一得弘昭来书，连忙拜表唐廷，但言重海远来，转惑军心，乞即征还。

唐主早不悦重海，别用范延光为枢密使，又因宣徽使孟汉琼，出使军前，还言两川变乱，统由重海一人所致，再加王德妃从旁媒孽，越使唐主动疑，遂召重海东归。重海方到三泉，接到诏敕，不得已马首东瞻。

石敬瑭闻重海东还，即生退志，适知祥枭夏鲁奇首，遣人持示行营。鲁奇有二子随军，共向敬瑭泣陈，愿取父首。敬瑭道："知祥长厚，必葬汝父，较诸身首异处，不更好么？"越日果由知祥传命，收还首级，备棺殡葬。敬瑭即毁去营寨，班师北归，两川兵从后追蹑，直至利州。李彦琦亦弃城奔还。自是利、遂、阆三镇，尽为蜀有。知祥复遣李仁罕等，攻夺忠、万、夔三州，声势大振。董璋乃收兵还东川。

唐主闻敬瑭奔还，并不加谴，但欲归罪重海。重海还，过凤翔，再想与朱弘昭谈心，弘昭已经变脸，闭门不纳。重海怅怅还都，途中奉诏，命为河中节度使，不必入觐，方转趋河中去了。

未几由唐廷宣敕，复吴越王钱镠官爵，再起李从珂为左卫上将军，出镇凤翔。重海愈觉不安，乃上章乞休，朝命以太子太师致仕，另简皇侄从璋为河中节度使，并遣步军药彦稠率兵同行，使防重海变状。重海有二子，长崇绪，次崇赞，宿卫京师，一闻制下，即日私奔至河中，省视重海。重海道："尔等来此，有无朝命？"二子答言未曾，重海大惊道："未奉敕旨，怎得擅来！"说至此，不禁顿足，半晌才唏嘘道："我知道了，这事非尔等意，有人诱使尔等，陷我重罪，我以死报国罢了，余复何言！"乃将二子械送阙下。行至陕州，已有制敕传到，令就地下狱。

重海既发遣二子，自知不妙，日夕防有后命。忽有中使到来，见了重海，尚未开口，即向他恸哭。重诲亦流涕问故。中使道："人言公有异志，朝廷已遣药彦稠领兵来了。"重诲泫然道："我久受国恩，死不足报，尚敢另生异志，更烦国家发兵，贻主上忧么？"已而李从璋、药彦稠到来，与重诲相见，尚无恶意。重诲正要交卸，不防来了皇城使翟光邺，传着密旨，令从璋转图重诲。从璋即带兵围重诲第，自入门见重诲。甫至庭中，便即下拜。重诲惊出，降阶答礼，偏从璋手出一锤，趁着重诲俯首时，猛击过去，砉然一声，流血满庭。重诲妻张氏，三脚两步地走了出来，抱住重诲大呼道："令公就使得罪，死亦未晚，何必这般辣手！"从璋又用锤击张氏首，可怜一对夫妇，就此毕命，同归地下。享尽荣华，难免有此一日。

看官听着！翟光邺奉遣至河中，不过由唐主密嘱，谓重诲果有异志，可与从璋密商。光邺素恨重诲，即授意从璋，击死重诲夫妇，然后返报唐主，只说重诲已蓄异图。唐主即日下诏，把断绝钱镠，及离间孟知祥、董璋等事，一古脑儿归至重诲身上，并将他二子并诛，唯族属得免连坐。小子有诗叹道：

> 大臣风度贵休休，贪利终贻家国忧。
> 一奋铁锤双陨命，生前何不早回头！

唐主已诛死重诲，又命西川进奏官苏愿，东川进奉军将刘澄，各还本道，传谕安重诲专命兴兵，今已伏辜了。毕竟两川如何对待，且至下回表明。

安重诲恃宠擅权，其足以致死也，由来久矣。从珂虽唐主养子，但为唐主所垂爱，且已立有大功，语云疏不间亲，宁重诲独未之闻乎？顾因杯酒小嫌，必欲陷害从珂，计尚未遂，而君臣之疑忌，已从此生矣。王德妃为重诲内援，特以制锦铺地之谏阻，即致失欢，重诲不乘此乞休，尚欲何为？至于两川发难，必激之使变，已属乖方。且李仁矩、武虔裕等，皆非将材，乃一以私党而令镇阆州，一以私亲而使守绵州，用人失当，专顾私图，几何而不偾事也！逮夫内外交构，不死何待？彼尚自诩为一死报国。为问其所谓报国者，果属何在耶？或犹以死非其罪惜之，夫罪如重诲，死何足惜？所惜者唐主嗣源，不能明正其罪，乃徒为李从璋所击毙耳。重诲不死于国法，而死于从璋之手，宜后人之为彼呼冤也。

第二十三回

杀董璋乱兵卖主
宠从荣骄子弄兵

　　却说孟知祥据有西川，得进奉官苏愿归报，已知朝廷有意诏谕，且闻在京家属，均得无恙，乃遣使往告董璋，欲约他同上谢表。璋勃然道："孟公家属皆存，原可归附，我子孙已经被戮，还谢他什么？"遂将来使斥归。知祥再三遣使，往说董璋，略言主上既加礼两川，若非奉表谢罪，恐复致讨。我曲彼直，反足致败，不如早日归朝，得免后祸。璋始终不从。越年为唐主长兴元年，知祥再遣掌书记李昊诣梓州，极陈利害。璋不但不允，反将昊诟骂一番，撵出府门。昊怏怏回来，入白知祥道："璋不通谋议，且欲入窥西川，公宜预备为是。"知祥乃增成设防，按兵以待。

　　果然到了孟夏，董璋率兵入境，攻破白杨林镇，把守将武弘礼擒去。当董璋出兵时，与诸将谋袭成都，诸将统皆赞成，独部将王晖道："剑南万里，成都为大，时方盛夏，师出无名，看来似未必成功哩。"璋不肯依言，遂进兵白杨林镇。

　　知祥闻武弘礼被擒，亟集众将会议。副使赵季良道："董璋为人，轻躁寡恩，未能拊循士卒，若据险固守，却是不易进攻，今不守巢穴，前来野战，乃是舍长用短，不难成擒了。唯董璋用兵，轻锐皆在前锋，公宜诱以羸卒，待以劲兵，始虽小衄，终必大捷。愿公勿忧！"季良善谋。知祥又问何人可为统帅，季良道："璋素有威名，今举兵突至，摇动人心，公当自出抵御，振作士气。"赵廷隐独插入道："璋有勇无谋，举兵必败，廷隐当为公往擒此贼！"知祥大喜，即命廷隐为行营马步军都部署，率三万人出拒董璋。

廷隐部署军伍，已经成队，乃入府辞行，适外面递入董璋檄文，指斥知祥悔婚败盟，又有遗季良、廷隐及李肇书，文中语气，似与三人已订密约，有里应外合的意思。知祥阅毕，递视廷隐，廷隐举书掷地道："何必污目！想总是行反间计，欲公杀副使及廷隐呢。"再拜而行，知祥目送廷隐道："众志成城，当必能济事了。"

才阅两日，又接汉州败报，守将潘仁嗣，与董璋交战赤水，大败被擒，接连又得汉州失守警耗。知祥投袂起座，命赵季良守成都，自率八千人趋汉州，行至弥牟镇，见廷隐驻营镇北，遂与他会师。次日见董璋兵至，会廷隐列阵鸡踪桥，扼住敌冲，又令都知兵马使张公铎，列阵后面，自登高阜督战。

董璋至鸡踪桥畔，望见西川兵盛，也有惧意，退驻武侯庙前，下马休息。帐下骁卒忽大噪道："日已亭午，曝我做甚？何不速战！"璋乃上马趋进，前锋甫交，东川右厢马步指挥使张守进，即弃甲投戈，奔降知祥。知祥召问军情，守进道："璋兵尽此，无复后继，请急击勿失。"知祥乃麾军逆击，两下里一场鏖斗，东川兵恰也利害，争夺鸡踪桥，廷隐部下指挥使毛重威、李瑭，相继阵亡，惹得廷隐性起，拼死力战，三进三却，总敌不住东川兵。都指挥副使侯弘实，见廷隐不能得利，也挥兵倒退。知祥立马高阜，瞧着情形，不禁捏着一把冷汗，亟用马箠指麾后阵，令张公铎上前救应。公铎部下，养足锐气，一经知祥指麾，骤马突出，大呼而进。东川兵已杀得筋疲力软，不防一支生力军，从刺斜里杀将过来，顿时旗靡辙乱，不能支持。廷隐、弘实，又乘势杀转，把东川兵一阵蹂躏，擒住东川指挥使元积、董光裕等八十余人。**先败后胜，果如季良所料。**董璋拊膺长叹道："亲兵已尽，我将何依？"遂率数骑遁去，余众七千人投降知祥。潘仁嗣也得逃还。知祥再引兵穷追，至五侯津，又收降东川都指挥使元瓌，长驱入汉州城。董璋早弃城东奔，西川兵入璋府第，觅璋不得，但见有刍粮甲械，遗积甚多，大众相率搬取，无心去追董璋，璋因是得脱。

唯赵廷隐带着亲卒，追至赤水，复得收降东川散卒三千人。知祥命李昊草榜，慰谕东川吏民，且草书劳问董璋，谓将至梓州，诘问负约情由，及见侵罪状，一面至赤水会廷隐军，进攻梓州。璋奔至梓州城下，肩舆入城。王晖迎问道："公全军出征，今随还不及十人，究属何因？"**报复语虽然痛快，究非臣下所宜。**璋无言可答，只向他流涕下泪。晖却冷笑而退。及璋入府就食，不意外面突起喧声，慌忙投箸出窥，略略一瞧，乱兵不下数百，为首有两员统领，一个正是王晖，一个乃是从子都虞候董延浩，自知不能理喻，亟率妻子从后门逃出，登城呼指挥使潘稠，令讨乱兵。稠引十卒登城，竟把璋首取去，献与王晖。璋妻及子光嗣，统自经死。适西川军将赵廷隐，驰抵城下，晖即开城迎降。

廷隐趋入梓州，检封府库，候知祥到来发落。偏是知祥有疾，中途逗留。那李仁罕自遂州到来，由廷隐出迎板桥，仁罕并不道贺，且侮谩廷隐。廷隐非常衔恨，强延仁罕入城。既而知祥疾瘳，方入梓州，犒赏将士，本欲令廷隐为东川留后，偏是仁罕不服，也欲留镇梓州，乃由知祥自行兼领，调廷隐为保宁军留后，仍饬仁罕还镇遂州，两人才算受命，各归镇地。

山南西道王思同，奏达唐廷，谓董璋败死，知祥已并有两川。当由唐主商诸辅臣，枢密使范延光道：“知祥虽据全蜀，但士卒皆东方人，知祥恐他思归为变，亦欲借朝廷威望，镇压众心，陛下不如曲意招抚，令彼自新。”唐主道：“知祥本我故人，为谗人离间至此，朕今日招抚故交，也不好算是曲意哩。”乃遣供奉官李存瓌赴蜀，宣慰知祥。知祥已还成都，闻存瓌持诏到来，即遣李昊出迎，延入府第，存瓌即开读诏词，略云：

董璋狐狼，自贻族灭。卿丘园亲戚，皆保安全，所宜成家世之美名，守君臣之大节。既往不咎，勉释前嫌，卿其善体朕意！

知祥跪读诏书，拜泣受命。存瓌将诏书递交知祥，然后与知祥行甥舅礼。原来存瓌系李克宁子，克宁妻孟氏，即知祥胞妹。克宁为庄宗所杀，子孙免罪。存瓌留事阙下，得为供奉官。知祥见甥儿无恙，恰也欣慰。留住数日，便遣存瓌东归，上表谢罪。且因琼华长公主，*即知祥妻，见前文，*已经病逝，讣告丧期，又表称将校赵季良五人，平东有功，乞授节钺。唐主再命存瓌西行，赐故长公主祭奠，赠绢三千匹，赏还知祥官爵，并赐玉带。所有赵季良等五将，候知祥择地委任，再请后命。知祥乃复请西川文武将吏，乞许权行墨制，除补始奏。唐主一一允许。知祥遂用墨制授季良等为节度使。越年且由唐廷派遣尚书卢文纪，礼部郎中吕琦，册封知祥为东西川节度使蜀王，自是知祥得步进步，隐然有帝蜀的思想了。隐伏下文。

是时吴越王钱镠，亦已老病，奄卧多日，自知病必不起，召诸将吏入寝室，流涕与语道："我子皆愚懦，恐不足任后事，我死，愿公等择贤嗣立！"诸将吏皆泣下道："大王令嗣传瓘，素从征伐，仁孝有功，大众俱愿受戴，请以为嗣！"镠乃召入传瓘，悉出印钥相授道："将士推尔，尔宜善自守成，无忝所生！"传瓘拜受印钥，起侍寝侧，镠又与语道："世世子孙，当善事中国，就使中原易姓，亦毋失事大礼，切记勿忘！"传瓘亦唯唯遵教，未几镠殁，享寿八十一岁。

相传镠生时适遇天旱，道士东方生指镠所居，谓池龙已生此家。时镠正产下，红光满室，父宽以为不祥，弃诸井旁。唯镠祖母知非常儿，抱归抚养，名为婆留，且号井为婆留井。及镠年数岁，尝在村中大木下，指示群儿，戏为队伍，颇得军法。后来骁勇绝伦，善射与槊。邑中有衣锦山，上列石镜，阔二尺七寸，镠对石自顾，身服冕旒，如封王状。虽尝隐秘不言，但因此有自负意。至受梁封为吴越王后，广杭州城，筑捍海石塘。江中怒潮急湍，版筑不就，镠采山阳劲竹，制成强弩五百，硬箭三千，选弓弩手出射潮头，潮乃退趋西陵，遂得竖椿垒石，筑成长堤。射潮事传为美谈，其实潮汐长落，本有定时，镠特借此以鼓动工役耳。且建候潮、通江等城门，并置龙山、浙江两闸，遏潮入河。嗣是钱塘富庶，冠绝东南。为民奠土，不为无功。

镠自少年从军，夜未尝寐，倦极乃就圆木小枕，或枕大铃，枕欹辄寤，名为警枕。寝室内置一粉盘，有所记忆，即书盘中，至老不倦。平时立法颇严，一夕微行，还叩北城门，门吏不肯启关，自内传语道："就使大王到来，亦不便启门！"诘旦镠乃从北门入，召入北门守吏，嘉他守法，厚给赏赐。有宠姬郑氏父，犯法当死，左右替他乞免。镠怒道："为一妇人，欲乱我法么？"并命宫人牵出郑姬，斩首以徇。纯是权术。每遇春秋荐享，必呜咽道："今日贵盛，皆祖先积善所致，但恨祖考不及见哩。"孝思可嘉。晚年礼贤下士，得知人誉。自传瓘袭职，传讣唐都，唐主赐谥武肃，命以王礼安葬，且令工部侍郎杨凝式撰作碑文。浙民代请立庙，奉诏俞允。越二年庙成供像，历代不移。浙人称为海龙王，或沿称为钱大王。补叙钱镠故事，亦不可少。

传瓘为镠第五子，《十国春秋》谓为第七子，曾任镇海、镇东两军节度使，嗣位后改名元瓘，以遗命去国仪，仍用藩镇法，除民逋赋，友于兄弟，慎择贤能，所以吴越一方，安堵如故。

唯闽王王延钧杀兄攘位，据闽数年，会遇疾不能视事，延禀竟率子继雄自建州来袭福州。延钧忙遣楼船指挥使王仁达往御，仁达遇继雄军，为立白帜，作乞降状。继雄信为真情，过舟慰抚，被仁达一刀杀死，乘势追擒延禀，牵至延钧帐前。延钧病已少愈，面责延禀道："兄尝谓我善继先志，免兄再来，今日烦兄至此，莫非由我不能承先么？"延禀惭不能答，即由延钧喝令推出，枭首示众，复姓名为周绍琛。遣弟延政往抚建州，慰抚军民，闽地复安。

延钧渐萌骄态，上书唐廷，内称楚王马殷，吴越王钱镠，统加尚书令，今两王皆殁，请授臣尚书令。唐廷置诸不理。延钧遂不通朝贡。已而信道士陈守元言，建宝皇宫，自称皇帝，改名为鳞。守元又妄称黄龙出现，因改元龙启，国仍号闽，追尊审知为太祖，立五庙，置百官，升福州为长乐府，独霸一方。唐廷力不能讨，由他逞雄。

武安军节度使马希声病死，弟希范向唐报丧，唐主准令袭职，不烦细表。定难军治夏州节度使李仁福，也因病去世，子彝超自称留后，唐主欲稍示国威，徙彝超镇彰武军，治延州，别简安从进为定难留后。偏彝超不肯奉命，但托词为军民所留，不得他往。唐廷令从进往讨彝超，卒因饷道不继，无功引还。彝超上表谢罪，自陈无叛唐意，不过因祖父世守，上下相习，所以迁徙为难，乞恩许留镇。廷议以夏州僻远，不若权事羁縻，省得劳师费财。唐主也得过且过，授彝超得节度使，姑息偷安罢了。将外事并作一束，无非是插叙文字。

外事粗定，内乱复萌，骨肉竟同仇敌，萧墙忽起干戈，这也是教训不良，酿成祸变，说将起来，可叹可悲！突起一峰，笔不平直。原来唐主嗣源，生有四子，长名从璟，为元行钦所杀，元行钦即李绍荣，已见前文。次名从荣，又次名从厚，又次名从益。天成元年，从荣受命为天雄军节度使，兼同平章事。次年，授从厚同平章事，充河南尹，判六军诸卫事。从荣闻从厚位出己上，未免怏怏。又越年，徙从荣为河东节度使，兼北都留守。未几，又与从厚互易，从荣得为河南尹，判六军诸卫事。两人为一母所生，性情却绝不相同。从厚谨慎小心，颇有老成态度，独从荣躁率轻夸，专喜与浮薄子弟，赋诗饮酒，自命不凡。唐主屡遣人规劝，终不肯改，也只好付诸度外。教之不从，奈何置之。长兴元年，封从荣为秦王，从厚为宋王。从荣既得王爵，开府置属，益招集淫朋为僚佐，日夕酣歌，豪纵无度，一日入谒内廷，唐主问道："尔当军政余暇，所习何事？"从荣答道："暇时读书，或与诸儒讲论经义。"唐主道："我虽不知书，但喜闻经义，经义所陈，无非父子君臣的大道，足以益人智思，此外皆不足学。我见庄宗好作歌诗，毫无益处，尔系将家子，文章本非素习，必不能工，传诸人口，徒滋笑谤，愿汝勿效此浮华哩！"从荣勉强答应，心中却不以为然。唯当时安重诲尚在禁中，遇事抑制，为从荣所敬惮，故尚未敢为非。及重诲已死，王淑妃、孟汉琼居中用事，授范延光、赵延寿为枢密使。延光以疏属见用，没甚重望。延寿本姓刘，为卢龙节度使赵德钧养子，冒姓刘氏，因巧佞得幸，尚唐主女兴平公主，参入枢要。从荣都瞧不上眼，任意揶揄。石敬瑭自西蜀还朝，受任六军诸卫副使。他本娶唐主女永宁公主为妻，公主与从荣异母，素相憎嫉，敬瑭恐因妻得祸，不愿与从荣共事，屡思出补外任，免惹是非。就是延光、延寿，也与敬瑭同一思想，巴不得离开殿廷，省却无数恶气，只恨无隙可请，没奈何低首下心，虚与周旋。

会契丹东丹王兀欲，怨及母弟，越海奔唐。唐赐姓名为李赞华，授怀化军<small>治慎州</small>节度使。就是从前卢龙献俘的惕隐，也授他官职，赐姓名为狄怀忠。契丹遣使索还，唐廷不许，遂屡次入寇。唐主欲简择河东镇帅，控御契丹，延光、延寿遂荐举石敬瑭，及山南东道节度使康义诚。敬瑭幸得此隙，立即入阙，自请出镇，乃授敬瑭为河东节度使，敬瑭拜命，即日登程。既至晋阳，用部将刘知远、周瓌为都押衙，委以心腹，军事委知远，财政委瓌，静听内外消息，相机行事。<small>后晋基业，肇始于此。</small>唐主调回康义诚，令掌六军诸卫副使，代敬瑭职。出从珂为凤翔节度使，加封潞王。四子从益为许王，并加秦王从荣为尚书令，兼官侍中。从益乳母王氏，本宫中司衣，因见秦王势盛，欲借端依托，为日后计，乃暗嘱从益至唐主前，求见秦王。唐主以幼儿思兄，人情常事，乃遣王氏挈往秦府。王氏见了从荣，非常谄谀，甚且装出许多媚态，殷勤凑奉。从荣最喜奉承，又见王氏有三分姿色，乐得移篙近舵，索性将从益哄出，令婢媪抱见王妃刘氏，自与王氏搂入别室，做了一出鸳鸯梦。待至云收雨散，再订后期，且嘱王氏伺察宫中动静。王氏当然依嘱，仍带从益回宫。嗣是王氏常出入秦府，传递消息，所有宫中情事，从荣无不与闻。又有太仆少卿致仕何泽，乘机希宠，表请立从荣为皇太子。唐主览表泣下，私语左右道："群臣请立太子，朕当归老太原旧第了！"<small>六十余岁，尚恋恋尊荣耶？</small>不得已令宰相枢密会议。从荣闻信，亟入见唐主道："近闻有奸人请立太子，臣年尚幼，愿学治军民，不愿当此名位呢。"唐主道："这

刘知远

是群臣的意思，朕尚未曾决定。"从荣乃退，出语延光、延寿道："执政欲立我为太子，是欲夺人兵权，幽入东宫哩。"延光等揣知上意，且惧从荣见怪，遂奏请授从荣为天下兵马大元帅，位宰相上。有诏准奏，于是从荣总揽兵权，得用禁军为牙兵。每一出入，侍卫盈途，就是入朝时候，从骑必数百人，张弓挟矢，驰骋皇衢，居然是六军领袖，八面威风。小子有诗咏道：

> 皇嗣何堪使帅师？春秋大义贵先知。
> 只因骄子操兵柄，坐使萧墙祸乱随。

从荣擅权，朝臣畏祸，最着急的莫若两人。看官道两人为谁？待小子下回再表。

读此回而知唐明宗之未足有为，不过一庸柔主耳。两川交争，正可借此进兵，坐收渔人之利，董璋出师，能间道以袭东川，易如反手，否则俟孟知祥入东川时，乘虚捣成都，亦是攻其无备之一策。璋固败死，知祥亦疲，卞庄子之所以能刺二虎者，由是道也。乃事前毫不注意，事后徒知慰谕，遂令知祥坐大，并有两川，是非失策之甚者乎？至若对待藩镇，同一柔弱，甚至不能制驭其子，酿成骄戾，卫州吁之致乱，咎在庄公，岂尽厥子罪哉！况年已老迈，尚不欲择贤为嗣，当断不断，反受其乱，识者有以窥明宗之心术矣。

第二十四回

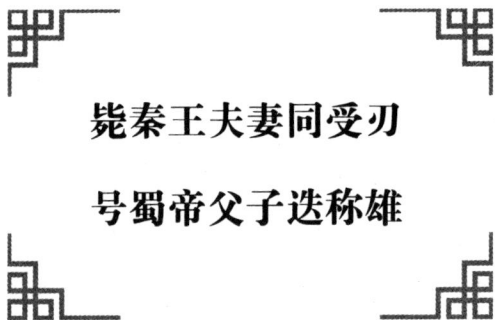

毙秦王夫妻同受刃
号蜀帝父子迭称雄

　　却说唐廷大臣，见秦王从荣擅权，多恐惹祸，就中最着急的，乃是枢密使范延光、赵延寿两人。屡次辞职，俱不得唐主允许。嗣因唐主有疾，好几日不能视朝，从荣却私语亲属道："我一旦得居南面，定当族诛权幸，廓清宫廷！" *如此狂言，奈何得居南面！* 延光、延寿得闻此语，越加惶急，复上表乞请外调。唐主正日夕忧病，见了此表，遽掷置地上道："要去便去，何用表闻！"延光、延寿急得没法。究竟延寿是唐室驸马，有公主可通内线。公主已进封齐国，颇得唐主垂爱，遂替延寿入宫陈情，但说是延寿多病，不堪机务，唐主还未肯遽允。延寿又邀同延光，入内自陈道："臣等非敢惮劳，愿与勋旧迭掌枢密，免人疑义。且亦未敢俱去，愿听一人先出，若新进不能称职，仍可召臣，臣奉诏即至便了。"唐主乃令延寿为宣武节度使，延寿欢跃而去。枢密使一缺，召入节度使朱弘昭继任。弘昭入朝固辞，唐主怒叱道："汝等皆不欲侍侧，朕养汝等做什么？"弘昭始不敢再言，悚惶受命。*前日待安重诲机变得很，此次却上钩了。*

　　范延光见延寿外调，欣羡得很，他恨无玉叶金枝，作为妻室，只好把囊中积蓄，取了出来，送奉宣徽使孟汉琼，托他恳求王淑妃，代为请求，希望外调。*无非拜倒石榴裙下，不过难易有别。* 毕竟钱可通灵，一道诏下，授延光为成德军节度使。延光如脱重囚，即日陛辞，向镇州莅任去了。晦气了一个三司使冯赟，调补枢密使，枢密使非不可为，但惜朱、冯二人，才不称职耳。外此如近要各官，亦多半求去。有蒙允准的，有不蒙允准的，允准的统是喜慰，不允准的统是忧愁。康义诚度不能脱，遣子服事秦王，为自全计，唐主还道他朴忠可恃，命为亲军都指挥使，兼同平章事，其实义诚是佯为恭顺，阴持两端，有什么朴忠可恃呢！一班狡徒，任内外事，安得不乱？

先是大理少卿康澄，目击乱萌，曾有五不足惧，六可畏一疏，奏入宫廷，当时称为名论。疏中略云：

臣闻安危得失，治乱兴亡，曾不系于天时，固非由于地利，童谣非祸福之本，妖祥岂隆替之源？故雒雉升鼎而桑谷生朝，不能止殷宗之盛；神马长嘶而玉龟告兆，不能延晋祚之长。是知国家有不足惧者五，有深可畏者六。阴阳不调不足惧，三辰失行不足惧，小人讹言不足惧，山崩川涸不足惧，蟊贼伤稼不足惧，此不足惧者五也。贤人藏匿深可畏，四民迁业深可畏，上下相徇深可畏，廉耻道消深可畏，毁誉乱真深可畏，直言蔑闻深可畏，此深可畏者六也。伏唯陛下尊临万国，奄有八纮，荡三季之浇风，振百王之旧典。设四科而罗俊彦，提二柄而御英雄。所以不轨不物之徒，咸思革面；无礼无义之辈，相率悛心。然而不足畏者，愿陛下存而勿论，深可畏者，愿陛下修而靡忒。加以崇三纲五常之教，敷六府三事之歌，则鸿基与五岳争高，盛业共磐石永固矣。谨此疏闻。

唐主览疏，虽优诏褒答，但总未能切实举行。所以六可畏事，始终失防，徒落得优柔寡断，上下蒙蔽，几乎又惹出伦常大变，贻祸宫闱。

长兴四年十一月，唐主病体少瘥，出宫赏雪，至士和亭宴玩半日，免不得受了风寒。回宫以后，当夜发然，急召医官诊视，说是伤寒所致，投药一剂，未得挽回。次日且热不可耐，竟至昏昏沉沉，不省人事。秦王从荣，与枢密使朱弘昭、冯赟，入问起居，三呼不应。王淑妃侍坐榻旁，代为传语道："从荣在此。"唐主又不答。淑妃再说道："弘昭等亦在此。"唐主仍然不答。从荣等无言可说，只好退出。

既至门外，闻宫中有哭泣声，还疑是唐主已崩。从荣还至府中，竟夕不寐，专俟中使迎入。哪知候到黎明，一些儿没有影响，自己却倦极思眠，便在卧室中躺下，呼呼睡去，等到醒来，已是午牌时候，起问仆从，并没有宫廷消息，不由得惊惧交并，一心思想做皇帝，可惜运气未来。当即遣人入宫，诈称遇疾，私下召集党人，定一密谋，拟用兵入侍，先制权臣。遂遣押衙马处钧，往告朱弘昭、冯赟道："我欲带兵入宫，既便侍疾，且备非常，当就何处居住？"弘昭等答道："宫中随便可居，唯王自择。"嗣又私语处钧道："皇上万福，王宜竭力忠孝，不可妄信浮言。"处钧还白从荣，从荣又遣处钧语二人道："尔等独不念家族么？怎敢拒我！"二人大惧，入告孟汉琼。汉琼转白王德妃，德妃道："主上昨已少愈，今晨食粥一器，当可无虞。从荣奈何敢蓄异图！"汉琼道："此事须要预防，一经秦王入宫，必有巨变！看来唯先召康义诚，调兵入卫，方免他虑。"德妃点首，汉琼自去。

原来唐主嗣源，昏睡了一昼夜，到了次日夜半，出了一身微汗，便觉热退神清，蹶然坐起。四顾卧室，只有一个守漏宫女，尚是坐着。便问道："夜漏几何？"宫女起答道："已是四更了。"唐主再欲续问，忽觉喉间微痒，忙向痰盂唾出数片败肉，好似肺叶一般，随又令宫女携起溺壶，撒下许多涎液，当有宫女启问道："万岁爷曾省事否？"唐主道："终日昏沉，此刻才能知晓，未知后妃等何往？"宫女道："想是各往寝室，待去通报便了。"语毕，便抢步外出，往报后妃。六宫闻信，陆续趋集，互相笑语道："大家还魂了！"汝等去做做什么？因相率请安，并问唐主腹可饥否？唐主颇欲进食，乃进粥一器，由唐主食尽，仍然安睡，到了天明，神色更好了许多。

唯从荣尚未得知，还疑是宫中秘丧，将迎立他人，不得不先行下手。至孟汉琼往晤康义诚。义诚爱子情深，未免投鼠忌器，但嗫嚅对答道："仆系将校，不敢预议，凡事须由宰相处置！"汉琼见义诚首鼠两端，忙去转告朱弘昭。弘昭大惊，夜邀义诚入私室，一再详问，义诚仍执前言，未几辞去。是夕已由从荣召集牙兵千人，列阵天津桥，待至黎明，即遣马处钧至冯赟第，叩门传语道："秦王决计入侍，当居兴圣宫，公等各有宗族，办事应求详允，祸福在指顾间，幸勿自误！"赟未及答，处钧已去，转告康义诚，义诚道："王欲入宫，自当奉迎。"于是冯赟、康义诚，各怀私意，俱驰入右掖门。朱弘昭相继驰至，孟汉琼自内趋出，与弘昭等共至中兴殿门外，聚议要事。赟具述处钧传语，且顾语义诚道："如秦王言，心迹可知，公勿因儿在秦府，左右顾望，须知主上禄养吾徒，正为今日，若使秦王兵得入此门，将置主上何地！我辈尚有遗种么？"义诚尚未及答，门吏已仓皇趋入，大声呼道："秦王已引兵至端门外了。"孟汉琼闻报，拂袖遽起道："今日变生仓猝，危及君父，难道尚可观望么？如我贱命，有何足惜，当自率兵拒击哩！"说着，即趋入殿门，朱、冯两人，联步随入。义诚不得已，也跟在后面。汉琼入白唐主道："从荣造反，已引兵攻端门，若纵他入宫，便成大乱了！"宫人听了此言，相向号哭，唐主亦惊语道："从荣何苦出此！"*还是溺爱。* 便问朱、冯两人道："究竟有无此事？"两人齐声道："确有此事，现已令门吏闭门了。"唐主指天泣下，且语义诚道："烦卿处置，勿惊百姓！"*还是相信。*

适从珂子控鹤指挥使重吉在侧，也由唐主与语道："我与尔父亲冒矢石，手定天下，从荣等有何功劳，今乃为人所教，敢行悖逆！我原知此等竖子，不足付大事，当呼尔父来朝，授他兵柄。汝速为我闭守宫门！"重吉应命，即召集控鹤兵，把宫门堵住。

孟汉琼披甲上马，出召入马军都指挥使朱弘实，令率五百骑讨从荣。从荣方扼住天津桥，踞坐胡床，令亲卒召康义诚。亲卒行至端门，见门已紧闭，转叩左掖门，亦没人答应，便从门隙中瞧将进去，遥见朱弘实引着骑兵，踊跃而来。慌忙走白从荣，从荣惊惶失措，忙起座摅甲，弯弓执矢。俄而骑兵大至，冒矢直进，朱弘实遥呼道："来军何故从逆？快快回营，免得连坐！"从荣部下的牙兵，应声散去，慌得从荣狼狈奔回。走入府第，四顾无人，只有妻室刘氏，在寝室中抖做一团。正在没法摆布，又听得人声鼎沸，突入门来，刘氏先钻入床下，从荣急不暇择，也匍匐进去，与刘氏一同避匿。*似此怯弱，何故作威！* 皇城使安从益，先驱驰入，带兵搜寻，从外至内，上下一顾，已见床下伏着两人，便即顺手搜出，一刀一个，结果性命。*夫妻同死，不意安重诲后，复有从荣。* 再从床后搜寻，尚躲着少子一人，也即杀死，各枭首级，携归献功。

唐主闻从荣被杀，且悲且骇，险些儿堕落御榻。再绝再苏，疾乃复剧。从荣尚有一子，留养宫中，诸将请一体诛夷。唐主泣语道："此儿何罪？"语未毕，孟汉琼入奏道："从荣为逆，应坐妻孥，望陛下割恩正法！"唐主尚不肯遽允，偏将吏哗声遽起，无可禁止。只得命汉琼取出幼儿，毕命刀下，追废从荣为庶人。诸将方才散归。

宰相冯道率百僚入宫问安，唐主泪下如雨，呜咽与语道："我家不幸，竟致如此，愧见卿等！"冯道等亦泣下沾襟，徐用婉言劝慰，然后退出。行至朝堂，朱弘昭等正在聚议，欲尽诛秦府官属，道即抗声道："从荣心腹，只有高辇、刘陟、王说三人，若判官任赞任事才及半月，王居敏、司徒诩，因病告假，已过半年，岂与从荣同谋？为政宜尚宽大，不宜株连无辜！"弘昭尚不肯从，冯赟却赞同道议，与弘昭力争，乃止诛高辇一人。刘陟、王说，也得免死，长流远方。任赞、王居敏、司徒诩等，贬谪有差。

时宋王从厚，已调镇天雄军，唐主命孟汉琼驰驿往召，即令汉琼权知天雄军府事。从厚奉命还都，及至宫中，那唐主李嗣源，已先三日归天了。总计唐主嗣源在位，共得八年，寿六十有七。史称他性不猜忌，与物无竞，即位后年谷屡丰，兵革罕用，好算是五代贤君，小子也不暇评驳，请看官自加体察便了。**不断之断，尤善于断。**越年四月，始得安葬徽陵，庙号明宗。这且慢表。

且说宋王从厚，既至洛都，便在枢前行即位礼。阅七日始缞服朝见群臣，给赐中外将士。至群臣退后，御光政楼存问军民，无非是表示新政，安定人心。及还宫后，谒见曹后、王妃，恰也尽礼，不消细说。适朱弘实妻入宫朝贺，司衣王氏，与语秦王从荣事，唏嘘说道："秦王为人子，不在左右侍疾，反欲引兵入卫，原是误处；但必说他敢为大逆，实是冤诬！朱公颇受王恩，奈何不为辩白呢？"**语虽近是，但汝与他私通，忽出此语，转令人愈加疑心。**弘实妻归告弘实。弘实大惧，亟与康义诚同白嗣皇，且言王氏曾私通从荣，尝代诇宫中情事。一番奏陈，断送王氏生命，有诏令她自尽。**好去与从荣叙地下欢了。**既而辗转牵连，复累及司仪康氏，也一并赐死。寻复株连王德妃，险些儿迁入至德宫，幸曹后出为洗释，才算无事，但嗣皇从厚，待遇王德妃，即因是寖薄了。

越年正月，改元应顺，大赦天下。加封冯道为司空，李愚为右仆射，刘煦为吏部尚书，并兼同平章事。进康义诚为检校太尉，兼官侍中，判六军诸卫事。朱弘实为检校太保，充侍卫马军都指挥使。且命枢密使朱弘昭、冯赟及河东节度使石敬瑭，并兼中书令。赟以超迁太过，辞不受命，乃改兼侍中，封邠国公。**康义诚以下并得加封，岂因其杀兄有功耶？居心如此，安得令终！**外如内外百官，俱进阶有差。就是荆南节度使高从诲，也进封南平王，湖南节度使马希范，得进封楚王，两浙节度使钱元瓘，并进封吴越王。唯加蜀王孟知祥为检校太师。知祥却不愿受命，遣归唐使，嘱使代辞。

看官听着！知祥既并有两川，野心勃勃，欲效王建故事。闻唐主已殂，从厚入嗣，遂顾语僚佐道："宋王幼弱，执政皆胥吏小人，不久即要生乱哩。"僚佐闻言，已知他富有深意，但因岁月将阑，权且蹉跎过去。未几就是孟春，乃推赵季良为首，上表劝进，且历陈符命，什么黄龙现，什么白鹊集，都说是瑞征骈集，天与人归。知祥假意谦让道："孤德薄不足辱天命，但得以蜀王终老，已算幸事！"季良进言道："将士大夫，尽节效忠，无非望附翼攀鳞，长承恩宠，今王不正大统，转无从慰副人望，还乞勿辞！"季良本臣事后唐，乃赴蜀后，专媚知祥，曲为效力，可鄙可叹！知祥乃命草定帝制，择日登位。国号蜀，改元明德。

届期衮冕登坛，受百僚朝贺。偏天公不肯做美，竟尔狂风怒号，阴霾四塞，一班趋炎附势的人员，恰也有些惊异。但且享受了目前富贵，无暇顾及天心。何不亦称符瑞？当下授赵季良为司空同平章事，王处回为枢密使，李仁罕为卫圣诸军马步军指挥使，赵廷隐为左匡圣步军都指挥使，张业为右匡圣步军都指挥使，张公铎为捧圣控鹤都指挥使，李肇为奉銮肃卫都指挥使，侯弘实为副使，掌书记。毋昭裔为御史中丞，李昊为观察判官，徐光溥为翰林学士。所有季良等兼领节使，概令照旧。追册唐长公主李氏为皇后，夫人李氏为贵妃。妃系唐庄宗嫔御，赐给知祥，累从知祥出兵，备尝艰苦。一夕梦大星坠怀，起告长公主，公主即语知祥道："此女颇有福相，当生贵子。"既而生子仁赞，就是蜀后主昶。昶系仁赞改名，详见下文。史家称王建为前蜀，孟知祥为后蜀。

知祥僭号以后，唐山南西道张虔钊，式定军节度使孙汉韶，皆奉款请降，兴州刺史刘遂清尽撤三泉、西县、金牛、桑林戍兵，退归洛阳。于是散关以南，如阶、成、文诸州，悉为蜀有。

过了数月，张虔钊等入谒知祥，知祥宴劳降将。由虔钊等奉觞上寿，知祥正欲接受，不意手臂竟酸痛起来，勉强受觞，好似九鼎一般，力不能胜，急忙取置案上，以口承饮。及虔钊等谢宴趋退，知祥强起入内，手足都不便运动，成了一个疯瘫症。延至新秋，一命告终。遗诏立子仁赞为太子，承袭帝位。

赵季良、李仁罕、赵廷隐、王处回、张公铎、侯弘实等，拥立仁赞，然后告丧。仁赞改名为昶，年才十六，暂不改元。尊知祥为高祖，生母李氏为皇太后。

知祥据蜀称尊，才阅六月，当时有一僧人，自号醋头，手携一灯檠，随走随呼道："不得灯，得灯便倒！"蜀人都目僧为痴，及知祥去世，才知灯字是借映登极。又相传知祥入蜀时，见有一老人状貌清癯，挽车趋过，所载无多。知祥问他能载几何？老人答道："尽力不过两袋。"知祥初不经意，渐亦引为忌讳，后来果传了两代，为宋所并。小子有诗咏道：

> 两川窃据即称尊，风日阴霾蜀道昏。
> 半载甫经灯便倒，才知释子不虚言。

知祥帝蜀，半年即亡。这半年内，后唐国事，却有一番绝大变动，待小子下回再详。

观从荣之引兵入卫，谓其即图杀逆，尚无确证，不过急思承祚，恐为乃弟所夺耳。孟汉琼、朱弘昭、冯赟等，遽以反告，命朱弘实、安从益率兵迎击，追入秦府，杀于床下。从荣死不足责，但罪及妻孥，毋乃太甚！唐主嗣源，始不能抑制骄儿，继不能抑制莠将，徒因悲骇增病，遽尔告终。宋王入都，已死三日，幸当时如潞王者，在外尚未闻丧讣。否则阋墙之衅，早起阙下，宁待至应顺改元后耶！蜀王知祥，乘间称帝，彼既知从厚幼弱，不久必乱，奈何于亲子仁赞，转未知所防耶！观人则明，对己则昧，知祥亦徒自哓哓耳。

第二十五回

讨凤翔军帅溃归
入洛阳藩王篡位

却说唐主从厚，已改元应顺，尊嫡母曹氏为太后，庶母王氏为太妃，所有藩镇文武臣僚，更一体覃恩，俱给赏赐。独疑忌潞王从珂，听信朱、冯两枢密，出从珂子重吉为亳州团练使。重吉有妹名惠明，在洛为尼，亦召入禁中。从珂闻子被外黜，女被内召，料知新主有猜忌意，免不得瞻顾彷徨。他本为明宗所爱，夙立战功，明宗病剧，只遣夫人刘氏入省，自在凤翔观望。及明宗去世，亦谢病不来奔丧。彼时已料有内衅，坐觇成败。果然嗣皇从厚，信谗见猜，屡遣使侦察从珂。朱弘昭、冯赟，又捕风捉影，专喜生事。内侍孟汉琼，与朱、冯结为知己，朱、冯说他有功，加官至开府仪同三司，且赐号忠贞扶运保泰功臣。*汉琼有何功绩？只杀从荣一事，由他首倡。* 此时汉琼出守天雄军，*见上回，* 意欲邀他回都，协同办事，于是奏请召还汉琼，徙成德节度使范延光，转镇天雄军。河东节度使石敬瑭，移镇成德军。潞王从珂，却叫他改镇河东，兼北都留守。*天下本无事，庸人自扰之。* 从厚也不知利害，俱从所请，遣使出发四镇，分头传命。

从珂镇守凤翔，距都最近，第一个接到敕使，满肚中怀着鬼胎。忽又闻洋王从璋，前来接替，更觉疑虑不安。看官阅过上文，应知从璋为明宗从子，前时简任河中，手杀安重诲。这番调至凤翔，从珂也恐他来下辣手，随即召集僚佐，商议行止。

大众应声道："主上年少，未亲庶事，军国大政，统由朱、冯两枢密主持。大王威名震主，离镇是自投罗网，不如拒绝为是！"观察判官冯胤孙，独出为谏阻道："君命召，不俟驾而行，诸君所议，恐非良图。"大众闻言，统哑然失笑，目为迂谈。从珂乃命书记李专美，草起檄文，传达邻镇，大略谓朱弘昭、冯赟等，乘先帝疾亟，杀长立少，专制朝权，疏间骨肉，动摇藩垣，从珂将整甲入朝，誓清君侧，但虑力不逮心，愿乞灵邻藩，共图报国云云。

檄文既发，又因西都留守王思同，挡住出路，不得不先与联络，特派推官郝诩，押牙朱廷义等，相继诣长安，说以利害，饵以美妓。思同却慨然道："我受明宗大恩，位至节镇，若与凤翔同反，就使成事，也不足为荣。一或失败，身名两丧，反致遗臭万年。这事岂可行得！"遂将郝诩、朱廷义拘住，详报唐廷。此外各镇，接到从珂檄文，或与反对，或主中立，唯陇州防御使相里金，有心依附，即遣判官薛文遇，往来计事。

唐主从厚，既闻从珂叛命，拟遣康义诚出兵往讨。义诚不欲督师，请饬王思同为统帅，羽林都指挥使侯益为行营马步都虞候。益知军情将变，辞疾不行，遂被黜为商州刺史。*侯益尚不失为智，义诚却很是狡诈。*即命王思同为西面行营马步军都部署，前静难军节度使药彦稠为副，前绛州刺史苌从简为马步都虞候，严卫步军左厢指挥使尹晖，羽林指挥使杨思权等，皆为偏裨，出师数万，往讨从珂。又命护国节度使安彦威，为西面行营都监，会同山南、西道，及武定、彰义、静难各军帅，夹攻凤翔。一面令殿直楚昭祚，往执亳州团练使李重吉，幽锢宋州。洋王从璋，行至中途，闻从珂拒命，便即折还。

王思同等会同各道兵马，共至凤翔城下，鼙鼓喧天，兵戈耀日，当即传令攻城。城堑低浅，守备不多，由从珂勉谕部众，乘陴抵御。怎奈城外兵众势盛，防不胜防，东西两关，为全城保障，不到一日，都被攻破，守兵伤亡，不下千百，急得从珂危惧万分，寝食不遑。好容易过了一宵，才见天明，又听得城外喧声，一齐趋集，好似那霸王被困，四面楚歌。*极写唐军声势，反射后文降溃。*

从珂情急登城，泣语外军道："我年未二十，即从先帝征伐，出生入死，金疮满身，才立得本朝基业，汝等都随我有年，亦应目睹，今朝廷信任谗臣，猜忌骨肉，试想我有何罪，乃劳大军痛击，必欲置我死地呢！"说至此，就在城上大哭起来。内外军士，相率泣下。忽西门外跃出一将，仰首大呼道："大相公真是我主哩！"遂率部众解甲投戈，愿降潞王。从珂开城放入，思权用片纸呈入，内书数语云：愿王克京城日，授臣节度使，勿用作防团。从珂即下城迎劳，援笔批入纸中，写就"思权为邠宁节度使"八字，授与思权。思权舞蹈称谢。**为彼一人，断送社稷，试问彼心何忍？**且登城招诱尹晖，尹晖即遍呼各军道："城西军已入城受赏了！我等应早自为计！"说着，也将甲胄脱卸，作为先导，各军遂纷纷弃械，乞降城中。从珂复开了东门，迎纳尹晖等降军。

王思同毫不接洽，骤见乱兵入城，顿时仓皇失措，与安彦威等五节度使，统皆遁去。凤翔城下，依旧是风清日朗，雾扫云开。从珂转惊为喜，大括城中财帛，犒赏将士，甚至鼎釜等器，亦估值作为赏物。大众都得满愿，欢声如雷。长安副留守刘遂雍，闻思同败还，也生异志，闭门不纳。思同等只好转走潼关。从珂建大将旗鼓，整众东行，尚恐思同据住长安，并力拒守。及行次岐山，闻刘遂雍不纳思同，大喜过望，便即遣人慰抚。遂雍悉倾库帑，遍赏从珂前军，前军皆不入城，受赏即去。至从珂到来，由遂雍出城迎接，复搜索民财，充作供给。从珂也无暇入城，顺道东趋，径逼潼关。

唐廷尚未得败报，至西面步军都监王景从等，自军中奔还，才识各军大溃。唐主从厚，惊慌得了不得，亟召康义诚入议，凄然与语道："先帝升遐，朕在外藩，并不愿入都争位，诸公同心推戴，辅朕登基。朕既承大业，自恐年少无知，国事都委任诸公，就是朕对待兄弟，也未尝苛刻。不幸凤翔发难，诸公皆主张出师，以为区区叛乱，立可荡平，今乃失败至此，如何能转祸为福？看来只有朕亲往凤翔，迎兄入主社稷，朕仍旧归藩。就使不免罪谴，亦所甘心，省得生灵涂炭了！"**徒然哀鸣，有何益处？**朱弘昭、冯赟等，面面相觑，不发一言。**不能收火，如何放火？**

康义诚眉头一皱，计上心来，便进议道："西师惊溃，统由主将失策，今侍卫诸军尚多，臣请自往抵敌，扼住要冲，招集离散，想不至再蹈前辙，愿陛下勿为过忧！"唐主从厚道："卿果前往督军，当有把握，但恐寇敌方盛，一人不足济事，且去召入石驸马，一同进兵，可好么？"义诚道："石驸马闻徙镇命，恐亦未愿，倘有异心，转足资寇，不如由臣自行，免受牵制！"**巧言如簧。**从厚总道他语出至诚，毫不动疑，便召将士慰谕，亲至左藏，悉发所储金帛，分给将士。且更面嘱道："汝等若平凤翔，每人当更赏二百缗。"将士无功得赏，益加骄玩，各负所赐物，出语途人道："到凤翔后，再请给一份，不怕朝廷不允！"途人闻言，有几个见识较高，已料他贪狡难恃，康义诚独扬扬得意，调集卫军，入朝辞行。

都指挥使朱弘实，进白唐主道："禁军若都出拒敌，洛都归何人把守？臣意以为先固洛阳，然后徐图进取，可保万全。"义诚正恨弘实主兵，击毙从荣，此时又出来阻挠，顿觉怒气上冲，厉声叱道："弘实敢为此言，莫非图反不成？"弘实本是莽夫，怎肯退让？也厉声答道："公自欲反，还说别人欲反么？"这二语的声音，比义诚还要激响，适值从厚登殿，听是弘实口音，心滋不悦，便召二人面讯。二人争讼殿前，弘实仍盛怒相向，义诚独佯作低声，两下各执一词。义诚便面奏道："弘实目无君上，在御座前，尚敢这般放肆，况叛兵将至，不发兵拦阻，却听他直入都下，惊动宗社，这尚得谓非反么？"从厚不禁点首，义诚又逼紧一层道："朝廷出此奸臣，怪不得凤翔一乱，各军惊溃。今欲整军耀武，必须将此等国蠹，先正典刑，然后将士奋振，足以平寇！"从厚被他一激，遂命将弘实绑出市曹，斩首以徇。各禁军见弘实冤死，无不惊叹，那康义诚得泄余恨，遂带着禁军，一麾出都去了。

从厚见义诚就道，还以为长城可靠，索性令楚匡祚杀死李重吉，并将重吉妹惠明，也勒令自尽，眼巴巴地专待捷音。当下宣诏军前，命康义诚为凤翔行营都招讨使，王思同为副。哪知思同奔至潼关，被从珂前军追至，活擒而去，解至从珂行辕。从珂面加诘责，思同慨然道："思同起自行间，蒙先帝擢至节镇，常愧无功报主；非不知依附大王，立得富贵，但人生总有一死，死后何颜往见先帝？今战败就擒，愿早就死！"忠有余而才略不足，终致杀身。从珂也自觉怀惭，改容起谢道："公且休言！"遂命羁住后帐，偏杨思权、尹晖二人，羞与相见，屡劝从珂心腹将刘延朗，谋毙思同。延朗遂乘从珂醉后，擅将思同杀死。及从珂醒后报闻，托言思同谋变，从珂徒付诸一叹罢了。

再进军入华州，前驱又执到药彦稠，命系狱中。越日进次阌乡，又越日进次灵宝，各州邑无一拒守，如入无人之境。护国节度使安彦威，与匡国节度使安重霸，望风迎降。独陕州节度使康思立，闭门登城，拟俟康义诚到来，协同守御。从珂前驱至城下，中有捧圣军五百骑，前曾出守陕西，至此为从珂所诱，令充前锋，便向城上仰呼道："城中将吏听着！现我等禁军十万，已奉迎新帝，尔等数人，尚为谁守？徒累得一城人民，肝脑涂地，岂不可惜！"守兵应声下城，开门出迎。思立禁遏不住，也只好随了出来，迎从珂入城。

从珂入城安民，与僚佐再商行止。僚佐献议道："今大王将及京畿，料都中人必皆丧胆，不如移书入都，慰谕文武士庶，令他趋吉避凶，定可不劳而服了。"从珂依言，即驰书都中，略言大兵入都，唯朱弘昭、冯赟两族不赦外，此外各安旧职，不必忧疑。时侍卫马军指挥使安从进，方受命为京城巡检，一得此书，即潜布心腹，专待从珂军到，好出城迎降。

唐主从厚，尚似睡在梦中，诏促康义诚进兵。义诚军至新安，部下将士，争弃甲兵，赴陕投降。及抵乾壕，十成中走去了九成半，只剩得寥寥数十人。义诚心本叵测，此次自请出兵，意欲尽举卫卒，迎降从珂，作为首功，不意卫卒已走了先着，顿失所望。可巧途次遇着从珂候骑，即与他相见，自解所佩弓剑，令携去作为信物，传语请降。*心术最坏，莫如此人。*警报飞达都中，可怜唐主从厚，急得不知所为，忙遣中使宣召朱弘昭。弘昭正忧心如焚，突然闻召，即惶遽出涕道："急乃召我，是明明欲杀我谢敌呢！"当即投井自尽。安从进闻弘昭已死，竟引兵入弘昭第，枭了弘昭首级，乘便往杀冯赟，把冯家男女长幼，尽行屠戮，遂将朱、冯两颗头颅，送入陕中。

从厚得弘昭死耗，复闻冯族被屠，自知危在旦夕，不得不避难出奔。适值孟汉琼自魏州归来，便令他再往魏州，整备行辕，以便出幸。汉琼佯为应命，及趋出都门，却扬鞭西驰，投奔陕府去了。*保泰功臣，所为也如么？*从厚尚未得知，自率五十骑至玄武门，顾语控鹤指挥使慕容进道："朕且幸魏州，徐图兴复，汝可率控鹤兵从行！"进系从厚爱将，便即应声道："生死当从陛下！请陛下先行一步，俟臣召集部众，出卫乘舆！"从厚乃驰出玄武门。一出门外，门便阖住。看官道是何人所阖？原来就是慕容进。进绐出主子，立即变卦，安安稳稳地居住都中，并没有从驾的意思。

宰相冯道等入朝，到了端门，始知朱、冯皆死，车驾出走，因怅然欲归。李愚道："天子出幸，并未向我等与谋，今太后在宫，我等且至中书省，遣小黄门入宫请示，取太后进止，然后归第，诸公以为何如？"道摇首道："主上失守社稷，人臣将何处禀承？若再入宫城，恐非所宜。潞王已处处张榜，不若归俟教令，再作计较。"*已生变志。*乃共归至天宫寺。安从进遣人与语道："潞王倍道前来，行将入都，相公宜带领百官，至谷水奉迎。"道等乃入憩寺中，传召百官。中书舍人卢导先至，道与语道："闻潞王将至，应具书劝进，请舍人速即起草！"便欲劝进，太无廉耻。导答道："潞王入朝，百官只可班迎，就使有废立情事，亦当俟太后教令，怎得遽往劝进呢？"道又说道："凡事总须务实。"导答驳道："公等身为大臣，难道有天子出外，遽向别人劝进吗？若潞王尚守臣节，举大义相责，敢问公等具何词对答呢？为公等计，不如率百官径诣宫门，进名问安，取太后进止，再定去就，方算是情义兼尽了。"

道尚踌躇未决，那安从进复遣人催促道："潞王来了，太后太妃，已遣中使迎劳潞王，奈何百官尚未出迎？"道慌忙出寺，李愚、刘昫等，也纷然随行。到了上阳门外，伫候了半日有余，并不见潞王到来，但只有卢导趋过。道复召与语，导对答如初。李愚喟然道："舍人所言甚当，我等罪不胜数了。"罪止贪生，何必过谦。乃相偕还都。

是时潞王从珂，尚留陕中，康义诚至陕待罪，从珂面责道："先帝晏驾，立嗣由诸公，今上居丧，政事出诸公，何为不能终始，陷吾弟至此？"你也口是心非。义诚大惧，叩头请死。本意想立首功，谁知当场出丑！从珂冷笑道："你且住着，再听后命！"已露杀机。义诚不得已留住行黄，马步都虞候苌从简，左龙武统军王景戡，均为从珂军所执，匍匐乞降。从珂俱命系狱，遂遣人上笺太后，一面由陕出发，东趋洛都。至渑池西，遇着孟汉琼，汉琼伏地大哭，欲有所陈。一哭便能保命么？从珂勃然道："汝也不必多言，我已早知道了！"遂命左右道："快了此阉奴！"汉琼魂不附体，连哀求语都说不出来，刀光一闪，身首分离。杀得好。

从珂复引兵至蒋桥，唐相冯道等，已排班恭迎。丑极。从珂传令，说是未谒梓宫，不便相见。道等又上笺劝进，越丑。从珂并不审视，但令左右收下，竟尔昂然入都。先进谒太后、太妃，再趋至西宫，拜伏明宗枢前，泣诉诣阙的缘由。冯道等跟了进来，俟从珂起身，列班拜谒。从珂亦答拜。冯道等又复劝进。从珂道："我非来夺位，实出自不得已。俟皇帝归阙，园寝礼终，当还守藩服，诸公遽议及此，似未谅我的苦衷了！"吾谁欺？欺天乎！看官！你道从珂此言，果然好当真么？翌日即由太后下令，废少帝从厚为鄂王，命从珂知军国事。又翌日复传出太后教令，谓潞王从珂，应即皇帝位。从珂并不固辞，居然在枢前行即位礼，受百官朝贺了。写得从珂即位之速，返射上文伪言。

先是从珂在凤翔，有瞽者张濛，自言知术数事，尝事太白山神。神祠就是北魏崔浩庙。每遇人问休咎，由濛祷告，神即附体传语，颇有应验。从珂亲校房暠，酷信濛术，曾托濛代询潞王吉凶。濛即传神语道："三珠并一珠，驴马没人驱。岁月甲庚午，中兴戊己土。"暠茫然不解，请濛代释。濛答道："这是神语，我亦未能解释呢。"暠转白从珂，从珂亦莫名其妙，至入都受册，文中起首，便是"应顺元年，岁次甲午，四月庚午朔"三语，从珂回视房暠道："张濛神言，果然应验了！"唯"三珠"两语，尚难索解，再令暠往延张濛，共相研究。濛言"三珠"指三帝，"驴马没人驱"，便是失位的意义。是耶非耶！乃授濛为将作少监同正，敕赐金紫，作为酬谢。

还有一种奇怪的应兆，凤翔人何叟，年逾七十，无疾猝死。冥中见了阴官，凭几告叟道："为我白潞王，来年三月，当为天子二十三年。"叟方闻此语，一声怪响，竟尔还阳。自思阴官所言，不便转告，仍秘匿过去。逾月又死，复见阴官，向他怒叱道："怎得违我命令，不去转达！今再放汝还阳，速即传报！"阴官必欲转白，究是何因？叟惶恐遵教，退见廊庑下簿书，便问守吏。守吏道："朝代将易，这就是升降人爵的簿籍呢。"及叟已再苏，不敢隐匿，乃转告从珂亲校刘延朗，延朗转白从珂，从珂召叟入问，叟答道："请待至来年三月，必有征信，否则戮我未迟。"从珂乃给与金帛，嘱他不再泄漏，遣令还家，及期果验。但从珂据国，先后仅及三年，何故诈作二十三年？后人仔细研求，方知从珂生日，是正月二十三日，小字二十三，诨名便叫作阿三。二十三年，就是三年，究竟此事真假，小子也无从辨明。但史乘上载有此语，不妨依言录述，聊供看官谈助。并随笔写入一诗道：

> 同胞兄弟尚操戈，异类何能保太和！
> 养子可曾如养虎，明宗以后即从珂。

从珂篡位，故主从厚，究竟往何处去了？欲知详情，试阅下回便知。

明宗既殂，从厚依次当立，名正言顺，本无可乘之隙。且即位仅及数月，无甚失德，亦何至速即危亡，所误者任用非人耳！朱弘昭、冯赟等，前时尝畏惮从荣，不敢入任枢密使。至从荣既死，从珂犹存，阿三骁勇善战，出从荣上，亟宜设法笼络，曲予羁縻。彼于从厚入都之时，不过在外观望，未尝反唇相讥，是固非觊觎神器者比。何物朱、冯，乃轻令徙镇，激之使反乎！且王思同等率领大军，围攻凤翔，东西关陷，围城岌岌，而杨思权大呼先降，尹晖随靡，遂致众军大溃，是思权之罪，且比朱、冯为尤甚。康义诚居心叵测，更过思权，从厚误信而用之，几何而不亡国杀身耶！然观当时卖国诸臣，皆属先朝遗老，是其咎尤不在从厚，而在明宗。祖父欲传国于子孙，不为之择贤而辅，虽举国家而授之，亦属无益。此贻谋之所以宜慎也。

第二十六回

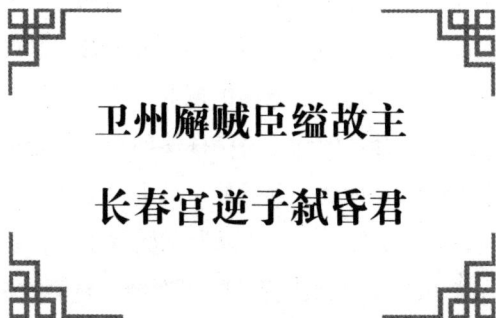

卫州庙贼臣缢故主
长春宫逆子弑昏君

却说潞王从珂，入洛篡位的期间，正值故主从厚，流寓卫州驿，剩得一个匹马单身，穷极无聊的时候。他自玄武门趋出，随身只五十骑兵，四顾门已阖住，料知慕容进变卦，不由得自嗟自怨，踯躅前行。到了卫州东境，忽见有一簇人马，拥着一位金盔铁甲的大员，吆喝而来。到了面前，那大员滚鞍下马，倒身下拜，仔细瞧着，乃是河东节度使石敬瑭。便即传谕免礼，令他起谈。敬瑭起问道："陛下为什么到此？"从厚道："潞王发难，气焰甚盛，京都恐不能保守，我所以匆匆出幸，拟号召各镇，勉图兴复，公来正好助我！"敬瑭道："闻康义诚出军西讨，胜负如何？"从厚道："还要说他什么，他已是叛去了！"敬瑭俯首无言，只是长叹。*也生歹心。*

从厚道："公系国家懿戚，事至今日，全仗公一力扶持！"敬瑭道："臣奉命徙镇，所以入朝。麾下不过一二百人，如何御敌？唯闻卫州刺史王弘贽，本系宿将，练达老成，愿与他共谋国事，再行禀命！"从厚允诺。敬瑭即驰入卫州，由弘贽出来迎见，两下叙谈。敬瑭即开口道："天子蒙尘，已入使君境内，君奈何不去迎驾？"弘贽叹息道："前代天子，亦多播越，但总有将相待卫，并随带府库法物，使群下得所依仰。今闻车驾北来，只有五十骑相随，就使有忠臣义士，赤心报主，恐到了此时，亦无能为力了！"*乐得别图富贵。*

敬瑭闻言，也不加评驳，但支吾对付道："君言亦是，唯主上留驻驿馆，亦须还报，听候裁夺。"便别了弘贽，返白从厚，尽述弘贽所言。从厚不禁陨涕。旁边恼动了弓箭使沙守荣、奔洪进，奔与贲同系洪进姓，直趋敬瑭前，正辞诘责道："公系明宗爱婿，与国家义同休戚，今日主忧臣辱，理应相恤，况天子蒙尘播越，所恃唯公，今公乃误听邪言，不代设法，直欲趋附逆贼，卖我天子呢！"说至此，守荣即拔出佩刀，欲刺敬瑭。忠义可嘉，惜太莽撞。敬瑭连忙倒退，部将陈晖，即上前救护敬瑭，拔剑与守荣交斗，约有三五个回合。敬瑭牙将指挥使刘知远，遽引兵入驿，接应陈晖。晖胆力愈奋，格去守荣手中刀，把他一剑劈死。洪进料不能支，也即自刎。知远见两人已死，索性指挥部兵，趋至从厚面前，将从厚随骑数十人，杀得一个不留。从厚已吓做一团，不敢发声，哪知远却麾兵出驿，拥了敬瑭，竟驰往洛阳去了。不杀从厚，还算是留些余地。看官！你想此时的唐主从厚，弄得形单影只，举目无亲，进不得进，退不得退，只好流落驿中，任人发落。卫州刺史王弘贽，全不过问，直至废立令下，乃遣使迎入从厚，使居州廨。明知从厚难保，因特视为奇货。一住数日，无人问候，唯磁州刺史宋令询，遣使存问起居。从厚但对使流泪，未敢多言。皇帝失势，一至于此，后人亦何苦欲做皇帝？既而洛阳遣到一使，入见弘贽，向贽下拜，这人非别，就是弘贽子峦，曾充殿前宿卫。贽问他来意，他即与贽附耳数语。贽频频点首，便备了鸩酒，引峦往见从厚。从厚识是王峦，便询都中消息。峦不发一语，即进酒劝饮。从厚顾问弘贽道："这是何意？"弘贽道："殿下已封鄂王，朝廷遣峦进酒，想是为殿下钱行呢。"从厚知非真言，未肯遽饮，弘贽父子，屡劝不允，峦竟性起，取过束帛，硬将从厚勒毙，年止二十一岁。

从厚妃孔氏，即孔循女。尚居宫中，生子四人，俱属幼稚。自王峦弑主还报，从珂遣人语孔妃道："重吉等何在？汝等尚想全生么？"孔妃顾着四子，只是悲号。不到一时，复有人持刃进来，随手乱斫，可怜妃与四子，一同毕命。从厚只杀一重吉，却要六人抵命，如此凶横，宁能久存！

磁州刺史宋令询，闻故主遇害，恸哭半日，自缢而亡。从厚之死，尚有宋令询死节，后来从珂自焚，无一死事忠臣，是从珂且有愧多矣。从珂即改应顺元年为清泰元年，大赦天下，唯不赦康义诚、药彦稠。义诚伏诛，并且夷族。此举差快人意。余如苌从简、王景戡等，一律释免。葬明宗于徽陵，并从荣、重吉遗棺，及故主从厚遗骸，俱埋葬徽陵域中。从厚墓土，才及数尺，不封不树，令人悲叹。至后晋石敬瑭登基，乃追谥从厚为闵帝，可见从珂残忍，且过敬瑭，怪不得他在位三年，葬身火窟哩。**莫谓天道无知。**

从珂下诏犒军，见府库已经空虚，乃令有司遍括民财，敲剥了好几日，也止得二万缗。从珂大怒，硬行科派，否则系狱。于是狱囚累累，贫民多赴井自尽，或投缳自经。军士却游行市肆，俱有骄色。市人从旁聚诟道："汝等但知为主立功，反令我等鞭胸杖背，出财为赏，自问良心，能无愧天地否？"军士闻言，横加殴逐，甚至血肉纷飞，积尸道旁，人民无从呼吁。犒军费尚属不敷，再搜括内藏旧物，及诸道贡献，极至太后、太妃，亦取出器物簪珥，充作犒赏，还不过二十万缗。当从珂出发凤翔时，曾下令军中，谓入洛后当赏人百缗，至是估计，非五十万缗不可，偏仅得二十万缗，不及半数。从珂未免怀忧。

适李专美夜值禁中，遂召入与语道："卿素有才名，独不能为我设谋，筹足军赏么？"专美拜谢道："臣本驽劣，材不称职，但军赏不足，与臣无咎。自长兴以来，屡次行赏，反养成一班骄卒。财帛有限，欲望无穷，陛下适乘此隙，故能得国。臣愚以为国家存亡，不在厚赏，要当修法度，立纪纲，保养元气，若不改前车覆辙，恐徒困百姓，存亡尚未可知呢！今财力已尽，只得此数，即请酌量派给，何必定践前言哩！"从珂没法，只得下了制敕，凡在凤翔归命，如杨思权、尹晖等，各赐二马一驼，钱七十缗，下至军人钱二十缗，在京军士各十缗。诸军未满所望，便即造谣道："去却生菩萨，扶起一条铁。"生菩萨指故主从厚，一条铁指新主从珂。玩他语意，已不免怀着悔心了。**全为下文写照。**

当下大封功臣，除冯道、李愚、刘昫三宰相，仍守旧职外，用凤翔判官韩昭胤为枢密使，刘延朗为副，房暠为宣徽北院使，随驾牙将宋审虔为皇城使，观察判官马裔孙为翰林学士，掌书记李专美为枢密院直学士。康思立调任邢州节度使，安重霸调任西京留守，杨思权升任邠州节度使，尹晖升任齐州防御使，安重进升任河阳节度使，相里金升任陕州节度使。加封天雄军节度使范延光为齐国公，宣武军节度使驸马都尉赵延寿为鲁国公，幽州节度使赵德钧，封北平王，青州节度使房知温，封东平王，天平节度使李从晖仍回镇凤翔，封西平王。唯石敬瑭自卫州入朝，虽由从珂面加慰劳，礼貌颇恭，但前此同事明宗，两人各以勇力自夸，素不相下，此时从珂为主，敬瑭为臣，不但敬瑭易勉强趋承，就是从珂亦勉强接待。相见后留居都中，未闻迁调，敬瑭很自不安，以致愁病相侵，形同骨立。亏得妻室永宁公主，出入禁中，屡与曹太后谈及，请令夫婿仍归河东。公主本曹太后所出，情关母女，自然竭力代谋。从珂入事太后、太妃，还算尽礼，因此太后较易进言。有时公主入谒，与从珂相见，亦尝面陈微意。从珂乃复令敬瑭还镇河东，加官检校太师兼中书令，封公主为魏国长公主。

凤翔旧将佐，入劝从珂，都说应留住敬瑭，不宜外任。唯韩昭胤、李专美两人，谓敬瑭与赵延寿，并皆尚主，一居汴州，一留都中，显是阴怀猜忌，未示大公，不如遣归河东为便。从珂也见他骨瘦如柴，料不足患，遂遣使还镇。敬瑭得诏即行，好似那凤出笼中，龙游海外，摆尾摇首，扬长而去。*原是得意。*

既而进冯道为检校太尉，相国如故。李愚、刘昫，一太苛察，一太刚褊，议论多不相合。或至彼此诟詈，失大臣体。从珂乃有意易相，问及亲信，俱说尚书左丞姚颛，太常卿卢文纪，秘书监崔居俭，均具相才，可以择用。从珂意不能决，因书三人姓名，置诸琉璃瓶中，焚香祝天，用箸挟出，得姚、卢两人。遂命姚颛、卢文纪同平章事，罢李愚为左仆射，刘昫为右仆射。寻册夫人刘氏为皇后，授次子重美为右卫上将军，兼河南尹，判六军诸卫事。嗣且命兼同平章事职衔，加封雍王。一朝规制，内外粗备，那弑君篡国的李从珂，遂高拱九重，自以为安枕无忧了。*笔伐口诛，不肯放过。*小子按时叙事，正好趁着笔闲，叙及闽中轶闻。

闽主延钧，既僭称皇帝，封长子继鹏为福王，充宝皇宫使，尊生母黄氏为太后，册妃陈氏为皇后。*先子而后及母妻，是依时事为录述，并非倒置于此，见闽主之溺爱不明，卒遗子祸。*看官道陈氏是何等人物？她本是延钧父王审知侍婢，小名金凤。说起她的履历，更属卑污。她本是福清人氏，父名侯伦，年少美丰姿，曾事福建观察使陈岩。岩酷嗜南风，与侯伦常同卧起，视若男妾。偏岩妾陆氏，也心爱侯伦，眉来眼去，竟与侯伦结不解缘，只瞒了一个陈岩。未几岩死，岩妻弟范晖，自称留后。陆氏复托身范晖，产下一女，便是金凤。此女系侯伦所生，由晖留养，至王审知攻杀范晖，金凤母女，乘乱走脱，流落民间。幸由族人陈匡胜收养，方得生存。审知据闽，选良家女充入后宫，金凤幸得与选，年方十七，姿貌不过中人，却生得聪明乖巧，娇小玲珑。一入宫中，便解歌舞。审知喜她灵敏，即令贴身服事。

延钧出入问安，金凤曲意承迎，引得延钧很是欢洽，心痒难熬。唯因老父尚在，不便勾搭，没奈何迁延过去。至审知一殁，延钧嗣位，还有什么顾忌？便即召入金凤，侑酒为欢。郎有心，妾有意，彼此不必言传，等到酒酣兴至，自然拥抱入床，同作巫山好梦。这一夜的颠鸾倒凤，备极淫荡。延钧已娶过两妻，从没有这般滋味，遂不禁喜出望外，格外情浓。及僭号称帝，拟册正宫，元配刘氏早卒，继室金氏，貌美且贤，不过枕席上的工夫，很是平淡，延钧本不甚欢暱。到了金凤入幸，比金氏加欢百倍。那时闽后的位置，当然属诸金凤了。**只是要做元绪公，奈何！**既立金凤为皇后，即追封他假父陈岩为节度使，母陆氏为夫人，族人守恩、匡胜为殿使。别筑长春宫，作藏娇窟。

延钧尝用薛文杰为国计使，文杰敛财求媚，往往诬富人罪，籍没家资，充作国用，以此得大兴土木，穷极奢华。并且广采民女，罗列长春宫中，令充侍役。每当宫中夜宴，辄燃金龙烛数百枝，环绕左右，光明如昼。所用杯盘，统是玛瑙、琥珀及金玉制成，且令宫婢数十人擎住，不设几筵。**匪夷所思。**饮到醉意醺醺，延钧与金凤，便将衣服尽行卸去，裸着身体，上床交欢。床四围共有数丈，枕可丈余，当两人交欢时，又令诸宫人裸体伴寝，互为笑谑。嗣复遣使至安南，特制水晶屏风一具，周围四丈二尺，运入长春宫寝室。延钧与金凤淫狎，每令诸宫女隔屏窥视，金凤常演出种种淫态，取悦延钧。或遇上巳修禊，及端午竞渡，必挈金凤偕游。后宫妇女，杂衣文锦，夹拥而行。金凤作乐游曲，令宫女同声歌唱，悠扬宛转，响遏行云。还有兰麝气，环珮声，遍传远近，令人心醉。这真可谓淫荒已极了。

延钧既贪女色，复爱娈童。有小吏归守明，面似冠玉，肤似凝酥，他即引入宫中，与为欢狎，号为归郎。淫女尤喜狂，且顿令这水性杨花的金凤姑娘，也为颠倒梦想，愿与归郎作并头莲。归郎乐得奉承，便觑隙至金凤卧房，成了好事。**金凤得自母传，不意归郎竟似侯伦。**起初尚顾避延钧，后来延钧得疾，变成一个疯瘫症。于是金凤与归郎，差不多夜夜同床，时时并坐了。但宫中婢妾甚多，有几个狡黠善淫的，也想亲近归郎，乘机要挟。害得归郎无分身法，另想出一条妙计，招入百工院使李可殷，与金凤通奸。金凤多多益善，况可殷是个伟岸男子，仿佛是战国时候的嫪毐，独得秘缄，益足令金凤惬意。归郎稍稍得暇，好去应酬宫人，金凤也不去过问。唯可殷不在时，仍令归郎当差。当时延钧曾命锦工作九龙帐，掩蔽大床，国人探悉宫中情形，作一歌词道："谁谓九龙帐，只贮一归郎！"延钧哪里得知？就使有些知觉，也因疾病在身，振作不起。

天下事无独必有偶，那皇后陈金凤外，又出一个李春燕。**凤后有燕，何畜生之多也！**春燕为延钧侍妾，妖冶善媚，不下金凤。姿态比金凤尤妍。延钧也加爱宠，令居长春宫东偏，叫作东华宫。用珊瑚为棁榆，琉璃为檽瓦，檀楠为梁栋，缀珠为帘幕，范金为柱础，与长春宫一般无二。自延钧骤得疯瘫，不能御女，金凤得了归守明、李可殷等，作为延钧的替身，春燕未免向隅，势不免另寻主顾。凑巧延钧长子继鹏，愿替父代劳，与春燕联为比翼，私下订约，愿作长久夫妻。乃运动金凤，乞她转告延钧，令两人得为配偶。延钧本来不愿，经金凤巧言代请，方将春燕赐给继鹏，两人自然快意，不消赘述。

唯延钧素性猜忌，委任权奸。内枢密使吴英，为国计使薛文杰所谮，竟致处死。英尝典兵，得军士心，军士因此嗟怨。忽闻吴人攻建州，当即发兵出御，偏军士不肯出发，请先将文杰交出，然后起程。延钧不允，经继鹏一再固请，乃将文杰捕下，给与军士，军士乱刀分割，脔食立尽，始登途拒吴。吴人退去。

既而延钧复忌亲军将领王仁达，勒令自尽，一切政事，统归继鹏处置。皇城使李仿，与春燕同姓，冒认兄妹，遂与继鹏作郎舅亲，自恣威福。李可殷尝被狎侮，心怀不平，密与殿使陈匡胜勾结，谗构李仿及继鹏。继鹏弟继韬，又与继鹏不睦，党入可殷，密图杀兄。偏继鹏已有所闻，也尝与李仿密商，设法除患。会延钧病剧，继鹏及仿，放胆横行，竟使壮士持梃，闯入可殷宅中。正值可殷出来，当头猛击，脑裂而死。**死得猝不及防。**

看官试想，这李可殷是皇后情夫，骤遭惨毙，教阿凤何以为情？慌忙转白延钧，不意延钧昏卧床上，满口谵语，不是说延禀索命，就是说仁达呼冤。金凤无从进言，只好暗暗垂泪，暂行忍耐。到了次日，延钧已经清醒，即由金凤入诉，激起延钧暴怒，力疾视朝。呼入李仿，诘问可殷何罪？仿含糊对付，但言当查明复旨。踉跄趋出，急与继鹏定计，一不做，二不休，号召皇城卫士，鼓噪入宫。

延钧正退朝休息，高卧九龙帐中，蓦闻哗声大至，丞欲起身，怎奈手足疲软，无力支撑。那卫士一拥突入，就在帐外用槊乱刺，把延钧搠了几个窟窿。金凤不及奔避，也被刺死。归郎躲入门后，由卫士一把抓住，斫断头颅。李仿再出外擒捕陈守恩、匡胜两殿使，尽加杀戮。继韬闻变欲逃，奔至城门，冤家碰着对头，适与李仿相值，拔刀一挥，便即陨首。延钧在九龙帐中，尚未断气，宛转啼号，痛苦难忍，宫人因卫士已去，揭帐启视，已是血殷床褥，当由延钧嘱咐，自求速死，令宫人刺断喉管，方才毕命。小子有诗叹道：

> 九龙帐内闪刀光，一代昏君到此亡！
> 荡妇狂且同一死，人生何苦极淫荒！

延钧被弑，这大闽皇帝的宝座，便由继鹏据住，安然即位。欲知此后情形，俟小子下回说明。

唐主从厚，与闽主延钧，先后被弑，正是两两相对。唯从厚生平行事，不若延钧之淫昏，乃一则即位未几，即遭变祸，一则享国十年，才致陨命。此非天道之无知，实由人事之有别。明宗末年，乱机已伏，不发难于明宗之世，而延及于从厚之身，天或者尚因明宗之逆取顺守，尚有令名，特不忍其亲罹惨祸，乃使其子从厚当之耳。延钧嗣位，闽固无恙，初年尚不甚淫荒，至僭号为帝，立淫女为后，于是愈昏愈乱，而大祸起矣。本回叙入闽事，全从《十国春秋》中演出，并非故意媟亵，导人为淫。阅者当知淫昏之适以致亡，勿作秽语观可也。

第二十七回

嘲公主醉语启戎
援石郎番兵破敌

却说王继鹏弑父杀弟，并将仇人一并处死，喜欢得了不得，遂假传皇太后命，即日监国。到了晚间，没一人敢生异议，便登了帝座，召见群臣。群臣皆俯伏称贺。继鹏改名为昶。册李春燕为贤妃。命李仿判六军诸卫事。仿为弑君首恶，心常自疑，多养死士，作为护卫。继鹏恐他复蓄异谋，密与指挥使林延皓计议，托名犒军，大享将士，暗中布着埋伏，专候李仿进来，顺便下手。仿昂然直入，趋至内殿，猝遇伏甲突出，将他拿下，立即枭斩。当下阗住内城，严防外乱，并将仿首悬示启圣门外，揭仿弑君弑后，及擅杀继韬等罪状。仿部众不服，攻应天门，未能得手，转焚启圣门，由林延皓率兵拒守，也不得逞。但将仿首取去，东奔吴越。

继鹏闻乱兵溃去，心下大悦，当命弟继严权判六军诸卫，用六军判官叶翘为内宣徽使，追号父锵，*即延钧，见前。*为惠宗皇帝，发丧安葬，改元通文。尊皇太后黄氏为太皇太后，进册李春燕为皇后。继鹏本有妻李氏，自得了春燕，将妾作妻，正室反贬入冷宫。春燕好淫工媚，善伺主意，继鹏非常宠爱，坐必同席，行必同舆，别造紫微宫，专供春燕游幸，繁华奢丽，且过东华。*好算跨灶。*春燕所言，继鹏无不允从。内宣徽使叶翘，博学质直，本为福邸宾僚，继鹏待以师礼，多所裨益。及入为宣徽使，反致言不见用，翘固请辞职，却屡承慰留。既而为李后事，上书切谏，惹动继鹏怒意，援笔批答道："一叶随风落御沟！"是古今批语中所罕有。遂放翘归永泰原籍，翘幸得寿终。

这且慢表，且说河东节度使石敬瑭，既抵晋阳，尚恐为朝廷所忌，阴图自全，常称病不理政事。有二子重英、重裔，留仕都中，重英任右卫上将军，重裔为皇城副使，皆受敬瑭密嘱，侦探内事。两人贿托太后左右，每有所闻，即行传报。所以唐主从珂，与李专美、李崧、吕琦、薛文遇、赵廷义等，日夕密谈，无不探悉。适契丹屡寇北边，禁军多屯戍幽州。敬瑭乃与幽州节度使赵德钧，联名上表，乞请增粮。有诏借河东菽粟，及镇州输绢五万匹，出易粮米。特派镇、冀二州车千五百乘，运粮至幽州戍所。敬瑭复自率大军，出屯忻州。

是时天旱民饥，百姓既苦乏食，又病徭役。敬瑭督促甚急，未免怨声载道。凑巧唐廷遣使到来，赐给敬瑭军夏衣，军士急呼万岁，声彻全营。敬瑭独自耽忧，幕僚段希尧进言道："将在外，君命有所不受。今军士不由将令，预先传呼万岁，是目中已无主帅了，他日如何使用？请查出首倡，明正军法！"敬瑭乃令刘知远查究，得三十六人，推出处斩，为各军戒。朝使闻此消息，返报从珂。从珂越生疑忌，即派武宁军节度使张敬达，为北面行营副总管，名目上是防御契丹，实际上是监制敬瑭。敬瑭并非笨伯，猜透从珂微意，格外加防。药线已设，总要爆裂。

好容易到了清泰三年，正月上浣，即值从珂诞辰，宫中号为千春节，置酒内廷，文武百官，联翩趋入，奉觞进贺。从珂已喝了许多巨觥，带着一片醉意，宴毕回宫，巧值魏国长公主，自晋阳来朝祝寿，便即捧上瑶觞，表达贺忱。从珂接饮毕，便笑问道："石郎近日何为？"公主答道："敬瑭多病，连政务都不愿亲理，每日唯卧床调养，需人侍奉罢了。"为夫托疾，究竟女生外向。从珂道："我忆他筋力素强，何致骤然衰弱？公主既已至京，且在宫中宽留数日，由他去罢。"公主着急道："正为他侍奉需人，所以今日入祝，明日即拟辞归。"从珂不待词毕，便作醉语道："才行到京，便想西归，莫非欲与石郎谋反么？"公主闻言，不禁俯首，默然趋退。从珂亦即安寝。

次日醒来，即有人入谏从珂，说他酒后失言。此人为谁？乃是皇后刘氏。从珂即位后，曾追尊生母鲁国夫人魏氏为太后，册正室沛国夫人刘氏为皇后。此是补叙之笔。刘氏素性强悍，颇为从珂所畏，她闻从珂醉语，一时不便进规，待至诘旦，方才入谏。从珂已经失记，至由刘后述及，方模模糊糊地记忆起来，心中亦觉自悔。当下召入魏国长公主，好言抚慰，并说昨夕过醉，语不加检，幸勿介怀。公主自然谦逊，一住数日，方敢告辞。从珂且进封她为晋国长公主，俾她悦意，且赐宴饯行。

毕竟夫妇情深，远过兄妹，公主还归晋阳，即将从珂醉语，报告敬瑭。敬瑭益加疑惧，即致书二子，嘱令将洛都存积的私财，悉数载至晋阳，只托言军需不足，取此接济。于是都下谣言，日甚一日，都说是河东将反。

唐主从珂，时有所闻，夜与近臣从容议事，因与语道："石郎是朕至亲，本无可疑，但谣言不靖，万一失欢，将如何对待呢？"群臣皆不敢对，彼此支吾半晌，便即退出。学士李崧，私语同僚吕琦道："我等受恩深厚，怎能袖手旁观？吕公智虑过人，究竟有无良策？"琦答道："河东若有异谋，必结契丹为援。契丹太后，以赞华投奔我国，屡求和亲，只因我拘留番将，未尽遣还，所以和议未成。今若送归番将，再饵以厚利，岁给礼币十余万缗，谅契丹必欢然从命，河东虽欲跳梁，当亦无能为了。"和亲亦非良策，不过少延岁月。崧答道："这原是目前至计，唯钱谷皆出三司，须先与张相熟商，方可奏闻。"说着，即邀吕琦同往张第。

张相乃是张延朗，明宗时曾充三司使，从珂篡位，命他为吏部尚书，兼同平章事职衔，仍掌三司。后唐称度支、盐铁、户部为三司。闻李、吕二人进谒，当即出迎。李崧代述琦计。延朗道："如吕学士言，不但足制河东，并可节省边费。若主上果行此计，国家自可少安，应纳契丹礼币，但向老夫责办，定可筹措，请两公速即奏陈。"二人大喜，辞了延朗。至次日入内密奏，从珂颇以为然，令二人密草国书，往遗契丹，静俟使命。

二人应命退出，从珂复召入枢密直学士薛文遇，与商此事。文遇道："堂堂天子，若屈身夷狄，岂不足羞！况虏性无厌，他日求尚公主，如何拒绝！汉成帝献昭君出塞，后悔无穷，后人作昭君诗云：'安危托妇人。'这事岂可行得？"从珂不禁失声道："非卿言，几乎误事！"

越日急召崧、琦入后楼，二人总道是索阅国书，怀稿入见。不料从珂在座，满面怒容，待二人行过了礼，便叱责道："卿等当力持大体，敷佐承平，奈何徒出和亲下策！朕只一女，年尚乳臭，卿等欲弃诸沙漠么？且外人并未索币，乃欲以养士财帛，输纳虏廷，试问二卿究怀何意？"二人慌忙拜伏道："臣等竭愚报国，并非敢为虏计，愿陛下熟察！"从珂怒尚未息，李崧只管磕头，吕琦拜了两拜，便即停住。从珂瞋目道："吕琦强项，尚视朕为人主么？"琦亦抗声道："臣等为谋不臧，但请陛下治罪，若多拜即可邀赦，国法转致没用了！"尚有丈夫气。从珂被他一驳，颜才少霁，令二人起身，各赐卮酒压惊。二人跪饮，拜谢而退。

未几即降调琦为御史中丞，不令入直。朝臣窥测意旨，哪敢再言和亲？忽由河东呈入奏章，系是石敬瑭自陈嬴疾，乞解兵柄，或徙他镇。从珂览奏，明知非敬瑭真意，但事出彼请，乐得依从，便拟将敬瑭移镇郓州。李崧、吕琦又上书谏阻，还有升任枢密使房暠，亦力言不可。独薛文遇奋然道："俗语有言：道旁筑室，三年不成。此事应断自圣衷，群臣各为身谋，怎肯尽言！臣料河东移亦反，不移亦反，不若先事防维是！"也是汉晁错流亚。从珂大喜道："卿言正合朕意。前日有术士言，谓朕今年应得贤佐，谋定天下，想应验在卿身了！"不从彼言，何致焚身？立命学士院草制，徙敬瑭为天平节度使，特命马军都指挥使宋审虔出镇河东，且令张敬达为西北蕃汉马步都部署，促敬瑭速移郓州。

看官试想，这石敬瑭表请移镇，明明是有意尝试，哪知弄假成真，竟颁下这道诏命。慌忙召集将佐，私下与商道："我再来河东时，主上曾许我终身在此，不更换人接替，今忽有是命，是与千春节向公主言，同一忌我，我难道便来就死么？"幕僚段希尧，及节度判官赵莹，观察判官薛融等，俱劝敬瑭暂且忍耐，姑往郓州。旁有一将闪出道："不可不可！明公今往郓州，是所谓迁乔入谷了。试思明公在此，兵强马壮，若称兵传檄，帝业可成，奈何以一纸诏书，甘投虎口呢？"敬瑭闻言瞧着，正是都押牙刘知远，彼固不屑在人下者。方欲出言回答，又有一人接入道："明公入朝，今上新即位，岂不知蛟龙异物，不宜纵入深渊，乃仍把河东授公，这是天意相助，非人谋所得违。况明宗遗爱在人，今上以养子入继，名不正，言不顺，公系明宗爱婿，反招今上疑忌，若不早图，后悔无及了！"敬瑭视之，是掌书记桑维翰，一推一挽，拥起此石。乃向二人拱手道："二公所言甚明，但恐河东一镇，未能抵制朝廷。"维翰又道："从前契丹主子，与明宗约为兄弟，今部兵出没西北，公诚能推诚屈节，服事契丹，万一有急，朝呼夕至，何患不成？"甘心事狄，沦十六州为左衽，维翰实为罪魁。敬瑭遂决意发难，特令维翰草起表文，请唐主从珂让位。略云：

　　臣河东节度使石敬瑭，谨顿首上言：古者帝王之治天下也，立储以长，传位以嫡，为古今不易之良法。晋献公以骊姬之故，废太子，立奚齐，晋之乱者数十年。秦始皇不早立储君，杀扶苏，立胡亥，卒至自亡其国。唐之天下，明宗之天下也。明宗皇帝，金戈铁马之所经营，麦饭豆粥之所收拾，持三尺剑，马上得天下，厥功亦非小可。近者宫车晏驾，宋王登基，陛下乃以养子入攘大统，天下忠义之士，皆为扼腕。区区臣愚，欲望陛下退处藩邸，传位许王，有以对明宗皇帝在天之灵，有以服天下忠臣义士之心。不然，同兴问罪之师，稍正篡位之罪，徒使流血污庭，生灵涂炭，彼时悔之，亦噬脐矣！冒昧上言，复候裁夺。

　　原来从珂篡位时，除弒死故主从厚外，所有明宗后妃，及少子许王从益，俱安居宫中，未尝冒犯。所以敬瑭此表，迫从珂传位从益。情理颇正，但问汝入洛后，何故不拥立许王？看官！你想从珂是肯依不肯依呢？表文到京，一入从珂目中，无名火引起三丈，立即撕碎，抛掷地上，令学士书诏斥责道：

　　卿于鄂王，固非疏远，卫州之事，卿实负之。许王之言，何人肯信？卿其速往郓州，毋得徘徊不进，致干罪戾，特此谕知。

　　敬瑭得诏，复与刘知远等商议，知远道："先发制人，后发为人制。今日已成骑虎，不能再下，请即传檄四方，且求救契丹，即日举义，当无不克！"敬瑭依计而行，忽报雄义都指挥使安元信，率部下六百人来降，即由敬瑭迎入，婉言慰问道："朝廷称强，河东称弱，公为何舍强归弱呢？"元信道："元信不能知星识气，但据人事而论，帝王能治天下，唯信最重。今主上与明公最亲，尚不能以信相待，况疏贱呢？无信如此，亡可立待，怎得为强！"敬瑭大悦，委以军事，命为亲军巡检使。既而振武西北巡检使安重荣，及西北先锋指挥使安审信、张万迪等，各率部兵归晋阳。敬瑭一一欣纳。

　　嗣闻朝旨次第颁下，削夺河东节度使官爵，这尚是意中所有的事情。未几，由探卒入报，张敬达为四面排阵使，张彦琪为马步军都指挥使，安审琦为马军都指挥使，相里金为步军都指挥使，武廷翰为壕塞使，率兵数万，杀奔太原来了。一急。又未几再得急报，张敬达为太原四面都部署，杨光远为副，高行周为太原四面招抚排阵等使，调集各道马步兵，已自怀州进行，不日要到太原了。二急。

敬瑭召语将佐道："事急了！快到契丹求救罢。"言未已，复有一凶耗传来，乃是亲弟都指挥使敬德，及从弟都指挥使敬殷，并二子重英、重裔，一并被诛，险些儿将敬瑭痛死，半晌才哭出声来。此急非同小可。一声大恸，又复将喉咙塞住，但用两手捶胸，好容易迸出声泪，且哭且语道："我受明宗皇帝厚恩，出力报国，今乃使子弟冤死，含恨九泉！若非举兵向阙，恐一门无噍类了！我非敢负明宗，实朝廷激我至此，不得不然。皇天后土，实闻此言！"各将佐等都从旁劝慰。

敬瑭亟命桑维翰草表，向契丹称臣，且愿事以父礼，乞即发兵入援。事成以后，愿割卢龙一道，及雁门关以北诸州，作为酬谢。刘知远忙出阻道："称臣已足，何必称子？厚许金币，亦足求援，何必割畀土地？今日因急相许，他日必为中国大患，悔无及了！"颇得先见，可惜敬瑭不从。敬瑭道："且管眼前要紧，顾不得日后了。"便令维翰缮讫，遣使持表赴契丹。

契丹主耶律德光，曾梦一神人从天而下，庄容与语道："石郎使人唤汝，汝宜速去！"及醒后，转告述律太后，太后以为梦兆无凭，不足注意。及敬瑭使至，览表大喜，慨然允诺。入白述律太后道："梦兆已验，天意早使我援石郎呢！"述律太后也即喜慰，因打发回书，仍令原使赍还，约言秋高马肥，当倾国入援。敬瑭得书，稍稍放怀，唯整缮兵备，固守城濠。

过了数日，张敬达率军大至，来攻晋阳。敬瑭授刘知远为马步军指挥使，所有安重荣、张万迪诸降将，悉归节制。知远用法无私，不分新旧，因此士心归附，俱乐为用。敬瑭身披重甲，亲自登城，任他城下各军，飞矢投石，一些儿没有畏缩，只是坐镇城楼。知远在旁进言道："观敬达辈无他奇策，不过深沟高垒，为持久计，愿明公分道遣使，招抚军民，免得与我为难。若守城尚是容易，知远一人，已足担当，请公勿忧！"敬瑭握知远手，且抚背道："得公如此，我自无忧了。"遂下城自去办事，一切守城计画，悉委知远。

知远日夕不懈，小心拒守，张敬达屡攻不下。那催督攻城的朝使，却一再至军，嗣又令吕琦犒师。兵马副使杨光远语琦道："愿附奏皇上，幸宽宵旰，贼若无援，且夕当平，就使契丹兵到来，亦可一战破敌呢！"谈何容易。琦返报唐主从珂，从珂很是欣慰。偏偏过了旬日，未见捷报，免不得再下诏谕，饬诸军速攻晋阳。敬达恰也心焦，四面围攻，适值秋雨连绵，营垒多被冲坏，长围竟不能合。晋阳城中，粮储日罄，也不免焦急起来，专望契丹入援。

契丹主耶律德光，如约出师，号令军前道："我非为石郎兴兵，乃奉天帝敕使，汝等但踊跃前进，必得天助，保无他患！"*可见梦兆之言，或由德光设词欺众，并非果有此事。* 军士齐声应命，共得五万铁骑，浩荡南来，扬言大兵三十万，从扬武谷趋入，直达晋阳，列营汾北。德光先遣人通报敬瑭道："我今日即拟破敌，可好么？"敬瑭亟遣人驰告德光，谓南军势盛，未可轻战，不如待至明日。使人方去，遥闻鼓角齐鸣，喊声大震，料知两边已经交锋，忙令刘知远带着精兵，出城助战。

说时迟，那时快，契丹主德光，已遣轻骑三千，进薄张敬达大营。敬达早已防着，见来兵皆不被甲，纵马乱闯，还道他轻率不整，便尽出营兵搦战，一场驱逐，把契丹兵赶至汾曲，契丹兵涉水自去。唐兵尚不肯舍，沿岸追击，哪知芦苇中尽是伏兵，几声胡哨，尽行突出，将唐兵冲做数截。唐步兵已追过北岸，多为所杀，唯骑兵尚在南岸，一齐引退。敬达忙收军回营，营内忽突出一彪人马，首先一员大将，跃马横枪，大声呼道："张敬达休走，刘知远已守候多时了。"敬达不觉着忙，急率败军南遁，又被追兵掩杀一阵，伤亡约万余人。

晋阳解围，敬瑭即整备羊酒，亲出犒契丹兵士。见了契丹主德光，行过臣礼。德光用手挽扶，且语敬瑭道："会面很迟，今日是君臣父子，幸得相会，也好算是盛遇了！"敬瑭拜谢，*认虏为父已出不情，况敬瑭年龄当比德光为长，奈何以父礼事之！* 起身复问道："皇帝远来，士马疲倦，骤与唐兵大战，竟得大胜，这是何因？"德光大笑道："闻汝带兵多年，难道尚未知兵法么？"*乐得嘲笑。* 敬瑭怀惭，只好侧身恭听。正是：

> 战败适形中国弱，兵谋竟让外夷优。

毕竟德光如何说法，且看下回续叙。

有从珂之弑君篡位，必有石敬瑭之叛命兴师，以逆召逆，非特天道，人事亦如

是耳。从珂，明宗之养子也。敬瑭，明宗之爱婿也。养子得之，何如爱婿得之。从珂因而忌敬瑭，敬瑭亦因之拒从珂。薛文遇谓河东移亦反，不移亦反，原是确论，但不结契丹以制河东之死命，徒激之使反，果何益乎？敬瑭急于叛命，甘臣契丹。称臣不足，继以称子，称子不足，继以割燕云十六州。刘知远谏阻不从，卒使十六州人民，沦入夷狄，敬瑭之罪，莫大于此。故其叛从珂也，情尚可原，而其引契丹入中国也，罪实难恕。敬瑭其五代时之祸首乎！

第二十八回

契丹主册立晋高祖
述律后笑骂赵大王

却说契丹主耶律德光，因石敬瑭问及兵谋，便笑答道："我出兵南来，但恐雁门诸路，为唐军所阻，扼守险要，使我不得进兵。嗣使人侦视，并无一卒，我知唐无能为，事必有成，所以长驱深入，直压唐营。我气方锐，彼气方沮，若非乘势急击，坐误事机，胜负转未可知了。这乃是临机应变，不能与劳逸常理，一般评论哩。"敬瑭很是叹服，便与德光会师，进逼唐军。

张敬达等奔至晋安寨，收集残兵，闭门固守，当被两军围住，几乎水泄不通。敬达检点兵卒，尚不下五万人，战马亦尚存万匹，怎奈士无斗志，无故自惊，敬达也自知难恃，忙遣使从间道驰出，赍表入京，详告败状，并乞济师。唐主从珂，当然惶急，更命都指挥使符言饶，率洛阳步骑兵，出屯河阳，天雄节度使范延光，卢龙节度使赵德钧，耀州防御使潘环，三路进兵，共救晋安寨。一面下敕亲征。次子雍王重美入奏道："陛下目疾未痊，不宜远涉风沙，臣儿虽然幼弱，愿代陛下北行！"从珂巴不得有人代往，既得重美奏请，即欲依议，尚书张延朗及宣徽使刘延朗等入谏道："河东联络契丹，气焰正盛，陛下若不亲征，恐士卒失望，转误大事。还请陛下三思！"从珂不得已，自洛阳出发。

途次语宰相卢文纪道："朕素闻卿有相才，所以重用，今祸难至此，卿可为朕分忧否？"文纪无言可答，唯惶恐拜谢。及进次河阳，再由从珂召集群臣，谘询方略。文纪才进言道："国家根本，实在河南，胡兵忽来忽往，怎能久留？晋安大寨甚固，况已发三路兵马，克日往援，兵厚力集，不难破敌。河阳系天下津要，车驾可留此镇抚南北，且遣近臣前往督战，就使不得解围，进亦未晚。"*善承意旨，总算相才。*张延朗亦插入道："文纪所言甚是，请陛下准议便了。"

看官听着！张延朗曾劝驾亲征，为什么到了中途，骤然变计？他因忠武节度使赵延寿，随驾北行，兼掌枢务，大权为彼所握，自己未免失势。此时闻文纪请遣近臣，正好将他派往，免得争权，因此竭力赞成。*到此还要倾轧，可叹可恨！从珂怎识私谋？*还道两人爱己，只是点首。待延朗说毕，乃问何人可派往督战，延朗又开口道："赵延寿父德钧，率卢龙兵赴难，陛下何不遣延寿往会，乘便督战？"从珂迟疑未答，翰林学士须昌、和凝等，一同怂恿，方命延寿率兵二万，前往潞州。延寿领命去讫。

从珂数日不接军报，因复出次怀州，遍谕文武官僚，令他设谋拒敌。各官吏多半无能，想不出什么计策，唯吏部侍郎龙敏，上书献议道："河东叛命，全仗契丹帮助，契丹主倾国入寇，内顾必然空虚，臣意请立李赞华为契丹主，派天雄、卢龙二镇，分兵护送，自幽州直趋西楼，令他自乱。朝廷不妨露檄说明，使契丹主内顾怀忧，回兵备变，然后命行营将士，简选精锐，从后追击，不但晋安可以解围，就是寇叛亦不难扑灭，这乃是出奇捣虚的上计。"*确是良策。*从珂却也称妙，偏宰相卢文纪等，谓契丹太后，素善用兵，国内不致无备，反多使二镇将士，送命沙场，因是议久不决，从珂反弄得毫无主张，但酣饮悲歌，得过且过。

群臣或又劝从珂北行，从珂道："卿等勿言石郎，使我心胆堕地！"*想是天夺其魄，所以索然气馁。*于是群臣拑口，相戒勿言。独赵德钧上表行在，愿调集附近兵马，自救晋安寨，从珂总道他忠心为国，优诏传奖，且命他为诸道行营都统。赵延寿为河东道南面行营招讨使，父子在潞州相见，延寿便将所部二万人，尽付德钧。天雄节度使范延光，正奉命出屯辽州，德钧欲并延光军，延光不从，德钧即逗留潞州，延挨不进。从珂一再敦促，未闻受命。*又是一个变脸。*乃遣吕琦赐德钧手敕，并赍金帛犒师，德钧乃引军至团柏，屯营谷口，再行观望。

契丹主耶律德光，进兵榆林，所有辎重老弱，留住虎北口，相机行事，胜即进，败即退。赵延寿欲探知消息，出兵掩击，入白德钧，德钧笑道："汝尚未知我来意么？我且为汝表奏行在，请授汝为成德节度使，若得旨俞允，我父子姑效忠朝廷，否则石氏称兵，欲图河南，我难道不能行此么？”延寿颇怨及延朗，也乐得依了假父，即日上表，略言“臣德钧奉命远征，幽州势孤，欲使延寿往驻镇州，以便接应，请朝廷暂假旄节”云云。从珂得表，面谕来使道：“延寿方往击贼，何暇移驻镇州，俟贼平后，当如所请。”来使返报德钧。德钧又复上表，坚请即日简命。从珂大怒道：“赵氏父子，必欲得一镇州，究为何意？他能击却胡寇，虽入代朕位，朕亦甘心。若徒玩寇要君，恐犬兔俱毙，难道畀一镇州，便能永远富贵么？”遂叱回来使，不允所请。

德钧闻报，即遣幕客厚赍金帛，往赂契丹。契丹主德光，问他来意，幕客便进言道：“皇帝率兵远来，非欲得中国土地，不过为石郎报怨。但石郎兵马，不及幽州，今幽州镇帅赵德钧，愿至皇帝前请命；如皇帝肯立德钧为帝，德钧兵力，自足平定洛阳，将与贵国约为兄弟，永不渝盟。石氏一面，仍令常镇河东，皇帝不必久劳士卒，尽可整甲回国，待德钧事成，再当厚礼相报。”这番言语，却把德光哄动起来。暗思自己深入唐境，晋安未下，德钧尚强，范延光出屯辽州，倘或归路被截，反致腹背受敌，陷入危途，不若姑允所请，一来可卖情德钧，二来仍保全石郎，取了金帛，安然归国，也可谓不虚此行了。便留住德钧幕客，徐与定议。

早有敬瑭探马，报知敬瑭。敬瑭大惊，忙令桑维翰谒见德光。德光传入，由维翰跪告道：“皇帝亲提义师，来救孤危，汾曲一战，唐兵瓦解，退守孤寨，食尽力穷，转眼间即可扫灭。赵氏父子，不忠不信，素蓄异图，部下皆临期召集，更不足畏，彼特惧皇帝兵威，权词为饵，皇帝怎可信他诡言，贪取微利，坐黩大功。且使晋得天下，将尽中国财力，奉献大国，岂小利所得比呢！”德光半晌答道：“尔曾见捕鼠否？不自防备，必致啮伤，况大敌呢！”维翰又道：“今大国已扼彼喉，怎能啮人！”德光道：“我非背盟，不过兵家权谋，知难乃退。况石郎仍得永镇河东，我也算是保全他了。”维翰急答道：“皇帝顾全信义，救人急难，四海人民，俱系耳目，奈何一旦变约，反使大义不终，臣窃为陛下不取哩。”德光尚未肯允，经维翰跪在帐前，自旦至暮，涕泣固争，说得德光无词可驳，只好屈志相从。便召出德钧幕客，指着帐外大石，且示且语道：“我为石郎前来，石烂乃改此心。汝去回报赵将军，他若晓事，且退兵自守，将来不失一方面，否则尽可来战！”德钧幕客，料知不便再说，只好辞归。

德光乃使维翰返报敬瑭，敬瑭即至契丹军营，亲自拜谢。但管自己，不管子孙，真正何苦！德光喜道："我千里来援，总要成功方去。观汝气貌识量，不愧中原主，我今便立汝为天子，可好么？"敬瑭闻言，好似暖天吃雪，非常凉快。但一时不好承认，只得推辞道："敬瑭受明宗厚恩，何忍遽忘？今因潞王篡国，恃强欺人，致烦皇帝远来，救危纾难。若自立为帝，非但无以对明宗，并且无以对大国！此事未敢从命！"德光道："事贵从权，立汝为帝，方使中国有主，何必固辞！"敬瑭含糊答应，但言回营再议。

既返本营，诸将佐已知消息，当然奉书劝进。遂在晋阳城南，筑起坛位，先受契丹主册封，命为晋王。然后择吉登坛，特于唐清泰三年十一月间，行即位礼。届期这一日，契丹主德光，自解衣冠，遣使赍授，并给册命。相传册中词句，因夷夏不同，特命桑维翰主稿，册文有云：

维天显九年。天显系契丹年号，见前文。岁次丙申，十一月丙戌朔，十二日丁酉，大契丹皇帝若曰：於戏！元气肇开，树之以君，天命不恒，人辅以德。故商政衰而周道盛，秦德乱而汉图昌。人事天心，古今靡异。咨尔子晋王，神钟睿哲，天赞英雄，叶梦日以储祥，应澄河而启运。迨事数帝，历试诸艰。武略文经，乃由天纵，忠规孝节，固自生知。猥以眇躬，奄有北土，暨明宗之享国也，与我先哲王保奉明契，所期子孙顺承，患难相济，丹书未泯，白日难欺。顾予纂承，匪敢失坠，尔维近戚，实系本支，所以予视尔若子，尔待予犹父也。朕昨以独夫从珂，本非公族，窃据宝图，弃义忘恩，逆天暴物，诛翦骨肉，离间忠良，听任矫谀，威虐黎献，华夷震悚，内外崩离。知尔无辜，为彼致害，敢征众旅，来逼严城。虽并吞之志甚坚，而幽显之情何负！达于闻听，深激愤惊，乃命兴师，为尔除患。亲提万旅，远珍群雄，但赴急难，罔辞艰险。果见神祇助顺，卿士协谋，旗一麾而弃甲平山，鼓三作而僵尸遍野。虽已遂予本志，快彼群心，将期税驾金河，班师玉塞。矧今中原无主，四海未宁，茫茫生民，若坠涂炭。况万几不可以暂废，大宝不可以久虚，拯溺救焚，当在此日。尔有庇民之德，格于上下；尔有戡难之勋，光于区宇；尔有无私之行，通乎神明；尔有不言之信，彰乎兆庶。予懋乃德，嘉乃丕绩，天之历数在尔躬，是用命尔，当践皇极。仍以尔自兹并土，首建义旗，宜以国号曰晋。朕永与为父子之邦，保山河之誓。於戏！诵百王之阙礼，行兹盛典，成千载之大义，遂我初心。尔其永保兆民，勉持一德，慎乃有位，允执阙中，亦唯无疆之休，其诚之哉！中国主子，受外夷册封，史不多见，故录述全文。

敬瑭登坛，拜受册命，并接过衣冠，穿戴起来。好一个不华不夷的主子，南面就座，受部臣朝贺。礼毕乃鼓吹而归。当时附和诸臣，又盛言符谶，托为符瑞。相传朱梁开国时，壶关县庶穰乡中，有乡人伐树，树分两片，中有六字云："天十四载石进。"潞州行营使李思安，呈报梁主朱温，温令大臣考察，均不能解，乃藏诸武库。至敬瑭称帝，遂有人强为解释，谓"天"字两旁，取"四"字旁两画加入，便成"丙"字，四字去中间两画，加入十字，便成申字。如此牵强，无不可解。这就是应在丙申年。《周易》晋卦象辞，有"晋者进也"一语，国号大晋，岂非明验？又当晋阳受困时，城中北面，有毗沙门天王祠，黉夜献灵，金甲执殳，巡行城上，既而不见，内外俱惊为神奇。牙城内有崇福坊，坊西北隅有泥神，首上忽出现烟光，如曲突状。询诸坊僧，谓唐庄宗得国时，神首上亦曾出烟。今烟又重出，当有别应。嗣是日旁多有五色云气，如莲芰状，术士多指为天瑞。敬瑭也目为祥征，因此乘势称帝，号令四方。即位以后，又至番营拜谢德光，愿割幽、蓟、瀛、莫、涿、檀、顺、新、妫、儒、武、云、应、环、朔、蔚十六州，作为酬谢，并输契丹岁帛三十万匹。何其慷慨。德光自然心喜，就在营内设宴，与敬瑭欢饮而别。

敬瑭返入晋阳，即于次日御崇元殿，降制改元，号为天福。一切法制，皆遵唐明宗故事。命赵莹为翰林学士承旨，桑维翰为翰林学士，权知枢密院事。刘知远为侍卫马军都指挥使，客将景延广为步军都指挥使。此外文武将佐，封赏有差，册立晋国长公主李氏为皇后，大赦天下。布置已定，再会契丹兵攻晋安寨。

晋安寨已被围数月，待援不至，营将高行周、符彦卿等，屡出突围，均被契丹兵杀回，寨中刍粮俱尽，张敬达决志死守，毫无叛意。杨光远、安审琦等，入劝敬达，谓不如投降契丹，保全一营性命。敬达怒叱道："我为元帅，兵败被围，已负重罪，奈何反教我降敌呢！且援兵且暮且至，何妨再待数日。万一援绝势穷，汝等可降，我却不降，宁可刎首，俾汝等出献番房，自求多福，我终不愿背主求荣哩！"还算忠臣。光远斜睨审琦，意欲令他下手。审琦不忍加害，转身趋出，告知高行周，行周也服敬达忠诚，常引壮骑为卫。敬达未识情由，反语人道："行周尝随我后，意欲何为？"不识好人，终致一死。行周乃不敢相随。杨光远觑得此隙，屡召诸将密议，诸将常称敬达为张生铁，各有怨言，遂与光远合谋，决杀敬达。诘旦敬达升帐，光远佯称启事，趋至案前，拔出佩刀，竟将敬达刺死，开寨出降契丹。

契丹主德光，收纳降众，入寨检查，尚存马五千匹，铠仗五万件，悉数搬归，交与敬瑭，并将降将降卒，亦尽归敬瑭约束，且面谕道："勉事尔主！"又因张敬达为忠死事，收尸礼葬，语部众及晋诸将道："汝等身为人臣，当效法敬达呢！"唐马军都指挥使康思立，听了此言，且惭且愤，即致病终。思立尚有人心，足愧杨光远等。敬瑭复请命德光，会师南下。德光语敬瑭道："桑维翰为汝尽忠，汝当用以为相。"敬瑭乃授维翰为中书侍郎，赵莹为门下侍郎，并同平章事，赐号推忠兴运致理功臣。敬瑭欲留一子守河东，亦向德光询明。德光令尽出诸子，以便审择。敬瑭当然遵命，令诸子进谒德光。德光仔细端详，见有一人貌类敬瑭，双目炯炯有光，即指示敬瑭道："此儿目大，可任留守。"敬瑭答道："这是臣养子重贵。"德光点首，乃令重贵留守太原，兼河东节度使。看官听说！这重贵是敬瑭兄敬儒子，敬儒早卒，敬瑭颇爱重贵，视若己儿，就是后来的出帝。

晋阳既有人把守，遂由德光下令，遣部将高谟翰为先锋，用降卒前导，迤逦进兵，自与敬瑭为后应。前锋到了团柏，赵德钧父子，未战先遁。符彦饶、张彦琪、刘延朗、刘在明各将吏，本皆由从珂遣往救应，至是亦相继溃散。士卒自相践踏，伤亡无算，再经契丹兵从后尾击，杀得唐军尸横遍野，血流成渠。及德光、敬瑭至团柏谷口，唐军早不知去向，仅剩得一片荒郊，枯骨累累了。

唐主从珂，留寓怀州，尚未得各军消息，至刘延朗、刘在明等狼狈奔还，方知晋安失守，团柏又溃，敬瑭已自称帝，杨光远等统皆叛去，急得神色仓皇，不知所措。众议天雄军未曾交战，军府远在山东，足遏敌氛，不如驾幸魏州，再作计较。从珂也以为然。但因学士李崧，素与范延光友善，乃召崧入议。薛文遇未知情由，亦蹑迹入见，从珂勃然变色。崧料知为着文遇，急蹑文遇靴尖，文遇会意，慌忙退出。从珂乃语崧道："我见此物，几乎肉颤，恨不拔刀刺死了他！"本是贤佐，奈何欲将他刺死？崧答道："文遇小人，浅谋误国。何劳陛下亲自动手！"从珂怒意少解，始与崧议东幸事。崧谓延光亦未必可恃，不如南还洛阳。从珂依议，遂谕令起程还都。

洛阳人民，闻北军败溃，车驾遁还，顿时谣言四起，争出逃生。门吏禀请河南尹重美，出令禁止，重美道："国家多难，未能保护百姓，倘再欲绝他生路，愈增恶名，不如听他自便罢！"乃纵令四窜，众心少安。

从珂自怀州至河阳，闻都下有慌乱情形，也不敢遽返，且在河阳暂住，命诸将分守南北城。一面遣人招抚溃将，为兴复计。哪知人心瓦解，众叛亲离，诸道行营都统赵德钧，与招讨使赵延寿，已迎降契丹，被耶律德光拘送西楼去了。原来德钧父子，奔至潞州，敬瑭先遣降将高行周，劝令迎降，德钧倒也乐从。既而敬瑭与德光同至潞州，德钧父子，即迎谒高河。德光尚好言慰谕，唯敬瑭掉头不顾，任他谒问，始终不与交言。德光知两下难容，乃将德钧父子，送解西楼。

德钧见述律太后，把所赍宝货，及田宅册籍进献。述律太后问道："汝近日何故往太原？"德钧道："奉唐主命。"述律太后指天道："汝从吾儿求为天子，奈何作此妄语？"说着，又自指胸前道："此心殊不可欺哩！"德钧俯伏在地，不敢出声。*至此亦知愧悔否？*述律太后又说道："我儿将行，我曾诫我儿云：'赵大王若伺我空虚，北向渝关，汝急宜引归，自顾要紧！太原一方的成败，管不得许多了。'汝果欲为天子，俟击退我儿，再行打算，也不为迟。汝本为人臣，既不思报主，又不能击敌，徒欲乘乱徼利，不忠不义，尚有什么面目，来此求生呢？"*爽快之至，读至此应浮一大白！*德钧吓得乱抖，只是叩首乞哀。述律太后又问道："货物在此，田宅何在？"德钧道："在幽州。"述律太后道："幽州今属何人？"德钧道："现属太后！"述律太后道："既属我国，要你献什么？"德钧惭汗交流，只恨地上无隙，不能钻入。还是述律太后大发慈悲，令暂拘狱中，俟德光回来，再行发落。可怜德钧至此，又不能不磕头称谢，退至番狱待罪。及德光北归，才将他父子释出。德钧怏怏而亡，延寿却得为翰林学士。小子有诗叹道：

> 番妇犹知忠义名，如何华胄反偷生！
> 虏廷俯伏遭呵责，可有人心抱不平！

欲知耶律德光何时归国，容至下回叙明。

　　从珂以骁勇著名，乃石郎一反，即致心胆坠地，是非前勇而后怯也，盖未得富贵以前，冒险进取，虽死不顾，故能以百战成名。既得富贵以后，志愿既盈，其气渐衰，故转至一蹶不振。且也从珂得国，由于篡窃而来，不意石郎之起而议其后，自问心虚，益致气馁。而当时文武将佐，又属朝秦暮楚，成为习惯，四顾无一人可恃，安能不为之沮丧也！唯石敬瑭乞怜外族，恬不知羞，同一称臣，何如不反？既已为帝，奈何受封？虽为唐廷所迫，不能不倒行逆施，然名节攸关，岂宜轻黩！谋之不臧，非特贻害子孙，抑且沦陷民族，惜不令述律太后，以责赵德钧者责石敬瑭，而竟使其觍为民上也。

第二十九回

一炬成灰到头孽报
三帅叛命依次削平

却说晋王石敬瑭，既入潞州，即欲引军南向。契丹主耶律德光，意欲北归，乃置酒告别，举杯语敬瑭道："我远来赴义，幸蒙天佑，累破唐军。今大事已成，我若南向，未免惊扰中原，汝可自引汉兵南下，省得人心震动。我令先锋高谟翰，率五千骑护送，汝至河梁，尚欲谟翰相助，可一同渡河，否则亦听汝所便。我且留此数日，候汝好音，万一有急，可飞使报我，我当南来救汝！若洛阳既定，我即北返了。"敬瑭很是感激，与德光握手，依依不舍，泪下沾襟。*亦知德光之为胡酋否？*德光亦不禁泪下，自脱白貂裘，披住敬瑭身上。且赠敬瑭良马二十匹，战马千二百匹，并与订约道："世世子孙，幸勿相忘！"敬瑭自然应命。德光又说道："刘知远、赵莹、桑维翰，统是汝创业功臣，若无大故，不得相弃！"敬瑭亦唯唯遵教。随即拜别德光，与契丹将高谟翰，进逼河阳。

唐都指挥使符彦饶、张彦琪等，自团柏败还，密白唐主从珂道："今胡兵得势，即日南来，河水复浅，人心已离，此处断不能固守，不如退归洛都。"从珂乃命河阳节度使苌从简，与赵州刺史赵在明，协守河阳南城，自断浮桥归洛阳。遣宦官秦继旻，与皇城使李彦绅，突至李赞华第中，将他击死，聊自泄忿。哪知石敬瑭一到河阳，苌从简马上迎降，且代备舟楫，请敬瑭渡河，一面执住刺史刘在明，送入敬瑭营中。敬瑭释在明缚,令复原官,遂渡河向洛阳进发。

唐主从珂,亟命都指挥使宋审虔、符彦饶,及节度使张彦琪,宣徽使刘延朗,率千余骑至白马阪,巡行战地,准备驻守。忽见晋军渡河而来,约有五千余骑,登岸先驱,符彦饶等已相顾骇愕,共语审虔道:"何地不可战?何苦在此驻营,首当敌冲!"说着,便即驰还。审虔独力难支,也即退归。从珂见四将还朝,尚是痴心妄想,与议恢复河阳,四将面面相觑,不发一言。迎新送旧,已成常态。

那警报如雪片传来,不是说敌到某处,就是说某将迎敌,最后报称是胡兵千骑,分扼渑池,截住西行要路,从珂方仰天叹道:"这是绝我生机了!"既有今日,何必当初!遂返入宫中,往见曹太后、王太妃,潸然泪下。王太妃不待说出,已知不佳,便语曹太后道:"事已万急,不如权时躲避,听候姑夫裁夺!"太后道:"我子孙妇女,一朝至此,我还有何颜求生?妹请早自为计!"曹太后亦有呆气,何不死于从厚时,而独为养子死耶?王太妃乃抢步趋出,带了许王从益,审往球场去了。

从珂奉着曹太后,并挈皇后刘氏,及次子雍王重美,并都指挥使宋审虔等,携传国宝,登玄武楼,积薪自焚。刘皇后回顾宫室,语从珂道:"我等将葬身火窟,还留宫室何用?不如一同毁去,免入敌手!"妇人心肠,究比男子为毒。重美在旁谏阻道:"新天子入都,怎肯露居!他日重劳民力,死且遗怨,亦何苦出此辣手哩!"于是后议不行,就在玄武楼下,纵起火来。一道烟焰,直冲霄汉,霎时间火烈楼崩,所有在楼诸人的灵魂,统随了祝融氏驰往南方去了。

从珂一死,都城各将吏,统开城迎降,解甲待罪。晋主石敬瑭,即率兵入都,暂居旧第。命刘知远部署京城,扑灭玄武楼余火,禁止侵掠,使各军一律还营。所有契丹将卒留馆天宫寺中,全城肃然,莫敢犯令。从前窜匿诸人民,数日皆还,悉复旧业。当由晋主下诏,促朝官入见,文武百官,俱在宫门外谢恩。车驾乃移入大内,御文明殿,受群臣朝贺,用唐礼乐,大赦天下。唯从珂旧臣张延朗、刘延浩、刘延朗三人,罪在不赦,应正典刑。延浩自缢,两延朗皆处斩。追谥鄂王从厚为闵帝,改行礼葬,闵帝妃孔氏为皇后,祔葬闵帝陵。并为明宗皇后曹氏举哀,辍朝三日,拾骨安埋。觅得王德妃及许王从益,迎还宫中。妃自请为尼,晋主不许,引居至德宫,令皇后随时省问,事妃若母。封从益为郇国公,独废故主从珂为庶人。或取从珂臂及髀骨以献,乃命用王礼瘗葬。从珂享年至五十一岁,史家称为废帝。总计后唐,自庄宗起，至废帝止，四易主，三易姓，只过了十三年。

后唐已亡，变作后晋，仍用冯道同平章事，卢文纪为吏部尚书，周瓘为大将军，充三司使。符彦饶为滑州节度使，苌从简为许州节度使，刘凝为华州节度使，张希崇为朔方节度使，皇甫遇为定州节度使，余镇多沿用旧帅。命皇子重义为河南尹。追赠皇弟敬德、敬殷为太傅，皇子重英、重裔为太保。改兴唐府为广晋府，唐庄宗晋陵为伊陵。饯契丹将士归国，送回李赞华丧，封赠燕王。前学士李崧、吕琦，逃匿伊阙，晋主闻他多才，赦罪召还，授琦为秘书监，崧为兵部侍郎，兼判户部。寻且擢崧为相，充枢密使。桑维翰兼枢密使。

时晋主新得中原，藩镇未尽归服，就使上表称贺，也未免反侧不安。再加兵燹余生，疮痍未复，公私两困，国库空虚，契丹独征求无厌，今日索币，明日索金，几乎供不胜供，屡苦支绌。维翰劝晋主推诚弃怨，厚抚藩镇，卑辞厚礼，敬事契丹，训卒缮兵，勤修武备，劝农课桑，藉实仓廪，通商惠工，俾足财货，因此中外欢洽，国内粗安。

契丹主耶律德光，闻晋主已经得国，当即北还，道出云州，节度使沙彦珣出迎，为德光所留。城中将吏，奉判官吴峦，管领州事，闭城拒寇。德光自至城下，仰呼吴峦道："云州已让归我属，奈何拒命？"言未已，忽有一箭射下，险些儿穿通项领。幸亏闪避得快，才将来箭撇过一旁，德光大怒，立命部众攻城，城上矢石如雨，反击伤许多番兵，一连旬日，竟不能下。倒是一位硬汉子。德光急欲归国，乃留部将围攻，自己带领亲卒，奏凯而回。吴峦固守至半年，尚不稍懈，但苦城孤粮竭，不得已遣使至洛，乞即济师。晋主不便食言，一面致书契丹，请他解围，一面召还吴峦，免他作梗，契丹兵果解围引去，峦亦奉召入都，晋主令为宁武军节度使。还有应州指挥使郭崇威，亦耻臣契丹，挺身南归。十六州土地人民，悉数割与契丹。中国外患，从此迭发，差不多有三百年，这都是石晋酿成大祸呢！痛乎言之！

卢龙节度使卢文进，自思为契丹叛将，恐契丹向晋索捕，乃弃镇奔吴。文进归唐见前文。吴徐知诰谋篡国，引为己用，当时中原多故，名士耆儒，多拔身南来。知诰预使人招迎淮上，赠给厚币。既至金陵，即縻以厚禄，客卿多乐为效用。知诰又阴察民间，遇有婚丧乏赀，辄为赒恤。盛暑不张盖操扇，尝语左右道："士众尚多暴露，我何忍用此！"士民为所笼络，相率归心。他因生时曾得异征，有一赤蛇从梨中出，走入母刘氏榻下，刘氏就此得孕，满月而产。及为杨行密所掠，令拜徐温为义父，温又梦得一黄龙，所以格外垂爱。为此种种征兆，遂靠了养父余烈，牢笼人士，日思篡吴。

吴王杨溥，尚无失德，知诰苦无隙可乘，乃阳请归老金陵，留子景通为相，暗中却嘱使右仆射宋齐邱，劝吴王溥徙都金陵。**不怀好意。**吴人多不愿迁都，溥亦无心移徙，仍遣齐邱往谕知诰，罢迁都议。知诰计不得逞，再令属吏周宗驰诣广陵，讽吴王传禅。齐邱独以为未可，请斩宗以谢吴人，因黜宗为池州刺史。既而节度副使李建勋，及司马徐玠等，屡陈知诰功业，应早从民望，乃复召宗为都押牙，封知诰为东海郡王，嗣复加封尚父太师大丞相天下兵马大元帅，进封齐王。

知诰复忌吴王弟临川王濛，诬他藏匿亡命，擅造兵器，竟降濛为历阳公，幽锢和州，令控鹤军使王宏监守。濛突出杀宏，奔往庐州，欲依节度使周本。本子祚将濛执住，解送金陵，为知诰所杀。知诰遂开大元帅府，自置僚属。闽越诸国，皆遣使劝进。那时吴王杨溥已成赘瘤，乐得推位让国。把乃父传下的土地人民，悉数交给，即遣江夏王璘奉册宝至金陵，禅位齐王。知诰建太庙社稷，改金陵为江宁府，即皇帝位，改吴天祚三年为升元元年，国号大齐。尊吴王溥为高尚思玄弘古让皇帝，上册自称受禅老臣。用宋齐邱、徐玠为左右丞相，周宗、周廷玉为内枢密使，追尊徐温为太祖武皇帝。温子知询，与知诰未洽，已被褫官。独知询弟知证、知谔，素与知诰亲睦，因封知证为江王，知谔为饶王。且以"知"字应该避嫌，不如自将"知"字除去，单名为诰。吴太子琏，尝娶诰女为妃，宋齐邱请与绝婚，且迁让皇溥居他州。诰遂徙让皇溥至润州丹阳宫，派兵防守，阳称护卫，阴实管束。降吴太子琏为弘农郡公，封琏妃**即诰女**为永兴公主。可怜杨溥父子，抑郁成疾，父死丹阳宫，子死池州康化军。**得保首领，还是大幸。**就是这位皇女永兴公主，也朝夕悲切，闻宫人呼公主名，越多涕泪，渐渐地形瘵骨瘦，也致病终。

诰立宋氏为皇后，子景通为吴王，改名为璟。徐氏子知证、知谔，请诰复姓，诰佯为谦抑，只言不敢忘徐氏恩。旋经百官申请，乃复姓李氏，改名为昇。自言为唐宪宗子建王恪四世孙，因再易国号为唐，立唐高祖、太宗庙，追尊四代祖恪为定宗，曾祖超为成宗，祖志为惠宗，父荣为庆宗。奉徐温为义祖。以江宁为西都，广陵为东都。庐州节度使周本，亦曾至金陵劝进，归途自叹道："我不能声讨逆臣，报杨氏德，老而无用，还有何颜事二姓呢？"返镇未几，即至去世。**既知自愧，何必劝进？**

　　自李昇改国号为唐，史家恐与唐朝相混，特标明为南唐。先是江南童谣云："东海鲤鱼飞上天。"至是南唐大臣，趁势附会，谓鲤李音通，东海系徐氏祖籍，李昇过养徐氏，乃得为帝，这便是童谣的应验。又江西有杨花一株，变成李花，临川有李树生连理枝，相传为李昇还宗预兆。江州陈氏，宗族多至七百口，仍不析居，每食必设广席，长幼依次坐食。又畜犬百余，也共食一牢，一犬不至，诸犬不食。当时称为德政所及，因有此瑞。州县有司，采风问俗，报明孝子悌弟，不下百数，五代同居，共计七家，由李昇颁下制敕，旌表门闾，蠲免役赋。这也无非是铺张扬厉，粉饰承平罢了。**抹倒一切。**

　　事且慢表，且说天雄军节度使范延光，闻晋军入洛，自辽州退归魏州，及晋主颁敕招抚，不得已奉表请降。但事出强迫，未免阳奉阴违。他未贵显时，曾有术士张生，与谈命理，谓他日必为将相。至张言果验，格外信重。又尝梦蛇入腹，仍要张生详梦，张生谓蛇龙同种，将来可做帝王。**蛇钻七窍，还有何吉？**嗣是侈然自负，阴怀非望。因唐主从珂，素加厚待，一时不忍负德，所以蹉跎过去。到了石晋开国，还有什么顾恋？不过仓猝发兵，恐非晋敌，乃虚与周旋，敷衍面子，暗中致齐州防御使秘琼书，欲与为乱。琼得书不报，延光恐他密报晋主，使人伺琼，乘他因事出城，把他刺死。随即聚卒缮兵，意图作乱。

　　晋主闻知消息，颇以为忧。桑维翰请晋主徙都大梁，且献议道："大梁北控燕赵，南通江淮，是一个水陆都会，资用很是富足。今延光反形已露，正好乘时迁都。大梁距魏，不过十驿，彼若有变，即可发兵往讨，迅雷不及掩耳，庶可制彼死命！"晋主称善，遂托词东巡，出发洛都。留前朔方节度使张从宾为东都巡检使，辅皇子重义居守，自挈后妃等赴汴。沿途由百官扈跸，安安稳稳，到了大梁。下诏大赦，进封凤翔节度使李从曮为岐王，平卢节度使王建立为临淄王，**两人是范延光陪宾。**就是将反未反的范延光，也加封临清王，权示羁縻。

　　延光得了王爵，也把反意一半打消。偏左都押牙孙锐，与澶州刺史冯晖合谋，屡劝延光发难。延光尚是踌躇，会有病恙，不能视事，锐竟擅上表章，诋斥朝廷。及延光得知，使人已经出发，不能追回。乃召锐面询，锐本延光心腹，久知一切底细，便伸述延光梦兆，催他乘机发难，必得成功。**否则何至速死！**延光又觉心热，遂依了锐计，遣兵渡河，焚劫草市。

滑州节度使符彦饶，据实奏闻。当由晋主调动兵马，令马军都指挥使白奉进，率骑兵千五百人，出屯白马津。再命东都巡检使张从宾为魏府西南面都部署，续派侍卫都军使杨光远，率步骑万人屯滑州。护圣都指挥使杜重威，率步骑五千屯卫州。哪知人情变幻，不可预料，西南面都部署张从宾，出兵讨魏，反为延光所诱，也一同造起反来。

晋主方令杨光远为魏府四面都部署，以从宾为副。忽闻此报，急调杜重威移师往讨。重威未及移兵，从宾已还陷河阳，杀死节度使皇子重信，再入洛阳，杀死东都留守皇子重义，并进兵据汜水关，将逼汴州。有诏令都指挥使侯益，统禁兵五千，会同杜重威，往击从宾，并饬宣徽使刘处让，从黎阳分兵会讨。远水难救近火，急得汴城里面，烽火惊心，从官无不惊惧。独桑维翰指画军事，从容不迫，神色自如。晋主戎服戒严，密议奔往晋阳。<u>夺位时非常踊跃，即位后非常胆怯，这都为富贵所误。</u>维翰叩头苦谏道："贼烽虽盛，势不能久，请少待数日，不可轻动！"晋主乃止，但促各军分头进剿。

白奉进至滑州，与符彦饶分营驻扎。军士有乘夜掠夺，由奉进遣兵出捕，共得五人，三人系奉进部下，二人系彦饶部下，奉进尽令斩首，然后通知彦饶。彦饶以奉进不先关白，很觉不平，奉进乃率数骑至彦饶营，婉言谢过。彦饶道："军中各有部分，公奈何取滑州军士，擅加诛戮！难道不分主客么？"奉进也不禁怒起，便勃然答道："军士犯法，例当受诛，仆与公同为大臣，何分彼此！况仆已引咎谢公，公尚不肯解怒，莫非欲与延光同反么？"<u>语亦太激。</u>说着，拂衣竟去，彦饶并不挽留，由他自去。偏帐下甲士大噪，持刀突出，竟杀奉进。所有奉进从骑，仓皇逃脱，且走且呼。诸军各摜甲操兵，喧噪不休。左厢都指挥使马万，禁遏不住，意欲从乱。巧遇右厢都指挥使卢顺密，率兵出营，厉声语万道："符公擅杀白公，必与魏州通谋，我等家属，尽在大梁，奈何不思报国，反欲助乱，自求灭族呢？今日当共擒符公送天子，立大功，军士从命有赏，违命即诛，何必再疑！"万嘿然不答，部下且还有数人，呼跃而出，被顺密麾动亲军，捕戮数人，余众才不敢动。万亦只好依了顺密，与都虞候方太等，共攻牙城，一鼓即拔，擒住彦饶，令方太解送大梁，诏赐自尽。即授马万为滑州节度使，卢顺密为果州团练使，方太为赵州刺史。

杨光远为滑州变乱，急自白皋至滑城，士卒欲推光远为主。光远叱道："天子岂汝等贩弄物！晋阳乞降，出自穷蹙，今又欲改图，乃真是反贼了！"士卒始不敢再言。及抵滑城，已是风平浪静，重见太平。乃奏请滑州平乱情形，归功卢顺密。

晋主因三镇迭叛，不免惊惶，遂向刘知远问计。知远道："陛下前在晋阳，粮不能支五日，尚成大业，今中原已定，内拥劲兵，外结强邻，难道尚怕这鼠辈么？愿下抚将相以恩，臣等驭士卒以威，恩威并著，京邑自安，本根深固，枝叶自不致伤残了！"确是至论。晋主转忧为喜，委知远整饬禁军。知远严申科禁，用法无私，有军士盗纸钱一襆，事发被擒，知远即令处死。左右因罪犯轻微，代求赦宥。知远道："国法论心不论迹，我诛彼情，岂计价值呢！"由是众皆畏服，全城安堵。

及得杨光远奏报，复命光远为魏府行营都招讨使，兼知行府事。调昭义节度使高行周为河南尹，兼东都留守，授杜重威昭义节度使，充侍卫马军都指挥使，命侯益为河阳节度使。且因重威方在讨逆，卢顺密平乱有功，先调顺密为昭义留后，令重威、侯益与光远进军讨贼。光远驱众至六明镇，正值魏州叛将冯晖、孙锐等，渡河前来，当即掩他不备，横击中流。晖与锐不能抵当，大败走还，众多溺死。重威、侯益乘胜至氾水，遇张从宾众万余人，迎头痛击，俘斩殆尽。从宾慌忙西走，乘马渡河，竟致溺死。党羽张延播、张继祚、娄继英等，统被擒住，送至阙下。那时还有何幸？当然身首分离，妻孥骈戮了。两镇既平，范延光知事不济，归罪孙锐，把他族诛。因贻书杨光远，乞他代奏阙廷，情愿待罪。正是：

失势复成摇尾犬，乞怜再作磕头虫。

杨光远代为奏闻，能否邀晋主允准，容待下回叙明。

俚语有云：风吹墙头草，东吹东倒，西吹西倒。观五代时之将吏，正与里谚相符。从珂得势，则归从珂，从珂失势，即降敬瑭，是而欲国家治安，百年不乱，其可得乎！但从珂弑鄂王，杀孔妃，及其四子，篡逆不道，隐干天诛，其举室自焚，宜也！非不幸也！敬瑭入洛，虽未能迎立从益，昌言仗义，但奉养王德妃，仍封从益以公爵，不忘故主，犹为可取。范延光为唐大臣，不能效死于晋阳，反欲称兵于魏博，朝降晋，夕叛晋，不忠不义，乌能成事？符彦饶、张从宾等，益等诸自郐以下，不足讥焉。然敬瑭入洛，仅阅一年，而叛者迭起，降臣之不足信也，固如是夫！

第三十回

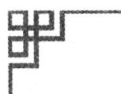

杨光远贪利噬人
王延羲乘乱窃国

却说晋主得杨光远奏报，不欲遽允，仍敕光远进攻魏州。光远意存观望，遇有军事调度，辄与朝廷龃龉。晋主曲意含容，且令光远长子承祚，尚帝女长安公主，次子承信，亦拜美官，光远乃整军徐进。到了魏州城下，驻立大营，亦不过虚张声势，迁延时日。自天福二年秋季进兵，直至次年秋季，仍不损魏州片堞。唯招降前澶州刺史冯晖，荐请授官。晋主特擢晖为义成节度使，欲借此诱劝魏州将士，偏魏州坚守如故，杨光远旷日无功。**为下文谋叛伏案。**

晋主因师老民疲，没奈何再议招抚，乃遣内职朱宪，往谕延光，许以大藩，且使朱宪传谕道："汝若投降，决不杀汝，如或食言，白日在上，不得享国！"**至此与设重誓，何如前日允请！**延光乃顾副使李式道："主上重信，许我不死，想不至有他虑了。"遂撤去守备，厚待朱宪，遣令归报。宪覆命后，好几日不得延光降表，因复遣宣徽使刘处让往谕，申说再三，始由延光令二子入质，并派牙将奉表待罪。晋主颁赐赦书，延光素服出迎，顿首受诏。接连是恩诏迭下，改封延光为高平郡王，调任天平军节度使，仍赐铁券。所有延光将佐李式、孙汉威、薛霸等，各授防御使、团练使、刺史。牙兵皆升为侍卫亲军，就是张从宾、符彦饶余党，一并赦罪，不再株连。**未免太宽。**魏州步军都监使李彦珣，本为河阳行军司马，随张从宾同反。从宾败死，他得脱奔魏州，延光令为都监使，登城拒守。彦珣有母在邢州，为杨光远军捕取，推至城下，招降彦珣。彦珣拈弓搭箭，竟将老母射死。及延光复降，晋主却令彦珣为坊州刺史。近臣言彦珣杀母，恶逆已甚，不宜轻赦。晋主道："赦令已行，如何再改呢？"即许令莅任。*叛君之罪尚可赦，弑母之罪乌可恕！晋主欲全小信，反失大义，故特揭之。*授杨光远为天雄节度使，加官检校太师，兼中书令。光远已恃宠生骄，尝与宣徽使刘处让叙谈，多不平语。处让答言朝廷处置，均由李、桑二相主议，并非出自宸断。光远不禁动怒道："宰相得兼枢密，自前代郭崇韬后，无此重官。今闻李、桑二相，皆兼枢密，怪不得他独断独行。主上尚肯优容，我光远却忍耐不下呢！"既而处让归朝，光远即托呈密奏，极言执政过失。晋主明知他有意刁难，但因军事甫平，不得已曲从所请，乃加桑维翰兵部尚书，李崧工部尚书，撤去枢密使兼职，即令刘处让代任。光远益加专恣，随时上表，尚指斥宰辅不已。晋主见他跋扈，恐将来势大难制，密与桑维翰熟商。维翰谓天雄重镇，屡生叛乱，应析土分众，减杀势力。延光可使守洛阳，调虎离山，免为后患。晋主依议，即升汴州为东京，置开封府，改洛京为西京，雍京为晋昌军，即加杨光远为太尉，命任西京留守，兼河阳节度使。升广晋府为邺都，即魏州。设置留守，就命高行周调任。升相州为彰德军，以澶、卫二州为属郡，置节度使，由贝州防御使王延胤升任。升贝州为永清军，以博、冀二州为属郡，也置节度使，由右神武统军王周升任。自高行周以下，俱奉命莅镇，毫无异言。独杨光远快快失望，勉强移镇，密贻契丹货赂，诋毁晋室君臣。自养壮士千余人，作为爪牙。既而诬劾桑维翰，迁除不公，与民争利。晋主不得已出维翰镇相州，调王延胤为义武节度使，另用刘知远、杜重威同平章事。知远有佐命大功，得升宰辅，自谓应当此职。重威出讨魏州，略有微勋，怎能与知远相比？不过尚帝妹乐平公主，得列外戚，也居然与揽朝纲。知远羞与为伍，杜门托疾，不受朝命。晋主不觉怒起，召问赵莹道："知远坚拒制敕，太觉不恭，朕意拟削夺兵权，令归私第。"莹拜请道："陛下前在晋阳，兵不过五千人，为唐兵十余万所攻，危如朝露，若非知远心同金石，怎能成此大业？奈何因区区小过，便欲弃置，窃恐此语外闻，反不足示人君大度呢！"晋主意乃少解，即命学士和凝，诣知远第慰谕。知远才起床拜受。范延光自郓州入朝，面请致仕，经晋主慰留，仍行还镇。嗣复屡表乞休，乃命以太子太师致仕，留居大梁。越年，延光又请归河阳私第，奉诏允准，遂重载而行。西京留守杨光远，偏奏称延光叛臣，不居洛汴，归处里门，他日逃入敌国，适贻后患，请思患预防，禁止归里云云。晋主乃命延光寓居西京，延光到了洛阳，光远即遣子承贵，带领甲士，把他围住，逼令自杀。延光道："天子在上，赐我铁券，许我不死，尔父子怎得如此！"承贵不允，挺着白刃，驱延光上马，胁见光远。途中遇河过桥，被承贵推落桥左，连人带马，坠了下去，活活沉死。死固其宜。只不应为光远父子所杀。所有延光载归宝货，统为承贵所劫，一古脑儿搬回府署，光远大喜。无非为此。

奏闻晋廷，但说延光赴水自尽。晋主也诇破阴谋，但畏光远强盛，不敢诘责，只征令光远入朝。光远还算听命，入阙面觐，晋主与语道："围魏一役，卿左右各立功劳，未授重赏，今当各除一州，遍给恩荣，免他失望。"光远代为谢恩，晋主遂选择光远亲将数人，分授各州刺史。待他出发，却下了一道诏敕，徙光远为平卢节度使，进爵东平王。光远才识中计，惘惘出都，驰赴青州去了。

时契丹改元会同，国号大辽。公卿百官，皆仿中国制度，且参用中国人，进赵延寿为枢密使，兼政事令。一面遣人入洛，接归延寿妻燕国长公主。即兴平公主进爵燕国。夫妇同入虏廷，延寿遂一心一意，为辽效力。晋主闻契丹改辽，乃遣使上辽尊号，命宰相冯道为辽太后册礼使，左仆射刘昫为辽主册礼使，备着卤簿仪仗，直抵西楼。辽主大悦，优待二使，厚赏遣归。晋主事辽甚谨，奉表称臣，尊辽主为父皇帝，每辽使至，必至别殿拜受诏敕，岁输金帛三十万外，吉凶庆吊，岁时赠遗，相续不绝。凡辽太后、元帅、太子、诸王大臣，各有馈遗，稍不如意，即来诮让，朝廷均引为耻事，独晋主卑辞厚礼，忍辱含羞。前已铸成大错，此时不得不尔。辽主见他诚意，屡止晋主上表称臣，但令称儿皇帝，如家人礼。嗣且颁给册宝，加晋主号为英武明义皇帝。晋主受册，事辽益恭。辽主既得幽州，改名南京，用唐降将赵思温为留守。思温子延照在晋，晋主命为祁州刺史。思温密令延照代奏，谓虏情终变，愿以幽州内附，晋主不许。吐谷浑在雁门北面，本属中国，自卢龙一带，让归辽有，吐谷浑亦皆辽属。因苦辽贪虐，仍思归晋，遂挈千余帐来奔。辽主因此责晋，晋主忙派兵逐回，才得无事。

北方稍得安静，始思控驭南方。吴越王钱元瓘，楚王马希范，南平王高从诲，均向晋通好，尚守臣礼。独闽自王延钧称帝后，与中原久绝通问，嗣主继鹏，改名为昶，晋天福二年，曾遣弟继恭，入修职贡，且告嗣位。晋主以三镇方乱，不暇南顾。

但礼待继恭，即日遣还。次年冬季，始命左散骑常侍卢损为册礼使，封闽主昶为闽王，赐给赭袍，闽主弟继恭为临海郡王。

使节方发，闽主昶已有所闻，即令进奏官林恩，入白晋相，谓已袭帝号，愿辞册使。晋主不追回卢损，损竟至福州，昶辞疾不见，但令弟继恭招待，不受册命。有士人林省邹，私语卢损道："我主不事君，不爱亲，不恤民，不敬神，不睦邻，不礼宾，怎能久享国家？我将僧服北逃，他日当相见上国呢！"**不为国讳，亦非所宜。**损遂辞归。昶仍不出面，但令继恭署名奉表，遣礼部员外郎郑元弼，随损入贡。晋主召元弼入见，谕令归国禀明，此后上表，不应再由继恭出名。元弼唯唯而去，还白闽主。闽主昶置诸不理，但与宠后李春燕，及六宫嫔御，彻夜宴饮，淫媟不休。**弑父逆子，独守家法，也算难得。**

方士陈守元、谭紫霄，以房术得幸。守元号天师，紫霄号正一先生，两人受贿入请，言无不从。通文二年建白龙寺，四年作三清殿，统是雕甍画栋，备极辉煌。白龙寺的缘起，是由谭紫霄等捏称白龙夜现，乃命建筑。三清殿是由天师怂恿，内供宝皇大帝，元始天尊，太上老君像。统用黄金铸成，约需数千斤。日焚龙脑薰陆诸香，佐以铙钹诸乐。每晨祷祝，谓可求大还丹，命巫祝林兴住持殿中。一切国政，均由兴传宝皇命，裁决施行。**确是捣鬼。**兴与闽主叔父延武、延望有怨，假托神语，谓二叔将生内变。闽主昶不察虚实，即令兴率壮士夜杀二叔，及他五子。判六军诸卫事建王继严，**即昶弟，**颇得士心，昶又信林兴言，罢他兵柄，令改名继裕，别命季弟继镕掌判六军，革去诸卫字样。既而兴谋发觉，尚不加诛，只流成泉州。方士等又上言紫微宫中，恐有灾祲，乃徙居长春宫，淫酗如故。有时且召入诸王，强令饮酒，伺他过失。从弟继隆，因醉失礼，即命处斩。又屡因醉后动怒，诛戮宗室。

左仆射平章事延羲，系昶叔父，佯狂避祸，由昶赏给道士服，放置武夷山中。嗣复召还，幽锢私第。国用不足，专务苛征，甚至果蓏鸡豚，无不有赋。因此天怒人怨，众叛亲离。

先是昶父在日，曾袭开国遗制，设二卫军，号为控宸、控鹤二都，昶独另募壮士二千人为腹心，号为宸卫都，禄赐比二都较厚。或言二都怨望，恐将为乱。昶因欲将他遣出，分隶漳、泉二州，二都相率惊惶。控宸军使朱文进，控鹤军使连重遇，又屡为昶所侮弄，阴怀不平。会北宫大火，求贼不得，昶令重遇率内外营兵，扫除灰烬，限日告成。又疑重遇与谋纵火，意欲加诛。内学士陈郯，私告重遇，重遇因夜入值，竟号召二都卫兵，焚毁长春宫，攻逼闽王。且使人就延羲私第，迫出延羲，令从瓦砾中直入，奉为主帅，共呼万岁。复召外营兵共逐闽主。

闽主昶仓皇出走，引着皇后李春燕，及妃妾诸王，奔至宸卫都营中，宸卫都慌忙拒战。怎奈火势燎原，不可向迩，那控宸、控鹤二都，又乘势杀来，令人无从拦阻。彼此乱杀多时，宸卫都一半伤亡，剩得残兵千余人，奉闽主昶等逃出北关。行至梧桐岭，众稍溃散。忽闻后面喊声大震，延羲兄子继业，统兵追来。昶素来善射，引弓射毙多人。俄而追兵云集，射不胜射，昶投弓语继业道："卿为人臣，臣节何在？"继业道："君无君德，臣怎得有臣节？况新君系是叔父，旧君乃是兄弟，孰亲孰疏，不问可知！"可作昏君棒喝。昶无词可答，即由继业麾动兵士，拥与俱还。行至陁庄，用酒灌昶，令他醉卧，用帛搤死。皇后李春燕，及昶诸子，并昶弟继恭，一并被杀，藁葬莲花山侧。后来冢上生树，树生异花，似鸳鸯交颈状，时人号为鸳鸯树。可谓一双同命鸟。

继业返报延羲，延羲遂自称闽王，易名为曦，改元永隆。讣闻邻国，反说是宸卫都所弑，假意改葬故主，谥昶为康宗，一面向晋称藩，遣商人间道上表。晋乃遣使至闽，授曦为检校太师中书令，福州威武军节度使，兼封闽国王。曦虽受晋命，一切措施，仍如帝制。天师陈守元等，已为重遇所杀，更命泉州刺史，诛死林兴，用太子太傅致仕李真为司空，兼同平章事，闽中粗安。

曦因宫阙俱焚，另造新宫居住，册李真女为皇后。曦性嗜酒，后性亦嗜酒，一双夫妇，统视杯中物为性命。闽主累世嗜饮，应改称为酒国。所以终日痛饮，不醉不休。一日在九龙殿宴集群臣，从子继柔在侧，向不能饮，偏曦令概酌巨觥，不得少减。继柔实饮不下去，伺曦旁顾，倾酒壶中，不意被曦瞧着，怒他违令，竟命推出斩首。群臣相顾骇愕，不知所措，勉强饮了数觥，偷看曦面，亦有醉容，便陆续逃席，退出殿外。只翰林学士周维岳，尚在席中。曦醉眼模糊，顾左右道："下面坐着，系是何人？"左右答是维岳，曦微笑道："维岳身子矮小，为何独能容酒？"左右道："酒有别肠，不在长大。"曦作色道："酒果有别肠么？可捺他下殿，剖腹验肠。"此语说出，吓得维岳魂不附身，面无人色。幸亏左右代为解免，向曦禀白道："陛下如杀维岳，何人侍陛下终饮？"曦乃免杀维岳，叱令退去。维岳忙磕头谢恩，急趋而出，三脚两步地逃回私第。

泉州刺史余廷英，尝矫曦命，掠取良家女，曦闻报大怒，即欲加诛。廷英即进买宴钱十万缗，曦尚是嫌少，便道："皇后土贡，奈何没有！"廷英乃复献皇后钱十万，因得赦罪。

曦尝嫁女，全朝士尽献贺礼，否则加笞。御史刘赞，坐不纠举，亦将笞责。谏议大夫郑元弼，入朝面诤，曦叱责道："卿何如魏郑公，乃敢来强谏么？"元弼答道："陛下似唐太宗，臣亦敢自拟魏徵了！"曦乃心喜，释赞不笞。

曦又纳金吾使尚保殷女为妃，尚妃生有殊色，甚得宠幸。每当曦酣醉时，妃欲杀即杀，欲宥即宥，朝臣时虞不测。曦弟延政，出任建州刺史，屡上书规兄，曦不但不从，反覆书痛骂，且遣亲吏邺翘，监建州军。

翘与延政议事，屡起龃龉，翘语延政道："公欲反么！"延政遽起，欲拔剑斩翘。翘狂奔而出，往投南镇，依监军杜汉崇。延政发兵进攻，南镇兵溃，翘与汉崇俱逃回福州。曦见二人奔归，乃遣统军使潘师逵、吴行真等，率兵四万，往击延政。兵至建州城下，分扎二营，师逵驻城西，行真驻城南，皆阻水自固，所有城外庐舍，悉数焚毁。镇日里烟雾迷蒙。延政登城四顾，未免惊心，亟遣使至吴越乞援。吴越王元瓘，命同平章事仰仁诠，都监使薛万忠，领兵救建州。兵尚未至，那延政已攻破闽军，杀退大敌。原来师逵在营，轻率寡谋，被延政探悉情形，先遣将林汉徽等，出兵挑战，诱至茶山，由城中出军接应，两路夹攻，斩首千余级。越宿复募敢死士千余人，昏暮渡水，潜劫师逵营，因风纵火，城上鼓噪助威，吓得师逵脚忙手乱，闯营出奔。凑巧碰着建州都头陈诲，一枪刺去，坠落马下，再复一枪，断送性命。余众四溃。待至黎明，整兵再攻行真寨，行真闻潘营尽覆，正想遁走，蓦闻鼓声遥震，亟弃营奔逃。建州兵追杀一阵，约死万余人。延政遂分兵进取水平、顺昌二城。

会值吴越兵至，延政出牛酒犒师，说是闽军败去，请他回军。偏仰仁诠等不肯空回，竟至城西北隅下营，想与建州为难。**正是多事**。建州已经过两战，人马劳乏，更因分兵出攻，愈觉空虚，不得已想出一策，延入名幕，写了一封急书，遣人诣闽求救，闽主曦本与延政为敌。得了来书，怎肯遽允？但书中说得异常恳切，引着阋墙御侮的大义，前来劝勉，乃令泉州刺史王继业为行营都统，率兵二万驰援，并遣轻兵绝吴越粮道。吴越军食尽欲归，由延政麾兵出击，大破吴越军，俘斩万计，仁诠等仓皇宥免。这叫作自讨苦吃。

延政乃遣牙将赍了誓书，女奴捧了香炉，赴闽盟曦。曦与建州牙将，同至太祖审知墓前，歃血与盟，总算是罢战息争，再敦睦谊。但宿嫌未泯，总不能贯彻始终。

未几延政添筑建州城，周围二十里，一面向闽王乞请，拟升建州为威武军，自为节度使。曦以威武军是福州定名，不应复称，但称建州为镇安军，授延政节度使，加封富沙王。延政复改镇安为镇武，不从曦议。曦因是复忌延政。

汀州刺史延喜，系是曦弟，曦疑他与延政通谋，发兵捕归。又闻延政与继业书，有勾通意，因即召继业还闽，赐死郊外。并杀继业子于泉州，别授继严为刺史。后来复疑及继严，罢归鸩死，专用子亚澄同平章事，掌判六军诸卫，自称为大闽皇。已而僭号为帝，授子亚澄为威武节度使，兼中书令，封长乐王。寻且加封闽王。王延政亦自称兵马大元帅，与曦失和，再行攻击，两下互有胜负。至晋天福八年，也公然称帝。国号殷，改元天德，偌大一个闽国，生出了两个皇帝来。*仿佛两头蛇。*小子有诗叹道：

> 阋墙构衅肇兵争，宁识君臣与弟兄！
> 分守一隅蜗角似，如何同气不同情！

闽乱未靖，晋廷亦变故多端，俟小子下回再表。

杨光远为后唐部将，从张敬达出讨晋阳，战败以后，遽杀敬达出降，其心迹之不足恃，已可概见。及魏州一役，侥幸成功，彼即拥兵自恣，要挟多端。晋主曲为优容，愈足养成跋扈。范延光乞休归里，载宝甚多，虽象齿焚身，咎由自取，然光远安得而杀之，亦安得而夺之！身为人臣，目无法纪，彼岂尚肯为晋室臣乎？闽祖王审知，虽起自盗贼，而好礼下士，有长者风。乃子孙不贤，淫酗无度，鏻后有昶，昶后有曦。篡杀相寻，祸乱无已。要之五季之世，君不君，臣不臣，父不父，子不子，一晦盲否塞之天下也，胥中国而夷狄之，禽兽之，可悲也夫！